MARIUS *et* FANNY

MARCEL PAGNOL
de l'Académie française

MARIUS *et* FANNY

Avant-propos de DANIEL AUTEUIL

Editions de Fallois

PARIS

Photos du cahier hors-texte © *Luc Roux.*

Marius, pièce en quatre actes, 1929
Fanny, pièce en trois actes, 1931
© Marcel Pagnol, 2004

ISBN 978-2-87706-836-9
Éditions de Fallois, 22 rue La Boétie, 75008 Paris

AVANT-PROPOS
par Daniel Auteuil

En adaptant la trilogie, j'ai souhaité revenir aux sources de cette mythologie comme d'autres revisitent inlassablement Shakespeare, Tchekhov ou Molière.

Je suis reparti des pièces de Marcel Pagnol bien plus que du film d'Alexander Korda – *Marius* – ou de celui de Marc Allégret – *Fanny*. On trouve ici ce qu'on retrouvera dix ans plus tard dans *La Fille du puisatier*. Tout chez Pagnol est répété. C'est le même thème qu'il traite indifféremment, la poursuite sans trêve de la recherche des sentiments. De nouveau, nous sommes face à l'absence de la mère, au départ des enfants et à la figure forte et maternelle du père.

Ces deux récits cristallisent de nombreux thèmes modernes et intemporels que je souhaitais mettre en avant, et notamment celui des liens du sang. La question centrale est celle de la paternité. Qui est le père, celui qui paye les biberons ou celui qui donne la vie ? Et si les liens du sang n'étaient pas si primordiaux et que seul comptait l'amour !? Cette problématique parent-enfant – leurs relations extrêmes d'amour, souvent intrusives voire autoritaires –, présente dans les deux premiers volets de la trilogie, je la prolonge et l'intensifie dans le troisième tableau qui s'achève avec *César*, que je tournerai prochainement.

Quant aux questions du déshonneur, de l'ailleurs et la perte de l'innocence, je pense qu'elles tissent une trame narrative qui reste à jamais contemporaine.

Pour moi les personnages de Pagnol sont des individus en état de manque, de déséquilibre, qui cherchent à réaliser quelque chose de parfait, quelque chose qui nous ressemble.

Je suis allé puiser dans les pièces des scènes que j'avais envie de raconter, et d'autres qui n'existaient pas et que j'ai rajoutées. Je voulais en retirer le folklore pour faire entendre aujourd'hui la force dramatique et complexe de ces textes. Ces deux films ne sont pas que des films de soleil. Contre la lumière du Sud qui aveugle ses personnages, j'ai cherché à dessiner des zones d'ombre, des choses enfouies. César, Panisse ou Honorine sont des individus qui avancent avec leurs secrets, le poids de leur vie et leurs envies. Ce sont de petits commerçants pour lesquels l'amour est comme le reste, un marchandage qui débouche sur un pacte.

Nous sommes ici dans un monde de non-dits et de secrets de famille.

Prenons César. C'est un homme bourru, un père dont l'éducation s'est faite à coups de pied au cul comme il le dit lui-même. Il a toujours été celui qui faisait preuve d'autorité, de mauvaise foi et de violence. Mais, malgré tout, il sait se faire pardonner. César comme « Le Papet » autrefois sont des chefs de clan, mais ils ne vivent absolument pas la même chose. « Le Papet » règne sur des terres là où César règne sur un théâtre vivant. Nous sommes dans le Midi, les Grecs ne sont pas très loin. La *commedia dell'arte* non plus. La construction dramatique de Pagnol emprunte beaucoup à cette scène à ciel ouvert où chacun a cette faculté de vivre de façon extrême les sentiments et les situations.

César, malgré ses fulgurances et ses expressions fleuries, est un homme qui ne sait parler à personne. Pas plus à son fils qu'aux autres. Parfois, quand il y est contraint, il livre ce qu'il a au fond du cœur, des choses d'amour, de raison, de logique, de lucidité et de cruauté. Il sait voir, mais il est impuissant à traduire ses émotions par des paroles. Les échanges avec son fils ne passent pas par les mots, mais par des regards. C'est ce que j'ai voulu capter à l'image. Je pense que c'est aussi par les yeux que les gens se parlent. S'il avait pu, il aurait expliqué à son fils que cela ne servait à rien de partir.

Marius est un caractère compliqué. C'est un garçon qui est né avec des cartes en mains. Un bonheur simple mais tracé, c'est-à-dire un emploi, une maison et une femme qui depuis l'enfance l'attendent. Malheureusement il n'est pas bien là où il est, puisqu'au fond, naviguer, partir ne sont que des prétextes. Il a envie d'ailleurs. Pour plaisanter il dit à son père qu'il est peut-être neurasthénique. Ce qui plonge César dans un profond questionnement, se demandant où son fils aurait bien pu attraper cela. C'est un grand personnage de tragédie. Il n'arrive pas à choisir.

Il y a quelque chose de romantique en lui, pas romanesque, romantique. Quelque chose qui le pousse à se lancer vers ce qu'il ne connaît pas, qui n'existe pas, plutôt qu'une réalité sublime qui est Fanny. Marius épouse la mer là où Fanny se marie avec le père. C'est parce qu'il n'y a pas la mère qu'il y a la mer.

C'est un homme qui se trompe, et c'est ce qui me touche chez lui.

Quant à la fille d'Honorine, c'est une femme moderne, libre et non une femme d'antan. Fanny a ce bon sens que Pagnol donne aux femmes et qu'elles ont de toute évidence depuis toujours. C'est-à-dire que Fanny sait depuis l'enfance que Marius est l'homme de sa vie, elle sait que son amour c'est lui et que c'est réciproque. Contrairement à lui, elle, elle a le temps. Jusqu'au jour où ils ont l'âge de transformer leurs sentiments. Mais ces promesses faites dans les cours d'école sont-elles encore d'actualité quand on devient adulte ? Ce passage d'un âge à l'autre n'est pas vécu de la même manière quand on est une femme ou un homme.

On peut dire que ce récit est avant tout celui d'une immense histoire d'amour ratée. Encore faut-il se poser la question de ce qui est raté. Au fond, leur histoire n'a pas eu lieu mais ils se sont quand même aimés.

Finalement, on pourrait presque résumer la morale de cette histoire en une phrase : l'homme n'a qu'un amour, le monde, la femme n'a qu'un monde, l'amour.

J'ai veillé à ce que ces moments d'émotion soient contrebalancés par la comédie. La comédie est d'ailleurs à tous les niveaux. Dans la langue mais aussi entre les personnages qui se jouent les uns des autres comme lors de la partie de cartes. Bien sûr, ce sont des passages qui peuvent impressionner. Comment appréhender alors ces moments d'anthologie ? J'ai réfléchi sur ces scènes incontournables, archiconnues mais plus d'une mémoire, je dirai auditive que cinématographique. Ce sont des morceaux de vie que Pagnol a pris de-ci de-là. Il fallait donc les restituer aussi simplement qu'il les a pêchés à la vie et les rendre à la vie, voilà. Toutes ces scènes mythiques, ce n'étaient pas des scènes à jouer, c'était des scènes à vivre.

Ce qui a changé entre *La Fille du puisatier* et ce que je fais aujourd'hui, c'est que pour mon premier film j'avais plus de références et que là, ce que j'ai envie de voir, de raconter est plus personnel. Ça m'appartient davantage qu'un cinéma qui aurait pu m'inspirer. Pour que ces histoires soient justes et qu'elles touchent les spectateurs, je me sers de ce que j'ai vécu. Ce que je raconte, c'est la trajectoire d'individus qui n'accomplissent pas leur propre vie. Et c'est une tragédie de ne pas pouvoir accomplir son propre destin, et c'est ça qui me bouleverse et c'est ça que je raconte, la vie des autres.

MARIUS

Pièce en quatre actes

PRÉFACE

Je ne savais pas que j'aimais Marseille, ville de marchands, de courtiers et de transitaires. Le Vieux-Port me paraissait sale – et il l'était ; quant au pittoresque des vieux quartiers, il ne m'avait guère touché jusque-là, et le charme des petites rues encombrées de détritus m'avait toujours échappé. Mais l'absence souvent nous révèle nos amours...

C'est après quatre ans de vie parisienne que je fis cette découverte : de temps à autre je voyais dans mes rêves le peuple joyeux des pêcheurs et des poissonnières, les hommes de la douane sur les quais, derrière les grilles, et les peseurs-jurés, dont Sherlock Holmes eût aisément identifié le cadavre, car ils ont une main brune, celle qui tient le crayon, et l'autre blanche, parce qu'elle est toujours à l'ombre, sous le carnet grand ouvert...

Alors, je retrouvai l'odeur des profonds magasins où l'on voit dans l'ombre des rouleaux de cordages, des voiles pliées sur des étagères et de grosses lanternes de cuivre suspendues au plafond ; je revis les petits bars ombreux le long des quais, et les fraîches Marseillaises aux éventaires de coquillages. Alors, avec beaucoup d'amitié, je commençai à écrire l'histoire de *Marius*, en même temps que je travaillais à *Topaze*. J'ai dit ailleurs que ces deux ouvrages avaient été refusés en même temps par un grand théâtre de Paris. J'avais été profondément découragé par l'échec de *Topaze*, mais celui de *Marius* ne m'avait pas surpris. La pièce était vraiment trop locale : d'ailleurs, en l'écrivant, j'avais dans l'oreille la voix des acteurs marseillais de l'Alcazar.

C'était un très vieux théâtre, où l'on jouait continuellement des revues d'un genre très particulier : elles continuaient une tradition millénaire, celle des atellanes latines, d'une liberté et d'une verdeur de langage qui surprenaient les gens du Nord... Rien d'obscène, cependant : un ton de bonne humeur populaire, et comme ensoleillée, faisait tout passer. C'est Montaigne qui a dit : « Que le gascon y aille si le français n'y peut aller ! » À l'Alcazar, c'était le provençal, qui comme le latin peut souvent « braver l'honnêteté ».

On avait déjà vu sur cette scène de grands comédiens, qui y firent leurs débuts : Maurice Chevalier, Raimu, Vilbert, Georgel. D'autres, comme Augé, Delmont, Fortuné Cadet, Alida Rouffe, Dullac y étaient restés.

Le directeur de cette troupe, c'était Franck, qui dirigeait également les Variétés.

Topaze reçu aux Variétés de Paris, j'annonçai la nouvelle à Franck, et je lui envoyai le manuscrit de *Marius*.

Franck était d'origine italienne, comme Vincent Scotto, mais il avait cru habile de prendre le nom de Franck, parce que le célèbre directeur des Variétés de Paris, qui s'appelait Louveau, avait pris le nom de Samuel.

De taille moyenne, mais assez rond, il parlait un langage pittoresque, un français du Vieux-Port mêlé de provençal et d'italien. Il ne vivait que pour le théâtre, et connaissait fort bien son métier, dont il traitait les affaires avec beaucoup d'enthousiasme, de bonhomie et de malice. C'est lui qui avait présenté au public de Marseille ma première ébauche dramatique, qui était un vaudeville assez graveleux ; je pensais que *Marius* lui plairait, et je fus surpris de ne recevoir aucune réponse. Puis vint un télégramme laconique : « Viens me voir. Franck. » Je ne sus qu'en penser, et je « descendis » à Marseille.

Cette expression méridionale fait rire les gens du Nord, elle est pourtant fort juste, car sur une carte murale, quand on va de Paris à Marseille, on descend.

Dès que j'entrai dans son bureau, il leva les bras au ciel, et m'accueillit par une série de vocatifs.

— Ô malheureux ! Ô pauvre enfant ! Ô misérable ! Tu ne t'imagines quand même pas que je vais créer cette pièce à l'Alcazar ! Ne compte pas sur moi, pour faire un CRIME ! Ce *Marius*, c'est un chef-d'œuvre. Assis-toi. Écoute-moi bien. Ce *Marius*, je le jouerai, oh oui – et chaque représentation, ce sera un gala – mais après sa 300e à Paris. Qu'est-ce que je dis, la 300e ? La 500e. Oui, monsieur, oui parfaitement !

— Mais, mon beau Franck, c'est une pièce beaucoup trop locale.

— Qué locale ? Et *Beulemans*, c'est pas local ? Et *La Dame aux camélias*, c'est pas local ?

— Mais je ne connais pas encore beaucoup de monde à Paris... Et puis *Les Marchands de gloire*... Les directeurs de théâtre ont leurs idées, et j'ai bien peur que ce ne soient pas les vôtres... Et puis, je ne vois pas dans quel théâtre...

Il haussa les épaules.

— Écoute-moi bien. Tu vas à la Brasserie de la Régence – c'est juste en face de la Comédie-Française. Tu as ton manuscrit sous le bras – avec ton téléphone sur la couverture. Tu vas t'asseoir dans un coin sombre et tu commandes un bock.

— Pourquoi un coin sombre ?

— Parce qu'il ne faut pas que le garçon s'aperçoive – quand tu auras bu ton bock, et que tu partiras –, il ne faut pas qu'il s'aperçoive que tu as oublié ton manuscrit sur la table. S'il le remarque il te le rendrait ! Donc, tu t'en vas discrètement, et le lendemain matin, vers les onze heures, le directeur de la Comédie-Française te téléphone : « Mon cher maître, j'ai l'honneur de vous informer que nous répétons à une heure et demie. »

— Alors, je prends mon chapeau, je bondis dans un taxi, et...

— Arrête-toi, malheureux, quitte ce chapeau !... Tu lui réponds : « Non, parce que vous n'avez pas de Marseillais dans la troupe ! » et tu raccroches. Remarque bien : je ne suis pas sûr que ça se passera comme ça, mais c'est pour dire.

— Pour dire quoi ?

— Pour dire qu'une belle pièce, ou même une bonne pièce, ça se place tout seul. On raconte que les directeurs ne lisent pas les manuscrits. Ce n'est pas vrai, ils les lisent tous, et ils les font lire, parce que c'est leur métier et c'est leur fortune. Écoute-moi bien. Tu connais Raimu ?

— Non. Je l'ai vu dans des opérettes ou des revues, mais je ne le connais pas personnellement.

— En ce moment, il appartient à la troupe de Volterra, et Volterra a le Théâtre de Paris. Porte ta pièce à Raimu. C'est un grand comédien, et le rôle de Panisse, pour lui, c'est du « sur mesure ». Il la lira à son directeur, et je te garantis que c'est une affaire faite. Je vais lui écrire tout de suite, quoiqu'il se soit bien moqué de moi un jour. Figure-toi que je l'avais engagé comme souffleur, et il se débrouillait très bien. Un soir, mon second comique s'amène saoul comme une bourrique, et sa doublure était à l'hôpital. Moi, j'arrive au théâtre vers neuf heures et demie, j'entre comme d'habitude par le promenoir, et qu'est-ce que je vois ? Jules qui jouait le rôle, et qui faisait un effet à chaque réplique ! Tout de suite je résilie le pochard, et je fais un contrat à

Jules. Cinq francs par jour ! Pense qu'un député gagnait dix francs ! Pendant trois mois, ça marche très bien, et il a de plus en plus de succès. Naturellement, il me demande une augmentation. Naturellement, je lui dis : « Il faut que je réfléchisse, que je fasse mes comptes... J'ai de gros frais. »

Il me fait : « Si gros que ça ? » Je lui dis : « Énormes. Le lundi je perds de l'argent. Alors, tu comprends, cette augmentation, nous en reparlerons un peu plus tard. » Il dit « Bon, bon » et il va en scène. Mais le lendemain, il me fait apporter une lettre : « Mon cher directeur, cette idée que vous avez tant de frais, ça m'a brisé le cœur. Ça ne peut pas continuer comme ça, surtout le lundi. Alors, pour diminuer les gros frais, j'ai signé un contrat avec le Palais de Cristal, qui doit avoir de petits frais, puisqu'il me donne dix francs par jour, et comme aujourd'hui c'est lundi, j'ai demandé à débuter ce soir. Ça me fait peine de quitter l'Alcazar, mais franchement, je ne vous en veux pas, au contraire. A dessias. Votre dévoué : Raimu. »

D'abord, j'ai cru que c'était une blague : mais le soir, il n'est pas venu, et c'est un machiniste qui l'a doublé. On lui a lancé des sous, pendant que Jules avait un triomphe au Palais de Cristal. La grosse colère me prend : je lui fais un procès, avec un huissier, un avocat et tout, et des dommages-intérêts. Alors le président lui dit :

— C'est bien vous qui avez signé ce contrat ?

— Oui, monsieur le président.

— Et vous reconnaissez avoir quitté brusquement l'Alcazar pour aller jouer au Palais de Cristal.

— Oui, monsieur le président.

— Vous rendez-vous compte que c'est très grave ?

— Oui, mais ce n'est pas ma faute.

Alors moi je me lève, et je crie : « Pas de sa faute ? Un garçon qui était souffleur, que j'ai fait débuter sur la scène, que j'ai mis en vedette américaine avec des lettres de dix centimètres, et... » J'allais lui en dire de terribles, mais le juge me fait taire, et annonce que si je continue, on va m'expulser ! Après il lui demande :

— Comment osez-vous prétendre que ce n'est pas de votre faute ?

Alors cet hypocrite baisse les yeux, et répond :

— C'est maman qui ne veut plus que je joue chez M. Franck. Ce n'est pas moi. C'est maman. Elle veut pas.

Et il se tourne du côté d'une grande femme bien convenable, avec le sautoir en or, et le sac à main. Eh bien, mon ami, j'ai perdu : il était mineur ! Sa signature ne valait rien ! Et le président m'a sonné les cloches pendant dix minutes, qu'un directeur de théâtre doit s'informer avant de signer un contrat, que d'engager un mineur sans la signature des parents ça peut vous mener loin, bref un peu plus on m'envoyait aux galères... Mais tout ça n'empêche pas son talent. Porte-lui ton manuscrit, et tiens-moi au courant.

Raimu, à cette époque, venait de dépasser la quarantaine. Il était très connu à Paris, et il avait eu de grands succès dans des revues, à Marseille, puis à Toulouse, dans de petites pièces en un acte, et dans un tour de chant de « comique troupier ».

Grâce à Mayol, Toulonnais comme lui, il était ensuite « monté » à Paris, sur la scène du music-hall fondé par l'illustre chanteur, pour y débiter des niaiseries, et chanter lui-même :

> *Je me balance*
> *En cadence*
> *J'ai pas les pieds plats*

Il m'a dit souvent, avec une sorte de nostalgie, que cette chanson était son triomphe.

Cependant, la critique et les auteurs l'avaient remarqué, et on lui offrit un jour un rôle de comédie dans *L'École des cocottes*, d'Armont et Gerbidon.

Cette pièce oubliée est pourtant une brillante comédie-vaudeville, qui tient parfaitement la scène : elle est vieillie par son titre, mais je crois que nous la reverrons un jour.

Raimu y jouait le rôle de Labaume : c'est un vieil amoureux qui cède sa maîtresse adorée à un ami beaucoup plus riche que lui, dans le seul intérêt de la belle enfant. Le rôle est très court, mais très humain.

Raimu le joua avec tant de sincérité, de pudeur et d'émotion que l'illustre Lucien Guitry, qui était le pape des comédiens, vint lui dire publiquement dans sa loge : « La critique m'a parfois accordé le titre de premier acteur français. Je ne suis pas très sûr de le mériter. Mais je puis vous dire que si je suis le premier, vous êtes certainement le second. »

Raimu en eut une grande joie, mais il accorda à cette déclaration plus de reconnaissance que de créance ; et d'autre part, il était toujours lié par de nombreux contrats, car il souffrait d'une peur maladive d'en manquer : c'est pourquoi il continua sa carrière dans la revue et l'opérette.

Léon Volterra, ancien marchand de programmes vendus à la sauvette à la porte des théâtres, était devenu un très grand directeur : il lui offrit un contrat de quatre ans, et l'employa au Casino de Paris, puis à Marigny.

C'est dans les coulisses du Marigny qu'il me reçut. Il était habillé de vêtements féminins, car il jouait une riche bourgeoise dans un sketch de ce délicieux Saint-Granier, qui fit la joie de Paris pendant tant d'années. C'était une scène intitulée *Amies de pension*. L'autre dame était Pauley, qui pesait cent quarante kilos. Elle était assise sur un banc, au bois de Boulogne. Raimu entrait, portant sous son bras un très petit chien et le dialogue était le suivant :
— Mon Dieu, ma chérie ! C'est toi ?
— Adélaïde, que fais-tu là ? Quelle joie de te revoir !
— Oui, c'est bien loin, le Couvent des Oiseaux...
Ces dames s'embrassaient et commençaient à échanger des souvenirs... Puis la conversation devenait plus intime, et Raimu, piquant du doigt le corsage énorme de Pauley, lui demandait d'un air coquin :
— Et que sont devenus les deux petits mignons ?
Pauley, après un grand soupir, répondait tristement :
— Les deux petits mignons sont devenus deux grands pendards...
Cette réplique, qui soulevait des vagues de rire, était empruntée à Ninon de Lenclos ; mais les auteurs de revues ont toujours été trop modestes pour avouer leur érudition.
Alors Raimu, avec une malicieuse fierté, s'écriait :
— Eh bien, ma chérie, les miens sont restés si pointus que je les frotte au papier de verre tous les matins, sinon ils trouent mes soutiens-gorge !
Il eut un grand succès de fou rire et sortit de scène parfaitement heureux.
— J'ai un changement, me dit-il. Venez dans ma loge.

Tout en quittant ses robes pour s'habiller en officier de marine, il me parla de l'enthousiasme de Franck qui lui avait écrit, puis il me dit :
— Ce qui m'inquiète dans cette affaire, c'est qu'il y a cinq ou six ans une troupe de Marseillais est montée à Paris, et ils ont joué une pièce dans le genre marseillais. La critique les a traînés dans la boue, et le public les a sifflés. La pièce était mauvaise, et les acteurs n'étaient pas bons. Ça nous fait quand même **un** mauvais

précédent. Mais Volterra l'a peut-être oublié. Essayons toujours !
Si votre pièce est bonne, il y a de l'espoir.

Il me téléphona le lendemain, pour me dire que *Marius* lui
plaisait beaucoup, et qu'il avait remis le manuscrit à « la Patronne ».
C'était Simone Volterra. Le lendemain, un pneumatique me convoquait au Théâtre Marigny, où l'on répétait une revue.

Dans la très belle galerie qui entoure l'orchestre, j'attendais dans
la pénombre la fin de la répétition. J'entendais un jazz frénétique,
et le piétinement cadencé des girls, et une voix de femme criait
sans arrêt, en suivant le rythme de la musique : « Smile, girls !
Smile, girls ! »

Une ombre s'avança dans l'obscurité. C'était un homme de taille
moyenne, sous un chapeau de feutre noir, qui marchait sans bruit.

Il s'arrêta devant moi, et dit à mi-voix :

— Bonjour. Je suis Valentin, le chef machiniste des deux
théâtres. Je suis marseillais.

Il n'avait pas besoin de le dire. Je me levai pour lui serrer la main.

— La Patronne va venir, et je crois qu'elle vous donnera une
bonne nouvelle, mais rappelez-vous que je vous ai rien dit, et que
je vous ai pas vu. Elle est un peu « brusque » mais elle est brave, et
c'est une tête. Figurez-vous que…

La musique venait de se taire, il tendit l'oreille et dit :

— Attention, la voilà.

Il disparut comme une ombre, et je vis s'avancer une grande
jeune femme, qui marchait d'un pas décidé. Au passage, elle pressa
un bouton, et la lumière jaillit.

Son visage était d'une régularité parfaite, et comme éclairé par
des yeux verts.

— C'est vous ?

— Oui, madame. C'est moi.

— Eh bien, hier soir, j'ai lu votre pièce à mon mari. Elle nous
plaît beaucoup. Il compte la monter au prochain tour, c'est-à-dire
dans trois ou quatre mois.

Elle avait dit ces paroles miraculeuses de la façon la plus
naturelle. Elle ajouta :

— Léon est au Théâtre de Paris… Allez le voir. J'ai quarante
personnes en scène. À tout à l'heure.

Elle me serra la main comme un homme, et partit à grands pas.

— Je crois que c'est une bonne pièce, me dit Volterra. Un peu
spéciale, mais c'est un coup à jouer. Et tu as de la chance, parce

que j'ai justement sous la main deux grandes vedettes : Francen et Gaby Morlay.

C'était évidemment deux acteurs illustres qui avaient fait la fortune de bien des ouvrages, et que les auteurs dramatiques de premier rang se disputaient...

— Mon cher directeur, lui dis-je, en y ajoutant Pierre Blanchar, ce serait une distribution fastueuse, et le succès assuré, si la pièce n'était pas aussi locale. Mais elle exige un accent marseillais authentique, elle est écrite en français de Provence, et le texte contient des intonations particulières, une sorte de petite musique qui donne leur sens véritable aux répliques. On ne peut pas jouer *Beulemans* sans une troupe belge, ni *Marius* sans Marseillais.

Léon Volterra se leva, et les mains dans les poches, il fit plusieurs fois le tour de son bureau. Il revint se planter devant moi.

— Par conséquent, tu veux Raimu ?

— Bien entendu. Je compte même sur lui pour diriger la mise en scène.

— Tu connais son caractère ?

— Il a été très amical avec moi.

— Je t'avertis qu'il est insupportable, et qu'il te fera les pires ennuis.

— Ce n'est pas sûr.

— C'est sûr. Et d'autre part, j'ai besoin de lui au Casino et à Marigny. Je crois que tu ferais bien de le laisser où il est. Je ne le crois pas capable de jouer un grand rôle de comédie. Oui, je sais : Labaume. Mais Labaume, c'était un sketch de quarante lignes. Réfléchis bien.

— C'est tout réfléchi. Je suis sûr de lui.

— Bien. Tu l'as voulu, tu l'auras : mais si plus tard tu viens te plaindre, je te rirai au nez. Donc, prépare l'affaire avec lui. En principe, on répète en février, ou fin janvier, pour passer en mars. Prépare ta distribution. Va chercher tes comédiens, et convoque-les ici le plus tôt possible. Pour Raimu, Blanchar et Demazis, c'est d'accord. Mais le plateau ne doit pas dépasser cinq mille francs. Maintenant, excuse-moi. Il faut que j'aille à Luna-Park pour arranger une question de préséance entre le géant et la femme-tronc. À demain soir, ici, à 5 heures, avec Raimu.

Je passai une passionnante soirée dans la loge du grand Jules. Il jouait une opérette. Le trait principal de la psychologie de son personnage était une paire de souliers dont la longueur dépassait cinquante centimètres. Pendant les entractes, et entre les sketches, nous fîmes un projet de distribution.

— Pour Marius, Blanchar. Ça c'est bon. Mais est-ce qu'il est libre ?

— Je le crois. Je vais lui téléphoner.

— Pour Fanny, Demazis.

— Elle est libre, et c'est d'accord.

— Pour les autres, des gens de l'Alcazar ; Honorine, ce sera Alida Rouffe.

— Où est-elle ?

— Probablement chez Franck, ou alors dans quelque tournée, du côté de Vallauris ou de Cogolin. Débrouille-toi. Franck doit le savoir. Pour Escartefigue, Dullac. Je m'en charge. Il chante les comiques troupiers dans les banlieues. Pour le chauffeur du fériboite, le petit Maupi. Il est au Concert Mayol, dans une revue. C'est la seule personne de la troupe qui ne montre pas son derrière en scène. Ce n'est pas par pudeur, c'est parce qu'il n'est pas joli. Malgré ça, c'est un très bon comédien. Maintenant, il nous faut deux rondeurs, pour César et Panisse. Moi, j'en jouerai une, il faut trouver l'autre. On verra. Pour le moment, occupe-toi de Blanchar.

J'eus une grande déception. Avec une parfaite franchise, Blanchar me dit :

— Tu ne m'as plus parlé de *Marius* depuis six mois. Bernstein m'a proposé un contrat de quatre ans, en même temps qu'à Charles Boyer. J'ai des responsabilités envers ma famille. Charles a signé. Moi aussi. Je ne savais pas que Volterra allait monter *Marius*. De toute façon, je n'ai jamais espéré qu'on jouerait ta pièce quatre ans. Ça ne s'est encore jamais vu ; et puis, Charles est pour moi comme un frère. Nous avons souvent joué ensemble. Alors, sans nouvelles de toi, j'ai signé.

— Tant pis, me dit Jules. C'est une grosse perte, mais nous trouverons quelqu'un. Pour le moment, tu devrais aller à l'Odéon, pour voir un nommé Charpin ; il joue une pièce de Roger-Ferdinand, qui s'intitule *Chotard et Compagnie*. C'est une rondeur, qui pourrait jouer César ou Panisse. On m'a dit qu'il était très bien. Moi je suis en scène tous les soirs, je ne peux pas y aller : vas-y.

J'allai donc un soir entendre *Chotard*.

La pièce était charmante et elle avait un grand succès. Charpin, qui jouait un épicier avec son accent provençal, était excellent, et je pensai qu'il ferait un César admirable. Il avait de l'autorité, une belle voix et jouait la comédie avec une sobriété sans bavures.

Dès le premier entracte, je montai lui rendre visite, le féliciter, et lui parler de *Marius*.

Comme je pénétrais dans le long couloir des loges d'artistes, je vis un étonnant spectacle. Paul Abram, le paisible directeur du théâtre, tenait à la gorge un grand jeune homme, qu'il collait au mur, et de sa droite directoriale, il lui plaçait une série de crochets à la mâchoire. Je fus surpris qu'il traitât ses pensionnaires avec une telle sauvagerie.

L'autre, terrorisé, ne répondait que par des cris inarticulés.

Je m'élançai vers ce combat doublement singulier lorsqu'une foule d'acteurs sortirent des loges, tandis qu'un groupe de machinistes arrivaient en courant de l'autre bout du couloir : je crus voir une révolte dans un bagne, comme nous en montrent les films américains. Parvenu sur le lieu du massacre, je constatai que la bagarre était terminée. Le jeune homme ouvrait et fermait sa bouche sans mot dire, comme une carpe tirée au sec, et Paul Abram, penché vers lui, demandait affectueusement :

— Ça va mieux ?

— Oui, dit la victime. Je crois que ça y est. Ça me fait mal, mais c'est en place.

C'était le jeune premier de la troupe, qui s'était démis la mâchoire en croquant un berlingot, et le paternel directeur venait de le soigner sous nos yeux.

Paul Abram est un Provençal de vieille souche, qui fut longtemps le collaborateur de Gémier, et son successeur à l'Odéon, où son souvenir est encore vivace.

Il me conduisit à la loge de Charpin, et me présenta en ces termes :

— Voici l'auteur des *Marchands de gloire* et de *Topaze* qui vous trouve admirable, et qui a quelque chose à vous dire.

Il ajouta pour moi :

— Après le spectacle, je t'attendrai dans mon bureau.

Charpin, tout en faisant un « raccord » de maquillage, écouta mes compliments avec un sourire un peu gêné.

— Cher monsieur, dit-il, c'est pour rendre service à la direction que j'ai accepté le rôle de Chotard, car il n'est pas de mon emploi, comme vous le savez sans doute... Je suis d'abord un tragédien. Mais cela m'amuse de prouver qu'il m'est possible de faire rire le public tout comme un autre...

Il regardait son image dans le miroir, et tapotait sa tempe droite du bout de son index recourbé. Pendant cette opération, il cria plusieurs fois sur deux notes, la première très grave, la seconde très aiguë : « Mââ Pipe ! Mââ Pip ! Mââ Pip ! »

Je compris qu'il voulait me faire apprécier l'ampleur de sa voix tragédienne, et je lui en fis compliment.

Il sourit d'aise.

— Vous m'avez vu dans Théramène ?

Je dus avouer que je n'avais pas encore eu ce plaisir : il parut surpris et choqué.

— Dans ce cas, dit-il, je vous prie de ne pas me juger sur ce Chotard, qui ne me permet pas d'utiliser tous mes moyens !

— Je le sais, dis-je, mais je viens tout justement vous proposer un rôle de comédie.

— Vous avez une pièce dans la maison ?

— Non, au Théâtre de Paris.

Il fit une petite grimace.

— C'est-à-dire au Boulevard ! Je ne crois pas que ce soit possible... Il faut dire, puisque vous l'ignorez – ce n'est pas un reproche –, que je suis l'un des piliers de l'Odéon, et naturellement, j'ai un engagement de longue durée... Il faudrait payer mon dédit, qui est évidemment assez lourd...

— Mais si M. Paul Abram vous accorde un congé ?

— Ça, n'y comptez pas trop... Je sais bien qu'il n'y a personne d'indispensable ; mais en ce moment, il n'y a pas d'acteur dans la troupe qui soit capable de reprendre mes rôles. Vous lui en avez parlé ?

— Non, pas encore. Je voulais d'abord avoir votre avis, et je vous ai apporté le manuscrit.

La sonnette des coulisses tremblota soudain. Il se leva.

— Je le lirai avec plaisir.

Il prit la brochure, et la glissa dans le tiroir de sa table de maquillage.

— Excusez-moi. La scène m'appelle. Je vous téléphonerai demain.

Paul Abram m'attendait dans son bureau.

— C'est un acteur de premier ordre, me dit-il, et un garçon sympathique. Il a de l'autorité, une belle voix, une articulation parfaite, de la sensibilité, de l'esprit. Il joue fort bien la tragédie, mais il n'a pas le physique des rôles principaux. Pas assez grand, et un peu rond... Si tu lui donnes un bon rôle, il peut faire une belle carrière au théâtre et au cinéma, et j'en serais ravi.

— Mais son dédit ?

— Quatre mille francs ! Je vais d'abord lui accorder un congé. Si ta pièce marche, Volterra le paiera sans discuter.

— J'ai eu l'impression que ce tragédien méprisait le Boulevard.

— Si le Boulevard l'applaudit, il méprisera mon cher Odéon. S'il ne réussit pas comme je l'espère, je le reprendrai ici.

Le lendemain, un pneumatique de Charpin m'annonçait qu'il accepterait le rôle de Panisse, « qui semblait avoir été écrit pour lui », et qu'il avait obtenu à grand-peine un congé : faveur arrachée à un Paul Abram désespéré.

Ce n'était pas tout à fait mon affaire, et je n'avais nullement l'intention de lui confier le rôle qui revenait à Raimu.

Je dînai avec Jules dans un restaurant près du théâtre, « Chez Titin ». C'était un restaurateur marseillais de la rue La Bruyère : un ancien boxeur, que les chroniqueurs sportifs du Midi avaient surnommé « L'ouragan des Alpes-Maritimes ». Avec le temps, l'ouragan s'était calmé, comme tous les ouragans, et il préparait désormais de parfaites bouillabaisses et des loups grillés au fenouil.

Il nous tutoyait à la marseillaise, et discutait notre menu.

— Non, je ne te donne pas de boudin. Le soir, c'est trop lourd. Si tu veux te rendre malade, va te suicider dans un autre restaurant. Pour Jules, j'ai des petits rougets, et pour toi, ce sera une caille rôtie.

C'était sans réplique possible.

— Cet après-midi, me dit Jules, je suis allé voir jouer *Chotard*. Ce Charpin est très bien. Il sera parfait dans le rôle de Panisse.

— Tu lui as parlé ?

— Non, je n'ai pas eu le temps.

— Alors, comment sais-tu qu'il veut jouer Panisse ?

— Ça me paraît tout naturel, puisque moi je joue César.

— Mais voyons, est-ce que tu as bien lu la pièce ? César n'est qu'un épisodique, on pourrait le supprimer sans changer l'intrigue ! Il a huit cents lignes, Panisse, et César n'en a pas la moitié !

— Ça m'est égal. Je préfère César.

— Mais pourquoi ?

— Parce que.

— Mais voyons, Jules, Panisse, c'est un développement de Labaume, de *L'École des cocottes*... Tu as eu un triomphe dans Labaume. Souviens-toi de ce que t'a dit Lucien Guitry !

J'insistai longuement. Il leva plusieurs fois les yeux au ciel, il haussa dix fois les épaules, et finit par avouer, avec de grands éclats de voix :

— Je veux être le propriétaire du bar ! Je veux que la pièce se passe chez moi ! Ton Charpin est moins connu que moi ! Ce n'est pas M. Raimu qui doit se déranger pour aller rendre visite à M. Charpin. C'est M. Charpin qui doit venir s'expliquer chez M. Raimu... Si tu n'as pas la délicatesse de le comprendre, ce n'est pas la peine de continuer la conversation.

Il but un grand verre de vin.

— César, c'est mon rôle, c'est mon emploi. Tu ne l'as pas assez mis en avant. Tu n'as qu'à m'ajouter deux ou trois scènes et tu verras ce que j'en ferai !

Tel était Raimu. Il avait des intuitions géniales, qu'il justifiait par des raisons absurdes : c'est pour lui être agréable que j'ai complété le rôle de César, que son génie a mis au premier plan.

C'est à Nîmes que je trouvai Alida Rouffe, dans les coulisses de l'Opéra. Elle y chantait Dame Marthe dans *Faust* ; fille d'un mime qui fut célèbre, c'était une enfant de la balle, et elle avait tous les talents : le music-hall, la revue, la comédie, le mélodrame, et l'opéra.

Elle sortit en courant de sa loge ; en me serrant au passage sur son cœur, elle me dit : « Je reviens tout de suite », et je l'entendis chanter le quatuor avec Faust, Marguerite et le Diable.

Elle revint en disant sans la moindre ponctuation :

— J'ai pris froid j'ai la voix aussi gracieuse qu'une sirène de bateau je me demande pourquoi ils ne me sifflent pas qu'est-ce que tu fais ici viens dans ma loge après le spectacle tu me paieras la soupe à l'oignon.

Elle m'installa dans un fauteuil et nous commençâmes une conversation souvent interrompue par ses entrées en scène.

Je parlais de *Marius*, et du rôle que j'avais écrit pour elle.

Elle déclara :

— Je m'en doutais un peu, parce que Franck m'a parlé de ta pièce : il dit que c'est une merveille. Alors, ils vont la jouer à Paris ?

— Oui, au Théâtre de Paris.

— C'est malheureux pour moi, parce que si tu l'avais montée à Marseille, je l'aurais jouée. À Paris, ce n'est pas possible.

— Pourquoi ?

— Parce que je ne leur plairai pas. Non, sûrement je ne leur plairai pas. D'abord ils ne parlent pas comme nous, et moi, je ne comprends pas très bien ce qu'ils disent. De tout sûr, c'est réciproque.

Je lui expliquai patiemment que grâce au succès de *Topaze*, qui venait d'atteindre sa 100ᵉ, nous ne serions probablement pas trop cruellement accablés par la critique, que les Parisiens n'étaient pas aussi méchants qu'elle imaginait, que Raimu et Orane Demazis seraient nos têtes d'affiche et qu'elle aurait le plaisir de retrouver dans la troupe Delmont, Dullac et Maupi.

Comme elle réfléchissait, j'ajoutai, comme un détail sans importance :

— Et Volterra te donne deux cents francs par jour.

Elle me regarda un moment de ses gros yeux noirs.

— Qui t'a dit ça ?

— C'est Volterra, bien sûr.

— Il ne me connaît pas !

— Nous lui avons parlé de toi.

— Qui nous ?

— Raimu, Dullac, moi.

Elle réfléchit encore.

— Je suis sûre que tu inventes ça pour me faire venir. Et après, quand je serai perdue dans Paris, M. Volterra me dira : « Je t'offre cinquante francs. » On me l'a fait à Toulouse, il y a vingt ans. C'est Ma Douleur qui me l'a fait.

— Qui est-ce Ma Douleur ?

— C'était le directeur des Variétés. Il disait qu'il avait des rhumatismes dans les côtes. Ça ne se voyait pas du tout, et il buvait ses trois Pernods tous les soirs. Mais quand on venait lui demander de l'argent, il devenait tout pâle, il mettait ses deux mains sur son cœur, et il criait : « Ô ma douleur ! Ma douleur ! » et il tombait derrière son bureau.

— Je t'assure que Volterra n'a jamais fait ça. Il m'a chargé de te promettre deux cents francs, et il te les donnera.

— Mais alors, qu'est-ce que tu as bien pu raconter à cet homme ? Tu lui as dit que j'avais du génie ?

— Exactement. J'ai dit que pour ce rôle, tu avais du génie.

— Naturellement. Et quand il s'apercevra que ce n'est pas vrai, il me mettra à la porte à la deuxième répétition. Ils ont droit à cinq répétitions pour te dire oui ou non. Il verra tout de suite qu'il n'en a pas pour ses deux cents francs, et le régisseur me donnera mon billet de retour. À Marseille, on le saura. Et Franck, qui me donne cent francs – oui monsieur, cent francs –, va me dire : « Maintenant tu ne vaux plus que quatre-vingts, ou peut-être soixante !... » Non,

non, je n'y vais pas. Ici, j'ai une belle petite situation, je ne vais pas la perdre pour te faire plaisir.

Le régisseur l'appela de nouveau. Je descendis en scène avec elle, et de la coulisse je l'écoutai chanter.

Elle n'était pas enrouée le moins du monde, et elle fut très applaudie. Après le dernier rideau, elle me conduisit dans une brasserie, dont le patron la tutoyait affectueusement. En mangeant la soupe à l'oignon, elle était pensive. Enfin, elle dit :

— Pour ces deux cents francs par représentation, tu me donnes ta garantie personnelle ?

— Je te la donne.

— Alors, c'est possible que j'y aille. Mais je te préviens : je n'ai plus vingt ans, et je ne voyage plus en troisième classe. J'ai pris l'habitude des secondes. Je sais bien que pour un voyage pareil, ça coûte une fortune. Mais tu le diras à Volterra, j'exige des secondes.

— Ma belle Alida, tu voyageras la nuit, en première, toute seule dans un wagon-lit.

Elle me regarda un instant, puis dit tristement :

— Alors là, je ne te crois plus.

— Alida, je te jure...

— Ne jure pas, mécréant, ça porte malheur. Commande plutôt un peu de champagne et raconte-moi encore des mensonges. Je ne te crois pas, mais ça m'intéresse.

La critique parisienne lui fit un très grand accueil, et les quotidiens imprimèrent de longues louanges, signées par André Antoine, Lucien Dubech, Henry Bidou, Fortunat Strowski, Pierre Wolff, Pawlowski... Le troisième soir, j'allai dans sa loge, pendant qu'elle se maquillait, et je déposai devant elle de longues coupures du *Journal*, du *Matin*, de *L'Action française*, de *L'Humanité*, de *Paris-Midi*, de *L'Intransigeant*.

J'essayais de lui expliquer l'ampleur de son succès, et l'importance de ces grands quotidiens.

— Je sais, dit-elle, je sais. À l'hôtel, on m'en a déjà fait voir beaucoup. Ils sont bien gentils. Mais regarde un peu ce que je viens de recevoir ! Regarde !

Elle me montrait une coupure, plus petite qu'une carte de visite, qu'elle avait piquée au mur au moyen d'une punaise. Au-dessus de ce petit rectangle elle avait écrit en arc de cercle, au crayon gras : « Le Petit Marseillais », et *Le Petit Marseillais* disait :

« Nous apprenons que notre concitoyenne Alida Rouffe vient

d'obtenir, sur la scène parisienne, un joli succès personnel. Toutes nos félicitations. »

À la Noël, nous avions réuni tout notre monde, mais il nous manquait toujours Marius.

Léon Volterra refusait ceux que nous lui proposions : il voulait une vedette, parce que c'était le rôle du titre. Raimu, toujours soupçonneux, voyait dans ces refus une manœuvre pour retarder la première de la pièce, et il disait : « Il a probablement loué son théâtre à Verneuil jusqu'à la fin de l'année : il ne veut pas nous le dire, et il nous mène en bateau. »

Valentin, devenu notre fidèle collaborateur, répondait :

— Jules, vous vous trompez ! Je vous assure que vous vous trompez !

— Oh ! que non ! répliquait Jules. Je le connais, moi, le gros Léon. Il a l'air d'un bébé, mais c'est un perfide ! Ta pièce, il ne veut pas la jouer, et il ne la jouera pas !

— Mais alors, pourquoi l'aurait-il reçue ?

— Mais pauvre enfant, pour qu'on ne la joue pas ailleurs. Il DÉTESTE les autres directeurs ! Il sait que c'est une pièce extraordinaire, et il ne veut pas la leur donner !

— Mais voyons, Jules, raisonne un peu ! S'il la trouve si extraordinaire, pourquoi ne la monterait-il pas ?

— Mais je te l'ai dit ! Parce qu'il a loué son théâtre à Verneuil !

— Tout à l'heure, tu disais « probablement ». Et maintenant tu en es sûr ?

— Oui, parce que tu m'as forcé à réfléchir. Il ne la jouera PAS. Et moi, il continuera à m'envoyer faire le pitre à Marigny, dans la forêt des Champs-Élysées. D'ailleurs, ce n'est pas un théâtre. C'est un ancien pavillon de chasse, du temps où ils couraient après les sangliers, avec les piques, entre la rue Pierre-Charron et l'avenue George-V. Et je te dis qu'il ne la jouera JAMAIS.

Huit jours plus tard, comme notre directeur refusait encore une fois un Marius, Raimu éclata en vociférations tonitruantes, dans le hall vide du Théâtre de Paris. Il accusa Léon d'hypocrisie, Valentin de tartuferie, et moi-même d'imbécillité.

Léon écoutait cette diatribe avec une indifférence glacée en faisant craquer un beau cigare près de son oreille. Il l'alluma posément, puis, sans mot dire, il tourna le dos à Raimu, et s'éloigna d'un pas de promeneur.

Le soir même, après la première d'une revue à grand spectacle, j'étais assis près de Volterra dans le hall du Casino tandis que la foule s'écoulait. Il me dit :

— Tu le crois, toi, comme cet imbécile, que je ne veux pas jouer ta pièce ?

— Je ne le crois pas, mais je constate que nous n'avançons pas… S'il y a quelque chose qui vous gêne dans cette affaire, renvoyons-la à la rentrée.

— C'est-à-dire que tu penses que je refuse tes Marius systématiquement. Bon. Eh bien, finissons-en. Dis-moi un nom, et je l'engage immédiatement.

J'hésitai un moment. Les arguments de Léon étaient valables. Les spectateurs allaient s'intéresser à ce Marius, dont le nom était le titre de la pièce. Le rôle était très important. Il était en scène toute la soirée… Je vis tout à coup passer dans la foule un jeune homme, qui me dit bonjour de la main : c'était Fresnay. Je m'élançai vers lui, le pris par le bras, et l'amenai, tout surpris, à Volterra.

— Le voilà, dis-je. C'est lui que je veux.

— Tu me veux pour quoi ? dit Fresnay.

— Pour jouer Marius. Assieds-toi. Est-ce que tu es libre ?

— En principe oui. J'ai des propositions, mais je n'ai encore rien signé.

— C'est une idée, dit Léon. Garçon, apportez-moi une feuille de papier.

Pierre s'était assis.

— *Marius*, dit-il, c'est une tragédie ?

Je lui exposai notre affaire.

— Tu sais que je n'ai pas l'accent marseillais, dit-il. Mais il est possible que je puisse le prendre. C'est à voir.

— Quel est votre prix ? demanda Léon.

— Mille francs par jour.

— C'est cher, mais je suis d'accord. Accepterez-vous de passer après Raimu sur l'affiche ? Son contrat lui donne la première vedette.

— Cela m'est égal, dit Fresnay. D'ailleurs, il est plus âgé que moi.

— Dans ce cas, c'est fait, dit Léon.

Je rédigeai un contrat de cinq lignes, que Léon signa sans dire un mot ; mais Fresnay repoussa la plume que je lui tendais.

— Je vous demande la permission de ne pas signer tout de suite. Il faut d'abord que je lise la pièce, pour voir si le rôle est de mon emploi, puis que j'essaie mon accent. Je ne veux pas aller à un désastre.

— Je vous comprends, dit Léon. Prenez toujours le contrat. Quand me le rendrez-vous signé ?

Fresnay réfléchit un instant.

— Pas avant dix jours. J'ai mon idée.

— Bon, dit Léon.

Valentin, qui regardait la scène de loin, paraissait soucieux.

Le lendemain, à midi, je reçus un pneumatique de Raimu.

Lorsqu'il était en colère, il prenait un gros crayon bleu, et rédigeait, d'une écriture énorme et furieuse, des messages agressifs.

Dans ces occasions, quoiqu'il fût assez instruit, il oubliait des lettres, parfois des mots, et il malmenait l'orthographe en même temps que le destinataire :

« Ça, c'est un combe. Marius, un Alzatien ! C'est un bon acteur, mais il est Alzatien ! C'est de la folie ! On veut te saboter ta pièce. Et toi, comme le ravi de la crèche, tu te laisses faire par Volterra ! Oh il est fort, il est très fort ! »

Suivait une grande signature, puis un post-scriptum :

« De plus, il est PROTESTANT. Je déjeune chez Titin. »

C'est là que je trouvai Jules, qui visiblement m'attendait, car à ma vue il cria :

— Titin, mets la bouillabaisse au feu !

Je l'attaquai aussitôt sur son point le plus faible :

— Pourquoi reproches-tu à Fresnay d'être protestant ?

— Je ne reproche pas, je constate.

Il prit aussitôt la mine d'un quaker d'autrefois, et dit d'une voix sans timbre, les yeux baissés, et serrant les narines :

— Les protestants, ce sont des gens sévères, des gens tristes, qui ne plaisantent pas, qui ne rient jamais...

— Tout justement, Fresnay rit volontiers... Moi je l'ai vu rire, oui, parfaitement.

— Ho ho ! dit Jules triomphal, si tu l'as remarqué, c'est qu'il rit une fois par mois. Et d'ailleurs, c'est bien simple : les protestants ne sont jamais patrons de bar ! Leur religion le leur défend.

— Où as-tu pris ça ?

— Je le sais, et tout le monde le sait.

— Eh bien moi, je ne le sais pas.

— Tu as beau avoir été professeur, tu ne sais pas tout. On n'apprend pas ça dans les écoles.

— Mais toi, dis-moi où tu l'as appris !

Il appela Titin à son secours.

— Titin, est-ce que tu connais un patron de bar PROTES-TANT ?

Titin était prudent, et la question était posée sur un ton presque menaçant.

— Non, dit-il, je n'en connais pas.

Puis, il se tourna vers moi, et ajouta, comme un aveu :

— Mais je n'en connais pas non plus de catholique… Il faut dire qu'entre nous on ne parle guère de ces choses-là.

— Comment ! cria Jules indigné, mais toi, toi, est-ce que par hasard tu ne serais pas baptisé ?

Titin se hâta de répondre :

— Voui, voui, moi je suis baptisé ! Baptisé à l'église !

— Donc, quand tu dis que tu ne connais pas un patron de bar catholique, tu MENS.

— Mais on ne parle pas de moi !

— Mais si ! dit Jules, puisqu'on parlait des patrons de bar ! Ici, ce n'est pas une sacristie, ce n'est pas une clinique, c'est un bar ! Et en plus, en plus, ce PROTESTANT est alsacien !

— Ô malheur ! dit Titin. Marius alsacien ! C'est pas possible !

— Eh bien, monsieur a engagé M. Fresnay, très bon comédien, mais alsacien et protestant, pour jouer Marius ! Et en plus, en plus, c'est un tragédien de la Comédie-Française !

Titin, consterné, se prit la tête à deux mains, et s'enfuit vers sa cuisine en gémissant des « Oyayaïe ! ».

— Jules, parlons sérieusement.

— Je ne fais que ça depuis une heure !

— Ton histoire de protestant ne tient pas debout. Ce qui est plus grave, c'est le fait qu'il ne soit pas de chez nous.

— C'est toujours très difficile de prendre l'accent marseillais dans un rôle aussi long. Pour un Alsacien, protestant de la Comédie-Française, c'est impossible.

— Ce n'est pas sûr. En tout cas, il comprend parfaitement la difficulté de la chose.

— Il ne comprend pas, puisqu'il a signé !

— Volterra a signé. Lui, non. Il a demandé quinze jours pour travailler son accent. Si nous n'en sommes pas satisfaits, il rendra sa signature à Léon.

— Moi je dis qu'il ne la rendra pas, parce qu'il croira qu'il a l'accent marseillais.

— Il accepte que nous en soyons juges. Et d'autre part, il accepte de passer après toi sur l'affiche.

Je savais que cette question devait le tourmenter, et qu'elle était sans doute pour quelque chose dans la querelle.

— Tu as vu son contrat ?

— C'est moi qui l'ai rédigé. Et d'ailleurs, tu sais bien que toi-même tu dois avoir la première vedette ?

— Je dois l'avoir dans les revues ; mais il n'est pas question des pièces de théâtre. J'avais peur que Léon discute là-dessus, avec sa perfidie habituelle.

— Il m'a prouvé sa « perfidie » en affirmant à Fresnay qu'il t'avait garanti la première vedette dans tous les cas.

Il se radoucit visiblement.

— Quoique ce soit tout naturel, ça prouve qu'il est raisonnable... Enfin, ce qui est fait est fait.

Titin nous apportait la bouillabaisse, en disant :

— Je le connais, moi, ce Fresnay. C'est un garçon de premier ordre. Il est beau, sympathique, et poli ! Il ne vous dirait pas merde sans lever son chapeau !

Jules réfléchit un instant, et dit :

— Après tout, on peut essayer. Nous lui donnerons des leçons d'accent... Tu devrais lui téléphoner, et lui demander s'il ne peut pas dîner avec nous ce soir.

Une servante me répondit :

— Monsieur est parti ce matin pour Marseille.

Quinze jours plus tard, c'était la première répétition. Je lus la pièce aux acteurs, sur le plateau, devant le théâtre vide. Fresnay n'était pas encore arrivé.

À cinq heures, la répétition commença. Je lisais le rôle de Marius. Nous cherchions les places, le mouvement, lorsque Fresnay entra. Il portait le tablier bleu du patron de bar, un accroche-cœur esquissé sur le front, une cigarette sur l'oreille, un petit mouchoir noué autour du cou. Il alla s'installer derrière le comptoir, et tout en rinçant un verre, il dit :

— Si je ne puis pas offrir une tasse de café, qu'est-ce que je suis ici ?

Jules devint instantanément César, et répliqua avec force :

— Tu es un enfant, un enfant qui doit obéir à son père. Moi, il a fallu que j'attende l'âge de trente-deux ans, pour que mon père me donne son dernier coup de pied au derrière. Voilà ce que c'était que la famille, de mon temps. Il y avait du respect, et de la tendresse.

Fresnay fit un petit sourire, et à mi-voix, il répliqua :

— À coups de pied.

Il parlait avec l'accent inimitable du Vieux-Port. Alors Jules se tourna vers moi, et dit :

— Ça y est. C'est gagné.

Ces quinze jours d'absence, il les avait passés dans un petit bar du Vieux-Port, après avoir gagné l'amitié du garçon, qui était, comme Marius, le fils du patron. Il avait essuyé des tables, rincé des verres, et pris part à ces conversations marseillaises où des inconnus vous racontent leur vie qui est toujours « un véritable roman ». Au départ, il avait emporté – en souvenir – le tablier bleu et la casquette du garçon : il devait les porter tous les soirs pendant trois ans, avec un accent marseillais si naturel qu'il lui fallut plusieurs années pour s'en délivrer.

L'atmosphère des répétitions fut merveilleusement amicale. Raimu menait le jeu avec une aisance et une patience qui étonnèrent Volterra, et il avait voué au « protestant de la Comédie-Française » une amitié véritable, et presque respectueuse ; la troupe provençale faisait retentir les couloirs de cris et d'éclats de rire qui réjouissaient le cœur de Valentin, et lorsque le régisseur n'avait convoqué que deux ou trois comédiens pour répéter une scène importante, tout le monde, et même les machinistes inutiles, venait au théâtre pour y assister.

Volterra n'y paraissait pas lui-même, ni la Patronne : ils avaient décidé d'attendre que la mise en scène fût en place, afin de juger notre travail dans son ensemble et son mouvement.

Le billet de service annonça un soir que nous répéterions le lendemain les trois premiers actes en costumes, avec les accessoires et en présence de la direction.

Dans les manuscrits distribués aux acteurs, j'avais supprimé la partie de cartes. D'abord parce que la pièce était trop longue : il fallait faire des coupures ; d'autre part, cette partie de cartes n'était qu'un « sketch », qui eût été à sa place sur la scène de l'Alcazar de Marseille, mais qui me paraissait vulgaire, et peu digne du théâtre qui avait été celui de Réjane. Contrairement à mon attente, Raimu n'avait pas protesté contre la disparition de la scène et je pensais qu'il en avait oublié l'existence.

Lorsque j'arrivai au théâtre, une certaine nervosité régnait sur le plateau pendant les derniers préparatifs. Raimu examinait les costumes et les maquillages, Fresnay et Demazis jouaient une scène à mi-voix dans la coulisse, Charpin serrait et desserrait la courroie qui tenait en place son faux ventre, en murmurant, sur des intonations différentes, la même réplique, l'accessoiriste apportait en courant les verres à bière et l'éponge du comptoir. Cette agitation me parut naturelle, car j'étais moi-même très inquiet, mais il me sembla qu'il y avait du mystère dans l'air, car Raimu, Charpin, Dullac et Fresnay échangeaient des regards complices et des clins d'yeux souriants.

Volterra et la Patronne s'installèrent à l'orchestre, et j'allai m'asseoir près d'eux. Derrière nous, M. Pothier, administrateur du théâtre, Valentin et ses machinistes, et les figurants des deux premiers actes formaient un petit public.

Malgré quelques accrochages, tout se passa fort bien jusqu'à la fin du second acte, et j'allai dans les coulisses pour féliciter tout le monde.

— Attends le trois, dit Raimu : il est encore mieux que les deux premiers. Ce n'est pas votre avis, Fresnay ?

— Je suis sûr qu'il fera un gros effet !

— Tu vas être étonné, dit Charpin. Ce n'est pas encore tout à fait au point, mais c'est déjà très bon. Va t'asseoir, et ne crie pas.

Ce conseil me parut singulier.

Je regagnai ma place. Pendant qu'on frappait les trois coups, Léon serra mon bras, et dit avec force :

— Écoute d'abord !

Encore un conseil mystérieux ; mais comme j'allais lui en demander le sens, le rideau se leva sur la partie de cartes.

Tout au long de la scène, Valentin, Léon, la Patronne, M. Pothier, et les machinistes firent de grands éclats de rire : à la fin, ils se levèrent pour applaudir les comédiens, et Valentin criait « Bis ! bis ! ». Je vis bien qu'ils exagéraient un peu leur enthousiasme pour me convaincre.

Puis Raimu, d'un air innocent, s'avança jusqu'à la rampe, et me dit gravement :

— Ta dactylo est une criminelle ! Imagine-toi qu'elle avait oublié de taper cette scène. Heureusement, nous l'avions dans le manuscrit de Léon. On n'a pas voulu t'en parler pour ne pas t'inquiéter !

Cette déclaration fut accueillie par de nouveaux éclats de rire. Je répliquai :

— C'est aussi pour ne pas m'inquiéter que vous ne l'avez jamais répétée devant moi ?

— C'est que nous l'avons répétée le matin, pendant huit jours. On n'a pas voulu te déranger et Léon est venu à ta place !

Je pris le parti de rire avec eux, puis je dis :

— Mais si nous gardons cette scène, je ne vois pas ce que nous allons couper ?

Jules descendit dans la salle.

— Puisque tu me demandes mon avis, je crois qu'on pourrait – je ne dis pas « couper » – mais « ne pas jouer » la longue scène sur la jetée...

— Naturellement ! Tu veux rétablir la partie de cartes, parce que tu en es, et couper la jetée parce que tu n'en es pas ! Je voudrais bien savoir ce qu'en pense Charpin !

— Moi, dit maître Panisse, si tu es d'accord, moi aussi. Mon rôle me plaît dans la partie de cartes, tandis que sur la jetée, je suis un peu gêné, parce qu'elle ressemble à ma scène du quatrième acte... Alors, tu pourrais reprendre quelques répliques qui me plaisent, et les placer dans la scène du quatre ?

Ainsi fut fait, à la satisfaction de tous. Je n'ai pas eu lieu de m'en repentir.

L'avant-veille de la générale, un Parisien, ami de Volterra, fut autorisé à assister à une répétition : c'était notre premier spectateur. Du fond d'une loge, je surveillais ses réactions avec le plus vif intérêt.

C'était un monsieur élégant, aux manières distinguées, qui portait un monocle. Il s'était installé au milieu de l'orchestre.

Je le vis vaguement sourire, deux ou trois fois, et sur des répliques qui n'étaient nullement comiques.

À la fin du premier acte, j'allai m'asseoir près de lui. Il ne me connaissait pas, et me prit sans doute pour un régisseur.

Je lui demandai :

— Est-ce que cette pièce vous intéresse ?

Il remonta son sourcil, pour libérer le monocle, sourit et dit :

— Je crois qu'elle me plairait, si je comprenais ce qu'ils disent.

— Vous trouvez qu'ils ne parlent pas assez haut ?

— Non, ce n'est pas ça... Mais il y a des tournures de phrases très incorrectes, et puis, cet accent qui déforme les voyelles... J'ai beaucoup de peine à suivre. Nous sommes bien loin de Claudel !

Je fus consterné ; mais la voix de Jules retentit. Il était occupé à mettre en place quelques accessoires pour le second acte, tandis que Charpin traçait à la craie, sur le plancher, des croix de repère. Jules voyait tout, entendait tout, devinait tout. Il cria solennellement, comme si j'étais à cent mètres de lui :

— N'écoute pas ce que dit ce monsieur. Il est célèbre pour sa bêtise. Oui, monsieur. Vous, monsieur, oui. Je savais que vous êtes bête, mais je ne savais pas que vous étiez sourd !

Puis, avec une colère subite, il hurla :

— Mais qui est-ce qui a permis à cet imbécile de venir nous espionner ? Ici, c'est un théâtre, ce n'est pas une sinécure !

Il fit deux pas en arrière, et leva la tête vers les cintres.

— Baissez le rideau ! On continuera quand ce borgne sera parti !

Comme le rideau descendait, l'homme au monocle se leva, sourit faiblement, haussa les épaules, et sortit.

Le soir de la répétition générale, le public écouta les deux premières scènes dans un silence méfiant. Jules, furieux, s'avança jusque sur la porte du bar, en feignant de regarder le Vieux-Port, et chuchota :

— Ils ont envie de rire, mais ils ne veulent pas ! Mais on va les avoir. Ne t'inquiète pas.

Je m'inquiétais beaucoup, au contraire, et je pensais au Parisien expulsé, lorsque j'entendis un immense éclat de rire : Jules venait de les avoir en composant un Picon-citron-curaçao.

La salle dégelée, le succès fut grand. Paris découvrait Raimu, qui ne se connaissait pas lui-même, l'émotion et la sincérité d'Orane Demazis, la maîtrise de Fresnay, l'autorité souriante de Charpin, le pittoresque et la justesse de ton des Marseillais.

Je ne crois pas que l'on ait jamais vu une pièce aussi parfaitement interprétée et le succès, dans la presse et dans le public, fut immédiat : c'est aux comédiens que j'en dois la meilleure part.

J'allai voir Raimu dans sa loge ; il était stupéfait : à la fin de la pièce, on lui avait fait une véritable ovation.

— Je n'y comprends rien, dit-il. Dans ce rôle, je dis le texte, rien de plus, je parle comme à la maison, et tout d'un coup, c'est un triomphe ! Je me demande pourquoi !

Volterra entra, les mains dans les poches, mâchonnant un cigare. Il ne lui fit aucun compliment, mais il demanda :

— Combien gagnes-tu chez moi ?

— Cinq cents francs par jour.

— À partir de ce soir, ce sera mille.

Jules, pantois, les sourcils haussés, la bouche entrouverte, le regarda sortir. Il se tourna vers moi, et murmura :

— Qu'est-ce que ça veut dire ?

— Comme d'habitude, mon pauvre Jules : encore une PERFIDIE...

L'entrée d'une foule de critiques et d'amis le dispensa de me répondre.

Le succès, au théâtre, tombe sur une pièce comme un orage : nous « refusions du monde » tous les soirs.

« Refuser du monde ! » Rêve du vieux Lehmann, notre contrôleur, qui en avait pourtant le cœur brisé... C'est afin d'en refuser moins que, malgré les règlements de police, et sans rien en dire à personne, mais avec la complicité de Valentin, il avait installé devant les loges d'orchestre une rangée supplémentaire de strapontins frauduleux.

Malheureusement, l'un d'eux était situé juste au-dessus d'une bouche de chaleur.

— Remarque bien, me dit-il, que je le loue le dernier, et pas à tout le monde. Pas aux dames, à cause des robes : à la fin du premier acte, elles seraient momifiées. Pas aux messieurs trop gros : s'ils tombaient d'un coup de sang, ça dérangerait la représentation. Je le loue surtout aux grands maigres : ils s'épongent le front, de temps en temps ils poussent des soupirs, mais ils tiennent le coup jusqu'au bout.

— Ils ne viennent jamais se plaindre à la sortie ?

— Jamais ! Eh bien, moi, je dis que ta pièce est formidable, parce que pour garder un homme, pendant trois heures, sur un strapontin à vapeur, il n'y a que *Cyrano* et *La Dame aux camélias*.

Les échotiers et les courriéristes ont souvent parlé de Raimu, et presque toujours sur un ton déplaisant.

À force de brocarder son avarice, elle était devenue proverbiale. Cette réputation était due à plusieurs causes. La première, c'était qu'il refusait – avec d'humiliantes injures – de subventionner les petits journaux et qu'il éconduisait les « tapeurs », sans le moindre ménagement, ce qui me paraît être la sagesse même.

Enfin, il était victime, comme tous les gens connus, de racontars et d'impostures.

J'ai entendu, de mes oreilles, des gens lui reprocher – en son absence – de n'avoir pas payé l'apéritif « d'honneur », auquel ils étaient venus eux-mêmes l'inviter. Enfin, la légende étant née, on interprétait tous ses actes comme inspirés par une avaricieuse férocité.

Un jour à la terrasse du Fouquet's – que Raimu appelait « mon bureau » –, un garçon très intelligent, mais affligé d'une haleine empestée, l'accusait – toujours en son absence – d'avarice et de ladrerie.

J'allai aussitôt demander à ce gentilhomme sur quelles preuves il fondait son accusation

— Monsieur, dit-il, je lui ai rendu pas mal de services, gratuits – pour des affaires juridiques –, mais il ne m'a jamais invité à dîner. Non, jamais. Alors, je l'ai invité moi-même ; il a *refusé*, sous je ne sais plus quel prétexte, mais j'ai fort bien compris pourquoi : il a refusé, parce qu'il craignait d'être obligé de me rendre mon invitation ! Avouez que c'est mesquin. Mais finalement, je ne lui en veux pas : j'aime mieux en rire !

Il s'approcha de moi, et me fit en pleine figure un tout petit éclat de rire, qui m'asphyxia.

Ce qui était vrai, c'est que Raimu avait un étrange appétit pour tout ce qui était gratuit.

Un soir, la grande Elvire Popesco nous avait invités à dîner tous les deux dans un restaurant de la Madeleine en vue de la réalisation d'un film que nous n'avons malheureusement pas fait. Ce fut un repas riche et plaisant.

Jules, comme d'habitude, avait dans la poche extérieure de son veston deux beaux cigares, dont l'extrémité supérieure était assez visible.

Au café, Elvire, toujours seigneuriale, fit apporter une boîte de havanes qui resta ouverte sur la table. À la vue des cigares, les yeux de Jules brillèrent : par un mouvement savamment amené, il mit la main sur son cœur pour cacher les siens, et prit un havane dans la boîte.

Elvire avait vu ce manège aussi bien que moi. Grande dame, et respectant son invité, elle continua fort sérieusement la conversation ; mais il était bien difficile à Jules, une main sur le cœur, de trancher le bout du havane et de l'allumer.

Il y parvint cependant (car il avait des talents de prestidigitateur) en utilisant ses deux mains, mais sans déplacer la gauche, toujours suspendue à la hauteur du cœur, puis en regardant fixement Elvire, comme s'il voulait l'hypnotiser, et, soufflant de petits nuages de fumée pour voiler sa main gauche, selon la technique des batailles navales, il essaya, du bout de son index, de séparer les émergences des cigares indiscrets, et de les pousser l'un vers la droite, l'autre vers la gauche, en espérant que leur obliquité les raccourcirait, et les ferait enfin disparaître. Cette opération difficile dura un moment, tandis que Jules parlait d'abondance, comme font les illusionnistes lorsqu'ils vont tirer des lapins vivants d'un chapeau de soie. Nous l'écoutions en silence ; mais cette main, que nous ne pouvions pas quitter des yeux, fit de si étranges contorsions qu'Elvire fut tout à coup secouée par une crise de fou rire qui commença par un long cri, et qui alla jusqu'aux larmes ; je ne pus y résister moi-même, et Jules, inquiet, demanda : « Qu'est-ce que j'ai dit de si drôle ? »

L'illustre comédienne, en essuyant ses yeux et roulant délicieusement les *r*, répliqua :

— Cher ami, vous vous donnez bien du mal pour nous cacher les deux cigares qui sortent de votre poche !

Jules joua la surprise à la perfection, baissa les yeux, découvrit les cigares, et s'écria sans la moindre confusion :

— Mais c'est vrai ! Eh bien, ils doivent y être depuis longtemps... Depuis... (il feignit de réfléchir). Depuis le déjeuner chez Volterra, le mois dernier ! C'est la première fois que j'ai mis ce costume... Et aujourd'hui, je ne me suis pas aperçu que...

Elvire, avec cette vivacité foudroyante qui surprend toujours le spectateur, s'écria avec des *r* particulièrement durs :

— Grand menteur ! C'est parce que tu ne t'es pas aperçu que tu gardes la main sur le cœur comme une angine de poitrine ? Tiens, puisque tu les aimes tant, je te fais cadeau de la boîte !

En riant, elle poussa les havanes vers lui. Jules protesta, mais d'un air navré.

— Oh ! Vous allez tout de même pas croire que pour un cigare... J'en ai vingt bocaux chez moi, des Upman boîte ronde... C'est pour me taquiner que vous dites ça ? Vraiment, une supposition pareille... Surtout que ces havanes, à mon goût, ça ne vaut pas les miens...

— Allons, dit Elvire, c'était pour rire... Il est onze heures : parlons du film.

Nous en parlâmes. Jules regardait les cigares. En partant, il mit la boîte sous son bras.

Non, ce n'était pas de l'avarice, mais une sorte de manie enfantine, qui lui a souvent coûté très cher. Des producteurs de cinéma bien informés l'amenaient à baisser son prix de cinquante mille francs en lui garantissant la disposition GRATUITE d'une voiture et d'un chauffeur pendant la durée du tournage (ce qui n'en valait pas dix mille) et la fourniture GRATUITE, chaque matin, de quatre cigares dont la marque, la taille et la qualité étaient soigneusement précisées.

Parfois, il en exigeait six, accordés après discussion, et ces victoires dérisoires le rendaient heureux comme un enfant.

Pour la vie quotidienne avec ses amis, il était aussi généreux qu'un autre. Bien souvent, pendant les vacances, dans sa belle villa de Bandol, il invitait Doumel, le raconteur d'histoires marseillaises qui s'était ruiné dans l'exploitation irrationnelle d'un restaurant ; il le nourrissait grandement et le logeait dans une vaste chambre ouverte sur la mer. De plus, il lui donnait cinq francs par jour d'argent de poche. Doumel, que l'infortune n'avait pas abattu, s'amusait à table à casser, sur sa propre tête, les assiettes du déjeuner.

À la cinquième ou sixième Jules se fâcha ; Doumel, ricanant, en cassa une autre.

— Bien ! dit Jules, celle-là, tu la paieras ! Demain matin, je te retiendrai trois francs sur ton argent de poche.

Il tint parole. Doumel, outré, raconta cette affaire, je ne sais pas en quels termes, mais je sais qu'elle parvint au Fouquet's sous la forme suivante :

— Votre ami Raimu est d'une ladrerie incroyable. Il avait invité Doumel à déjeuner. Doumel a cassé une assiette : Raimu *la lui a fait payer trois francs* !

Dans cette villa de Bandol, face à la mer latine, nous étions souvent dix ou douze à sa table, car il aimait la compagnie.

Il préparait lui-même des bouillabaisses démesurées (une livre de rascasses par personne, sans compter la baudroie, le congre et le saint-pierre) ou plus souvent un pot-au-feu majestueux : faute de marmite assez grande, il le cuisait dans une lessiveuse.

Je le revois, un bonnet de chef sur la tête, sa montre dans une main et brandissant de l'autre une petite fourche infernale, pour extraire du bouillon fumant les quartiers de viande qu'il jugeait assez cuits, tout en chantant *La Bergère volage*, qui n'est pas une ronde enfantine.

Avec Henri Poupon, Delmont, Maupi, Paul Olivier, nous répondions par le Chœur des libidineux vieillards…

Oui, c'était un bon compagnon et s'il paraissait parfois antipathique aux gens qui ne le connaissaient pas, c'était à cause d'une méfiance toujours en éveil, et d'une peur maladive d'être dupe.

Il est vrai aussi qu'il avait fâché bien des gens par ses colères explosives.

J'avais cependant trouvé une astuce pour lui donner la réplique non pas en criant aussi fort que lui, car je n'en avais pas les moyens, mais en lui répondant, presque à mi-voix, de petits sarcasmes prémédités.

Je lui avais appris un jour que son nom véritable, Muraire, n'était autre qu'un mot provençal, *mouraïré*, qui signifie celui qui « fait le mourre », « l'embêteur », pour ne pas dire mieux.

Quand il commençait à crier, je le regardais tristement, et je lui disais : « Jules, méfie-toi. Voilà le sang des Muraire qui prend le dessus... Si tu continues à crier comme ça, un de ces jours tu te réveilleras entre deux infirmières avec un œil plus grand que l'autre, la bouche tordue, et le menton sous l'oreille. Dis-moi ce que tu veux, et ce sera fait. »

Désarmé, il haussait les épaules, et sortait dans la cour des studios à la recherche d'une autre colère dont il avait vraiment besoin. Je ne dis pas que ces crises étaient simulées, mais il me semble qu'elles étaient voulues et dirigées, et qu'il y prenait plaisir. En tout cas, je ne l'ai jamais vu faire de mal à personne.

La base même, le socle de son talent, c'était sa personnalité, c'était lui-même.

Avant le film parlant, il était à peu près inconnu, hors Paris et Marseille, mais lorsque au hasard des routes nous entrions dans un restaurant à Sens, à Mâcon, à Montélimar, tous les regards se tournaient vers lui, et je voyais des gens qui appelaient le garçon, pour lui demander à voix basse : « Qui est-ce ? » De même sa seule présence emplissait d'un seul coup la scène ou l'écran.

Malgré sa masse et son poids, il avait une sensibilité presque féminine, qu'il exprimait en scène avec une émouvante pudeur. Toujours naturel, parfois grossier, jamais vulgaire.

Sa voix puissante était un orgue, dont il jouait en virtuose : ses chuchotements allaient jusqu'au fond de la salle, ses cris faisaient trembler le lustre, et ses changements de ton imprévus au milieu d'une scène comique arrêtaient net la gaieté du public, et saisissaient le cœur des spectateurs d'une émotion discrète mais profonde, jusqu'à ce qu'un autre changement de ton fît rejaillir d'interminables éclats de rire.

Ses prodigieux moyens d'acteur s'appuyaient sur une science du métier acquise au music-hall, dans le sketch, le monologue, le tour de chant, puis dans l'opérette et la comédie légère des Boulevards. Il avait le don de l'imitation, jusque dans ses mains et son visage. Quand il parlait de quelqu'un qu'il n'aimait pas, il transformait miraculeusement son front, ses yeux, sa bouche, son menton, et devenait lui-même une caricature vivante et reconnaissable de l'absent, dont il prenait alors le regard et la voix. Il eût été un clown de cirque incomparable, ou un Polonius, un don Diègue, un Narcisse, un Yago, un Bartholo, un roi Lear.

Sur la scène de la Comédie-Française, dans un milieu qui n'était pas le sien, et dans lequel il détonnait, il nous a rendu Molière dans *Le Bourgeois gentilhomme*, puis il a pris la fuite sous les bravos, épouvanté par le sérieux et la routine de la Maison.

En 1946, un accident d'automobile le retint deux mois en clinique avec une jambe cassée. Il en sortit parfaitement guéri et joyeux ; mais un jour de septembre il me téléphona : « Je suis encore dans une clinique, mais ce n'est pas grave. Viens me voir. »

J'accourus.

Il était assis dans son lit, et s'était fait un turban d'une serviette-éponge : on eût dit un gigantesque brahmane.

Il discutait avec son infirmière, une charmante jeune femme : elle refusait d'ouvrir une bouteille de whisky que Paul Olivier venait de lui apporter. Il en buvait d'ordinaire fort peu, mais il prétendait ce jour-là que deux gorgées lui donneraient plus d'assurance pour aller jusqu'à la table chirurgicale. Elle refusait énergiquement.

— Pas d'alcool avant une opération. La consigne est formelle. Vous êtes à jeun, un doigt de whisky peut vous enivrer. Vous en boirez demain, si vous voulez, mais pas aujourd'hui.

Jules me la montra du doigt, et dit :

— C'est une mégère, et je plains son mari de tout mon cœur !

— Je n'ai pas de mari, dit-elle.

— Tant mieux ! dit Jules. Tant mieux pour lui !

Le ton de cette conversation me rassura. Jules me parla de l'opération, une opération banale et bénigne, qui ne demanderait que huit jours de clinique. Puis l'infirmière me dit qu'il était temps de me retirer, parce que l'heure des chirurgiens allait sonner.

Comme je lui faisais mes adieux, il me dit tout à coup :

— Embrasse-moi.

Je fus surpris. Il nous arrivait très souvent de ne même pas nous serrer la main, et de continuer sans préambule la conversation de la veille.

Je l'embrassai.

J'allais sortir, il demanda :

— Où déjeunes-tu ?

— Chez Langer, avec Roger-Ferdinand.

— Après l'opération, je te téléphonerai.

— Si on vous le permet ! dit l'infirmière.

— Quoi ? cria Jules. Ici, on ne parle que de permettre ou de

défendre ! C'est une caserne ! C'est un bagne ! Ne t'inquiète pas :
je te téléphonerai.

À midi et demi, on vint m'appeler à table. Je pensai qu'il n'était
pas encore éveillé, mais que la serviable infirmière allait me donner
de ses nouvelles.

C'était une voix inconnue, une voix de femme.

— Le cas de M. Raimu était beaucoup plus grave qu'on ne vous
l'a dit. L'opération a duré deux heures. Il ne s'est pas réveillé.

— Vous voulez dire pas encore ?

Il y eut un silence tragique. Puis la voix murmura : `

— Non. Il ne se réveillera plus.

En 1938, j'avais réalisé un film, *La Femme du boulanger*, d'après
un très beau chapitre de *Jean le Bleu*, de Giono. Raimu était en
tête de la distribution, qui comprenait en outre plusieurs membres
de la troupe de *Marius*, Alida Rouffe, Dullac, Maupi, Delmont,
Vattier, Charpin. Ce film était parti pour les États-Unis en 1939 :
pendant la guerre, je n'en reçus point de nouvelles.

En 1946, à la fin de septembre, un beau géant américain entra
dans mon bureau et me dit :

— Je suis Orson Welles. J'arrive des États-Unis, et je voudrais
avoir l'adresse du comédien Raimu. J'ai vu plusieurs fois votre film,
La Femme du boulanger, et j'aimerais avoir l'honneur de lui serrer
la main.

— Ce n'est malheureusement pas possible : il est mort la
semaine dernière.

Je vis sur son visage une sincère émotion.

— Je ne peux pas le croire.

Je lui fis le récit de notre malheur. Longuement, car il voulut tout
savoir. Enfin, il se leva, et alla regarder un grand portrait de Raimu
que j'avais fait accrocher au mur. Puis il se tourna vers moi.

— C'est un malheur pour vous, dit-il, mais c'est aussi un
malheur pour notre art : c'était le plus grand acteur du monde.

Quelques mois plus tard, ce fut Aldo Fabrizzi qui vit le portrait :
dès son entrée, il marcha vers la grande image, et se découvrit
solennellement. Lui aussi regarda longtemps le visage de César, en
hochant la tête doucement, puis il dit :

— C'est une perte grandissime. Oui, grandissime.

Je vis briller des larmes dans ses yeux.

Il ajouta :

— D'autres comme lui, on n'a jamais vu. Il était le premier du monde.

Je le savais : mais Raimu ne l'a jamais su.

La vraie gloire est lente à venir. C'est en 1929 qu'il s'était révélé, et sa véritable carrière n'a duré que seize ans, dont quatre ans de guerre. Sa fin prématurée l'a privé, et nous a privés des dix plus belles années de son génie.

Par bonheur, il nous reste ses films.

Il m'arrive parfois d'assister à une projection de *Marius* dans une salle de quartier ou de province. De toute l'admirable troupe, il ne reste que quatre survivants : Orane Demazis, Fresnay, Robert Vattier, et un ancien : Mihalesco.

Pourtant, je n'ai pas l'impression d'une visite dans un cimetière : tous les personnages vivent sur l'écran d'une vie pareille, et personne dans le public ne pourrait deviner quels sont les vivants, quels sont les morts.

Pendant que Fresnay mange son croissant, le grand Jules lance toujours ses noyaux d'olive n'importe où, le gros Dullac, mort véhément, exprime toujours clairement les sentiments de la marine française ; Mihalesco vivant prend la fuite devant Alida Rouffe, et Charpin mort, à Demazis vivante, propose encore le mariage... Ce ne sont pas des disparus : leur voix sonne comme autrefois, ils font de beaux éclats de rire, le public rit avec eux : et ces rôles, qu'ils ont incarnés si longtemps pendant leur vie, ils les ont joués cent fois plus souvent depuis leur mort : ils exercent toujours leur art, ils font encore leur métier...

C'est là que j'ai pu mesurer la reconnaissance que nous devons à l'art magique qui ranime le génie éteint, qui rend sa jeunesse à l'amoureuse, et qui garde à notre tendresse le sourire des amis perdus.

Marius, *pièce en quatre actes représentée pour la première fois à Paris le 9 mars 1929, sur la scène du Théâtre de Paris.*

PERSONNAGES

Mmes

FANNY, 18 ans. La petite marchande de coquillages .... *Orane Demazis*

HONORINE, 45 ans. Sa mère. C'est une belle poissonnière marseillaise .... *Alida Rouffe*

MM.

MARIUS, 22 ans. Il est assez mince, les yeux profondément enfoncés dans l'orbite, pensif et gai .... *Pierre Fresnay*

CÉSAR, son père. 50 ans. Patron du bar de la Marine. Grande brute sympathique aux avant-bras terriblement velus .... *Raimu*

PANISSE, 50 ans. Le maître voilier du Vieux-Port. Il a, sur le quai de la Marine, un long magasin frais qui sent la ficelle et le goudron .... *F. Charpin*

ESCARTEFIGUE, 50 ans. Capitaine du ferry-boat, qui traverse le Vieux-Port vingt-quatre fois par jour .... *Dullac*

PIQUOISEAU, mendiant. Sans âge .... *Mihalesco*

M. BRUN, jeune vérificateur des douanes. Il est de Lyon .... *P. Asso*
Robert Vattier

LE CHAUFFEUR DU FERRY-BOAT, 14 à 16 ans .... *Maupi*

LE GOELEC, quartier-maître. Un Breton ...... *Callamand*

Une cliente .... *V. Ribe*

FÉLICITÉ .... *Gueret*

Une Malaise .... *L. Surena*

Un Arabe marchand de tapis .... *Vassy*

L'agent .... *Henry Vilbert*

ACTE PREMIER

*L'intérieur d'un petit bar, sur le Vieux-Port, à Marseille. À droite,
le comptoir. Derrière le comptoir, sur des étagères, des bouteilles de
toutes les formes, ornées d'étiquettes bigarrées. Deux gros percolateurs
nickelés. À gauche, le long du mur, une banquette de moleskine qui
s'arrête à un mètre du rideau pour laisser la place à une porte fermée.
Des tables rectangulaires en marbre, des chaises. À droite du comptoir
un escalier à vis conduit au premier étage. Au fond, toutes les portes
vitrées ont été enlevées, à cause de la chaleur. Il y a plusieurs tables
sur le trottoir, sous une tente en auvent. On devine que cette espèce de
terrasse s'étend assez loin de chaque côté du bar. Au milieu, juste au
bord du trottoir, se dresse un éventaire où l'on vend des coquillages.
On le voit de dos. Il est peint en vert. Plus loin que l'éventaire, au
fond, un entassement de marchandises. Caisses qui portent en grosses
lettres des noms de villes : Bangkok, Batavia, Sydney. Des tonneaux
de fer, et sur la droite, une montagne d'arachides, sous un soleil
éclatant. Enfin, au-dessus des marchandises, on voit des mâts qui se
balancent.*

*On entend, au-dehors, des milliers de coups de marteau sur des
coques de navires, les vieux navires en démolition. On entend ferrailler
la chaîne des grues, et des coups de sifflet lointains.*

*Fanny, la petite marchande de coquillages, est assise près de l'éven-
taire. Elle a dix-huit ans. Elle est petite, sa figure a une fraîcheur
enfantine, mais son corps est harmonieux et robuste. Ses jambes sont
nues, elle a de petits sabots. Elle lit un roman populaire, en attendant
la pratique. Au comptoir, Marius rince des verres. Il a vingt-deux
ans, il est plutôt grand, mince, les yeux enfoncés dans l'orbite. Au fond,
sur la banquette, Piquoiseau. Devant lui, sur la table, une bouteille
de rhum vide et un verre plein. Il n'a pas d'âge. Il porte un béret de
marin sale et fripé. Un veston en loques. Un pantalon en lambeaux
qu'il a roulé pour le retrousser sur son mollet. On voit sous la table*

ses pieds nus, noirs de crasse et de boue. Au premier plan, à droite, sur une chaise longue de bateau, le patron, César. Il dort, son tablier bien rabattu sur le visage, à cause des mouches. Les manches de sa chemise sont retroussées sur ses bras velus. Au premier plan, à gauche, M. Escartefigue, capitaine du ferry-boat (il prononce fériboite). Devant lui, une tasse de café. Barbe carrée, l'œil d'un pirate, le ventre d'un bourgeois. Il porte un uniforme, qui tient du gardien de square et de l'amiral. Soudain, une sirène déchirante retentit. Les coups de marteau peu à peu s'arrêtent. Escartefigue tire sa montre.

Scène I

ESCARTEFIGUE, CÉSAR, MARIUS, PIQUOISEAU, LE CHAUFFEUR, FANNY

ESCARTEFIGUE. — Té, midi à la sirène des Docks ! (*On voit passer devant le bar des ouvriers, la veste pendue à l'épaule. Escartefigue allume un ninas, puis il regarde dormir César, qui ronfle. Escartefigue siffle. Le dormeur cesse de ronfler.*) Comme il dort, ton père !

MARIUS. — Hé ?

ESCARTEFIGUE (*plus fort*). — Comme il dort, ton père !

MARIUS. — Pensez qu'il se lève à 3 heures tous les matins et qu'il reste au comptoir jusqu'à 9 heures. C'est le moment du gros travail.

ESCARTEFIGUE (*il cligne de l'œil*). — Et toi, pendant ce temps, tu es dans ton lit.

MARIUS. — Oui, mais je fais l'après-midi et la soirée.

ESCARTEFIGUE. — Oui, quand il n'y a plus personne !

MARIUS (*il s'essuie les mains. Il vient s'asseoir près d'Escartefigue*). — Et vous, vous avez beaucoup de monde, aujourd'hui ?

ESCARTEFIGUE. — Un passager tous les deux voyages.

MARIUS. — Il n'y a donc plus de gens qui ont besoin de traverser le port ?

ESCARTEFIGUE *(triste)*. — C'est le Pont Transbordeur qui me fait du tort. Avant qu'ils aient bâti cette ferraille, mon bateau était toujours complet. Maintenant, ils vont tous au Transbordeur... C'est plus moderne que le fériboite, et puis ils n'ont pas le mal de mer.

MARIUS *(incrédule)*. — Vous avez vu des gens qui ont le mal de mer sur votre bateau ?

ESCARTEFIGUE. — Oui, j'en ai vu.

MARIUS. — Qui ?

Un temps. Escartefigue hésite. Puis, bravement.

ESCARTEFIGUE. — Moi !

MARIUS. — Pour une traversée de cent mètres ?

ESCARTEFIGUE *(indigné)*. — Qué, cent mètres ! Il y a deux cent six mètres d'une rive à l'autre. Je connais bien le voyage, je le fais vingt-quatre fois par jour depuis trente ans !

MARIUS. — Trente ans... *(Marius secoue la tête.)* Et ça ne vous fait rien quand vous voyez passer les autres ?

ESCARTEFIGUE. — Quels autres ?

MARIUS. — Ceux qui prennent le port en long au lieu de le prendre en travers.

ESCARTEFIGUE *(stupéfait)*. — Pourquoi veux-tu que ça me fasse quelque chose ?

MARIUS *(rêveur)*. — Parce qu'ils vont loin.

ESCARTEFIGUE *(sentencieux)*. — Oui, ils vont loin. Et d'autres fois, et d'autres fois, ils vont profond.

MARIUS. — Mais le soir, quand vous partez pour la dernière traversée, qu'il y a tant de lumières sur l'eau, il ne vous est jamais venu l'envie... *(Il s'arrête brusquement.)*

ESCARTEFIGUE. — Quelle envie ?

MARIUS *(brusquement)*. — De tourner la barre, tout d'un coup, et de mettre le cap sur la haute mer.

ESCARTEFIGUE *(épouvanté)*. — Sur la haute mer ? Mais tu deviens fada, mon pauvre Marius !

MARIUS. — Oh ! que non ! Je vous ai deviné, allez !

ESCARTEFIGUE. — Qu'est-ce que tu as deviné ?

MARIUS *(à mi-voix)*. — Que vous souffrez de ne pas sortir du Vieux-Port.

ESCARTEFIGUE. — Moi, je souffre ?

MARIUS. — Oui. *(Escartefigue rit.)* Quand vous venez prendre l'apéritif, des fois, avec M. Caderousse ou M. Philippeaux, qui arrivent du Brésil ou de Madagascar, et qu'ils vous parlent de là-bas, je vois bien que ça vous fait quelque chose.

ESCARTEFIGUE. — Ça me fait plaisir de les voir revenus de si loin.

MARIUS. — Pas plus ?

ESCARTEFIGUE. — Mais oui, pas plus ! Écoute, Marius : je suis fier d'être marin et capitaine, maître à bord après Dieu. Mais Madagascar, tu ne peux pas te figurer à quel point je m'en fous ! Question de patriotisme, je n'en dis pas de mal et je suis content que le drapeau français flotte sur ces populations lointaines, quoique, personnellement, ça ne me fasse pas la jambe plus belle. Mais y aller ? EN BATEAU ? Merci bien. Je suis trop heureux ici...

MARIUS. — Je ne l'aurais pas cru.

Piquoiseau se lève soudain, et on le voit dans toute sa beauté. Il a un porte-voix en fer-blanc perdu à sa ceinture et une vieille lunette marine, des galons cousus à ses manches.

PIQUOISEAU. — Demain matin, à 9 heures, tout le monde en blanc sur le pont. Ouvrez le ban ! Quartier-maître Piquoiseau, au nom du gouvernement de la République, je vous fais chevalier de la Légion d'honneur. Fermez le ban !

ESCARTEFIGUE. — Oh ! Piquoiseau, ça te prend souvent ?

PIQUOISEAU *(il prend sa lunette marine et le regarde un instant)*. — Il y a un traître à bord ! Amiral Escartefigue, je vous casse. Vous resterez aux fers jusqu'à Manille ! *(Il se tourne vers la rue et sort à gauche sur le quai, en hurlant dans son porte-voix.)* L'amiral Escartefigue est dégradé ! L'amiral Escartefigue est dégradé !

MARIUS. — Il est plus gai qu'hier au soir !

ESCARTEFIGUE. — Il t'a payé ?

MARIUS *(à voix basse)*. — Oh non... Il est trop pauvre, peuchère. Et puis, il est fada... Souvent, il me raconte des histoires du temps de la marine à voiles... Il a fait plusieurs fois le tour du monde... De temps en temps, je lui offre un verre... Mais naturellement, mon père ne le sait pas...

On voit paraître sur le seuil un voyou maigre de quatorze ans. Il a des bandes molletières, un énorme bonnet de police et une large taïole d'étoffe retient son pantalon. Le tout, noir de crasse et de fumée. Il fait le salut militaire. C'est le chauffeur du ferry-boat.

LE CHAUFFEUR. — Capitaine, nous partons pas ? Y a du monde.

ESCARTEFIGUE. — Combien sont-ils ?

LE CHAUFFEUR. — Ils sont un, mais ils ont le col et la canne. Et sur le quai d'en face, ils sont quatre ou cinq qui font des signaux terribles.

ESCARTEFIGUE. — C'est sûrement des Napolitains qui se parlent. Enfin, je vais venir tout à l'heure.

LE CHAUFFEUR. — Bien, capitaine. *(Il sort en courant.)*

ESCARTEFIGUE *(il crie)*. — En attendant, fais monter la pression, et donnes-y quelques coups de sifflet, ça leur fera prendre patience.

LE CHAUFFEUR *(de loin)*. — Bien, capitaine !

ESCARTEFIGUE *(il crie encore plus fort)*. — Rien que trois coups de sifflet, autrement tu me manges toute la vapeur...

LE CHAUFFEUR *(à la cantonade)*. — Bien, capitaine !

ESCARTEFIGUE *(il crie au chauffeur)*. — Et fais attention de ne pas trop ouvrir le sifflet ! *(À Marius.)* Parce qu'après, on ne peut plus le fermer.

MARIUS. — Il n'est pas gros, votre chauffeur, mais il est joli !

ESCARTEFIGUE. — Oh ! Ne te moque pas de lui ; c'est le meilleur chauffeur du monde.

MARIUS. — Oyayaïe ! Je voudrais le voir devant les grilles d'un gros bateau.

ESCARTEFIGUE *(indigné)*. — Oh ! Peuchère ! Sur un gros bateau, ils n'ont aucun mérite, parce qu'ils ont la place pour tenir la pelle. Tandis que lui, il ne peut pas bouger et il est aussi près du feu que le bifteck. *(Deux coups de sifflet.)* Il m'appelle, tu vois ; ça lui fait de la peine de faire attendre le passager. Brave petit !

Un coup de sifflet déchirant qui ne s'arrête plus.

MARIUS. — Té, il a décroché le sifflet.

ESCARTEFIGUE. — Il me mange toute la vapeur ! Ô jobastre ! Ô imbécile ! Ô idiot ! *(Il sort en courant.)*

Fanny se lève et, avec une sorte de longue seringue, elle prend l'eau de mer dans un seau et arrose ses coquillages. Puis elle vient à la porte du café, s'appuie à un montant paresseusement et regarde Marius.

Scène II

FANNY, MARIUS, CÉSAR

FANNY. — Oou Mariu-us !

MARIUS. — Oou Fanni-y !

FANNY. — À quoi tu penses ?

MARIUS. — Peut-être à toi.

FANNY. — Menteur, va !

MARIUS. —Tu crois que je ne pense jamais à toi ?

FANNY. —Tu penses à moi quand tu me vois ! *(Elle entre dans le bar, elle s'approche de lui en souriant.)* Paye-moi le café.

MARIUS. — Profitons que mon père dort.

Il remplit deux tasses et ils commencent à boire.

FANNY. — Pourquoi tu n'es pas venu danser hier au soir ?

MARIUS. — Où donc ?

FANNY. — À la Cascade. On danse tous les dimanches.

MARIUS. —Tu y vas, toi ?

FANNY. — Des fois. Il y a des gens très bien.

MARIUS. — Qui ?

FANNY. — André, M. Bouzique, Victor... J'ai dansé toute la soirée avec Victor.

MARIUS. — Est-ce qu'il a l'air aussi bête quand il danse que quand il marche ?

FANNY *(elle rit)*. — Que tu es méchant ! Pourquoi ne viens-tu pas là-bas ?

MARIUS. — Je ne sais pas danser.

FANNY. — Si tu veux, je t'apprendrai.

MARIUS. — Je n'y tiens pas.

FANNY. — Où tu es allé ?

MARIUS. — Me promener, respirer l'air du soir sur la jetée.

FANNY. —Tout seul ?

MARIUS. — Oui, mais j'ai rencontré M. Brun.

FANNY. — Il est revenu ?

MARIUS. — Hier matin.

FANNY. — Qu'est-ce qu'il est allé faire à Paris ?

MARIUS. — Il a suivi des cours dans une école de douanes. Quand il est parti, il était commis. Maintenant, ils l'ont nommé vérificateur.

FANNY. — Ils gagnent beaucoup, les vérificateurs ?

MARIUS. —Tu penses ! Rien que pour faire blanchir ses cols, il lui en faut ! *(Pendant qu'il savoure une dernière gorgée de café, on entend au loin la sirène d'un navire. Elle a un son grave et puissant qui se prolonge. Marius tressaille, il écoute, puis il dit :)* Té, voilà Saïgon !

FANNY. — Comment le sais-tu ?

MARIUS. — C'est le sifflet du *Yara. (La sirène reprend : le navire demande l'entrée du port. Fanny boit une gorgée de café.)* Il demande le pilote.

À ce moment, César respire bruyamment, puis il fait glisser le tablier qui lui cache le visage. Il s'étire. Il regarde autour de lui.

CÉSAR. — Fanny, ta mère est malade ?

FANNY. — Pourquoi me demandez-vous ça ?

CÉSAR. — Elle n'est pas venue boire son apéritif. C'est peut-être la première fois depuis dix ans.

FANNY. — Elle est allée chez la couturière en sortant de la poissonnerie. Elle se fait faire une robe.

CÉSAR *(à Marius).* — Marius, c'est toi qui lui offres le café ?

MARIUS. — Oui.

CÉSAR *(impénétrable et froid).* — Bon.

MARIUS. — Je viens de le faire. Tu en veux une tasse ?

CÉSAR. — Non.

MARIUS. — Pourquoi ?

CÉSAR. — Parce que si nous buvons tout gratis, il ne restera plus rien pour les clients.

FANNY *(elle rit)*. — Oh ! vous n'allez pas pleurer pour une tasse de café ?

CÉSAR. — Ce n'est pas pour le café, c'est pour la manière.

MARIUS. — Qué manière ?

CÉSAR. — De boire le magasin pendant que je dors.

Il va lentement sur la porte et regarde le port en se grattant les cheveux.

MARIUS. — Si tu as voulu me faire un affront, tu as réussi.

CÉSAR. — Un affront ! Quel affront ?

MARIUS. — Si, à vingt-trois ans, je peux pas offrir une tasse de café, alors, qu'est-ce que je suis ?

CÉSAR. —Tu es un enfant qui doit obéir à son père.

FANNY. — À vingt-trois ans.

CÉSAR. — Oui, ma belle. Moi, il a fallu que j'attende l'âge de trente-deux ans pour que mon père me donne son dernier coup de pied au derrière. Voilà ce que c'était que la famille de mon temps. Et il y avait du respect et de la tendresse.

MARIUS *(à mi-voix)*. — À coups de pied au cul.

CÉSAR. — Et on ne voyait pas tant d'ingrats et de révoltés.

FANNY. — Eh bien moi, si ma mère me donnait une gifle, je ne sais pas ce que je ferais.

CÉSAR. — Ce que tu ferais ? Tu irais pleurer dans un coin, et voilà tout. Et si ton pauvre père était encore vivant pour t'envoyer une petite calotte de temps en temps ça ne te ferait pas de mal. *(Marius et Fanny se regardent en riant, César marmonne.)* Ayez donc des enfants, pour qu'ils vous empoisonnent l'existence !

MARIUS *(blessé)*. — Maintenant, je lui empoisonne l'existence ! Je te fais la moitié du travail.

CÉSAR. — Parlons-en de ton travail ! C'est quand on a besoin de toi que tu disparais.

MARIUS. — Moi ? Je suis toute la journée au comptoir.

FANNY. — C'est la vérité.

CÉSAR. — Hier au soir, à 5 heures, quand le *Paul Lecat* est arrivé, la terrasse s'est garnie tout d'un coup. Ils étaient peut-être cinquante à appeler le garçon. Et Marius ? Disparu.

MARIUS *(il ment)*. — J'étais allé chez Caderousse, pour les caisses de grenadine.

CÉSAR. — Tu n'aurais pas pu téléphoner ?

MARIUS. — J'avais envie de marcher un peu.

CÉSAR. — Et avant-hier matin aussi, tu avais envie de marcher ? À chaque instant, sous n'importe quel prétexte, tu disparais pour une ou deux heures... Il est vrai que quand tu es là, tu travailles avec un tel dégoût... Tu es pâle, tu es triste : on dirait un antialcoolique.

MARIUS. — Peut-être que je suis neurasthénique.

CÉSAR. — Toi ?

MARIUS. — Pourquoi pas ?

CÉSAR *(soupçonneux)*. — Et où tu l'aurais attrapé ?

MARIUS. — Ça vient comme ça.

CÉSAR. — Dis donc, n'essaie pas de monter le coup à ton père, hein ? *(Il se tourne brusquement vers Fanny.)* Et toi, tu ferais mieux de vendre tes clovisses que de rester là. *(Fanny sort en riant, car une cliente attend près de l'éventaire.)* La vérité, c'est que tu es mou et paresseux. Tu es tout le portrait de ton oncle Émile. Celui-là ne passait jamais au soleil parce que ça le fatiguait de traîner son ombre. Tu es un rêvasseur, voilà ce que tu es. Un rêvasseur. Tu es né là, au-dessus de ce comptoir, et tu ne connais même pas ton métier. Tiens, le chauffeur du ferry-boat, que je prends le samedi comme extra, il le fait mieux que toi.

MARIUS. — Qu'est-ce qu'il fait mieux que moi ?

CÉSAR. — Tout ! Tu ne sais même pas doser un mandarin-citron-curaçao. Tu n'en fais pas deux pareils !

MARIUS. — Comme les clients n'en boivent qu'un à la fois, ils ne peuvent pas comparer.

CÉSAR. — Ah ! Tu crois ça ! Tiens le père Cougourde, un homme admirable qui buvait douze mandarins par jour, sais-tu pourquoi il ne vient plus ? Il me l'a dit. Parce que tes mélanges fantaisistes risquaient de lui gâter la bouche.

MARIUS. — Lui gâter la bouche ! Un vieux pochard qui a le bec en zinc.

CÉSAR. — C'est ça ! Insulte la clientèle au lieu de te perfectionner dans ton métier ! Eh bien, pour la dixième fois, je vais te l'expliquer, le Picon-citron-curaçao. *(Il s'installe derrière le comptoir.)* Approche-toi ! *(Marius s'avance, et va suivre de près l'opération. César prend un grand verre, une carafe et trois bouteilles. Tout en parlant, il compose le breuvage.)* Tu mets d'abord un tiers de curaçao. Fais attention : un tout petit tiers. Bon. Maintenant, un tiers de citron. Un peu plus gros. Bon. Ensuite, un BON tiers de Picon. Regarde la couleur. Regarde comme c'est joli. Et à la fin, un GRAND tiers d'eau. Voilà.

MARIUS. — Et ça fait quatre tiers.

CÉSAR. — Exactement. J'espère que, cette fois, tu as compris.

Il boit une gorgée du mélange.

MARIUS. — Dans un verre, il n'y a que trois tiers.

CÉSAR. — Mais, imbécile, ça dépend de la grosseur des tiers !

MARIUS. — Eh non, ça ne dépend pas. Même dans un arrosoir, on ne peut mettre que trois tiers.

CÉSAR *(triomphal)*. — Alors, explique-moi comment j'en ai mis quatre dans ce verre.

MARIUS. — Ça, c'est de l'arithmétique.

CÉSAR. — Oui, quand on ne sait plus quoi dire, on cherche à détourner la conversation… Et la dernière goutte, c'est de l'arithmétique aussi ?

MARIUS. — La dernière goutte de quoi ?

CÉSAR. — Toutes les dernières gouttes ! Il y en a toujours une qui reste pendue au goulot de la bouteille ! Et toi, tu n'as pas encore saisi le coup pour la capturer. Ce n'est pourtant pas sorcier ! *(Il saisit une bouteille sur le comptoir, et tient le bouchon dans l'autre main. Il verse le liquide en faisant tourner la bouteille.)* Tu verses en faisant un quart de tour, puis, avec le bouchon, tu remets la goutte dans le goulot. *(Il fait comme il dit, avec un geste de mastroquet virtuose.)* Tandis que toi, tu fais ça en amateur ; et naturellement, tu laisses couler la goutte sur l'étiquette… Et voilà pourquoi ces bouteilles sont plus faciles à prendre qu'à lâcher !

Il feint de faire un grand effort pour décoller sa main de l'étiquette. Marius éclate de rire.

CÉSAR. — Et tu ris !

MARIUS. — Toi aussi, tu ris !

CÉSAR. — C'est vrai… Mais moi, je ris de ma patience ! *(Il va jusqu'à la porte et regarde les passants. À ce moment, entrent Panisse et M. Brun. Panisse a cinquante ans. Taille moyenne, ventre rond, moustache frisée au petit fer. Il a des espadrilles. Il est en bras de chemise et fume la pipe. M. Brun porte des lorgnons, un col de dix centimètres, un chapeau de panama, une redingote d'alpaga noir.)* Et voici maître Panisse, le maître voilier du port de Marseille !

Scène III

M. BRUN, CÉSAR, FANNY, PANISSE, MARIUS

PANISSE. — Bonjour, maître empoisonneur ! *(Il serre la main poissée de César.)* Oh !…

CÉSAR. — Une invention de Marius. La bouteille attrape-mouches. Alors, monsieur Brun, vous êtes vérificateur, maintenant ?

M. BRUN. — En titre, cher maître, en titre.

CÉSAR. — On vous sert deux bons cafés ?

M. BRUN. — Non, pas pour moi. Je viens déguster…

FANNY. — Des coquillages ?

M. BRUN. — Tout juste.

FANNY. — Je vous prépare un panaché ?

M. BRUN. — Moitié moules, moitié clovisses.

PANISSE. — Et autant pour moi !

FANNY. — Et deux beaux violets au milieu !

CÉSAR. — Avec une bouteille de petit vin blanc.

M. BRUN. — S'il est frais.

CÉSAR. — S'il est frais ? Touchez-moi ça ? On dirait que ça vient des vignobles du pôle Nord ! *(Il débouche la bouteille. M. Brun et Panisse se sont assis.)* Alors, dites, ce Paris, ça vaut la peine d'être vu ?

M. BRUN. — Ah ! Oui. C'est impressionnant.

PANISSE. — Dis donc, il est monté sur la tourifèle.

CÉSAR. — À ce qu'il paraît que comme largeur, c'est la moitié du Pont Transbordeur.

M. BRUN *(il rit et, avec un peu de condescendance)*. — Peut-être, mais c'est au moins dix fois plus haut.

PANISSE *(ennemi de la tourifèle)*. — Ça, vous ne l'avez pas mesuré !

CÉSAR *(catégorique)*. — Et puis, c'est peut-être plus haut, mais en tout cas, la largeur n'y est pas.

Fanny apporte l'assiette de coquillages devant M. Brun qui commence à déguster après avoir placé son mouchoir à son faux col.

PANISSE. — Merci, ma jolie !

CÉSAR. — Vous vous êtes beaucoup promené, là-bas ?

M. BRUN. — Oh ! oui. Chaque soir, après mes cours, j'allais flâner sur les boulevards…

CÉSAR. — Alors, vous avez vu Landolfi ?

M. BRUN. — Qui est-ce, Landolfi ?

CÉSAR. — Un vieil ami...

PANISSE. — Il avait un petit magasin de tailleur sur le quai...

CÉSAR. — Et puis, il s'est marié une Parisienne, qui l'a entraîné là-haut. C'est un grand blond, un peu maigre, avec une paupière qui retombe... Allons, vous l'avez sûrement remarqué.

M. BRUN. — Eh non ! Je n'ai pas vu Landolfi.

PANISSE. — Et vous alliez vous promener tous les soirs ?

M. BRUN. —Tous les soirs.

CÉSAR. — Alors il est mort.

PANISSE. — Peuchère !

CÉSAR. — Et ça ne m'étonne pas... Le climat. Il n'avait pas une santé à supporter ce climat.

M. BRUN. —Allons donc ! Paris est grand... On n'y connaît pas tout le monde comme ici.

CÉSAR. — Oui, c'est grand, bien entendu, c'est grand.

PANISSE. — C'est plus du double de Marseille !

M. BRUN *(ironique)*. — Je crains bien que le double ne soit pas assez dire... J'ai vu au moins trente Canebières !

César et Panisse éclatent d'un rire joyeux.

CÉSAR. — Ô Panisse ! Trente Canebières ! Et après, on dira que nous exagérons ! Et vous êtes vérificateur ! Quelle mentalité ! Ah ! on voit bien que vous êtes Lyonnais, vous ! *(La sirène des docks siffle. César regarde la pendule.)* Ô coquin de sort : midi et demi !

Il sort brusquement en courant.

PANISSE *(surpris)*. — Où va-t-il ?

MARIUS. — Il va s'habiller. C'est lundi, aujourd'hui.

M. BRUN. — Qu'y a-t-il de particulier, le lundi ?

MARIUS *(confidentiel)*. — Le lundi, à midi et demi, mon père va voir ses amours.

PANISSE. — Une Italienne, tout ce qu'il y a de beau : une femme comme ça !

En écartant ses deux mains ouvertes devant sa poitrine, il donne à entendre qu'elle a des seins comme des pastèques.

MARIUS. — Non, maintenant, c'est changé. Il a trouvé une Hollandaise qui est au moins le double... On m'a dit qu'elle lui prépare des petits plats, et ils font la dînette comme des vrais amoureux...

M. BRUN. — C'est charmant...

MARIUS. — Surtout, faites semblant de ne rien savoir... Il croit que personne ne s'en doute... Chaque fois qu'il va la voir, il cherche des prétextes et il me donne des explications pendant dix minutes.

M. BRUN. — Pourtant, ce n'est pas un crime d'avoir une maîtresse quand on est veuf !

PANISSE *(dans un cri douloureux)*. — Veuf ! Ah ! Veuf ! Ah ! pas ce mot devant moi, monsieur Brun !

MARIUS *(les doigts fermés, sauf le petit doigt et l'index, il fait le geste classique qui rend inoffensifs les mots qu'il ne faut pas prononcer)*. — Hi, hi, hi...

M. BRUN. — Pourquoi ?

PANISSE. — Vous n'avez pas su mon malheur ? *(Il montre sur la manche de sa chemise un minuscule papillon de crêpe.)* Tenez, monsieur Brun.

M. BRUN. — Quoi ? Mme Panisse ?

PANISSE. — Oui, monsieur Brun ! Il y aura trois mois demain ! Ma chère Félicité ! Elle si forte, si gaillarde...

M. BRUN. — Oh ! mon pauvre ami !

PANISSE. — À ce qu'il paraît qu'elle avait une maladie de cœur... Ces choses-là frappent d'un seul coup... lâchement. Le vendredi, elle avait encore mangé un aïoli du tonnerre de Dieu, avec les escargots et la morue... Et le dimanche matin, dernier soupir.

M. BRUN. — Si vite ! Quelle catastrophe !

PANISSE. — Oui, oui... Vous me direz tout ce que vous voudrez, mais il y a des fois que le bon Dieu n'est pas gentil. Une brave femme, si dévouée, si travailleuse, qui faisait marcher les ouvrières comme pas une... Et avec ça, dans l'intimité, elle était gaie et rieuse... Il lui fallait tout le temps des taquineries et des jeux... Le matin, quand elle était en chemise, je m'amusais à lui courir après autour de la table de la salle à manger. Je lui donnais de petites tapes, je lui tirais des pinces... gentiment, pour rire... et alors, pour se venger, elle me faisait des chatouilles... *(Il étouffe un sanglot.)*

M. BRUN. — Ne remuez pas vos souvenirs, Panisse, ça vous fait du mal...

PANISSE. — Oui, quand on pense que tout ça ne reviendra plus ! À quoi ça me sert, maintenant, d'être juge au tribunal des prud'hommes ? Et ce petit cotre que je venais d'acheter pour aller au cabanon, le dimanche, qu'est-ce que vous voulez que j'en fasse ? *(Il pleure.)*

M. BRUN. — Évidemment, c'est un coup terrible... Mais il faut réagir. Il faut vous dire que nous sommes tous mortels, il faut vous faire une raison.

PANISSE *(violent)*. — Et quand on ne peut pas ?

M. BRUN. — Le temps vous aidera, sans doute.

PANISSE. — Le temps ? Allons donc !... Plus ça va, plus je descends... Je passe mes nuits à pleurer... Voyons, monsieur Brun, est-ce que cela peut durer ?

M. BRUN. — Que faire, pourtant ?

PANISSE *(sombre)*. — Oh ! Je le sais bien, allez.

M. BRUN *(inquiet)*. —Voyons, Panisse ?

PANISSE. — C'est facile à dire, voyons… J'ai bien réfléchi, et c'est tout vu. Des solutions, il n'y en a pas deux. Quand on commence à se tromper dans les factures, et même à les perdre, on n'a plus le droit d'hésiter… Je n'ai pas d'enfant, je suis orphelin, ce qui est bien naturel à mon âge… Ça ne fera de tort à personne.

M. BRUN *(il lui met la main sur l'épaule)*. — Allons, allons, pas de bêtise… Attendez encore un peu, et vous verrez…

PANISSE. — Non, non, non. *(Un temps.)* Je préfère me remarier tout de suite.

M. BRUN *(interloqué)*. —Vous préférez vous remarier ?

PANISSE. — Le plus tôt possible, mon bon. C'est bête de rester toujours seul à se faire du mauvais sang. Elle est morte ? Elle est morte. Ce n'est pas en maigrissant que je pourrai la ressusciter, pas vrai !

M. BRUN. — Bien sûr !

PANISSE. — Il y en a peut-être qui trouveront que je n'ai pas attendu assez longtemps, mais j'ai la conscience tranquille… parce que moi, en quatre mois, je l'ai pleurée bien plus qu'un autre en cinq ans. *(Il montre le bout de son pouce pour montrer la grosseur de ses larmes.)* Des larmes comme ça, monsieur Brun… et des cris terribles… Je me demande comment j'ai fait pour tenir le coup !

M. BRUN. — Ah ! Pauvre Panisse, va !

PANISSE. —Ah ! oui. Enfin ! Chacun a sa croix ! *(Ils trinquent.)* À la vôtre… Qu'est-ce que vous en pensez ?

M. BRUN *(narquois)*. — Je ne serais pas étonné si vous aviez déjà choisi votre nouvelle femme.

PANISSE. — Oh ! oui, naturellement, et je vais présenter ma demande ces jours-ci, à la première occasion.

M. BRUN *(coquin)*. — Qui est-ce ?

PANISSE *(rigolard)*. — Je ne peux pas encore vous le dire. Mais je vous retiens pour la noce, qué !

M. BRUN. — J'y compte bien.

PANISSE. — Je louerai des autos pour tous les invités. Il y aura les prud'hommes, tous mes clients, tous mes amis... Il n'y manquera qu'une seule personne, mais elle y manquera bien, allez ! Ma pauvre Félicité, peuchère, elle qui aimait tant les fêtes ! Mais quoi, le bon Dieu ne l'a pas voulu ! Que faire ? Elle nous verra de là-haut, où elle est sûrement plus heureuse que nous.

On entend du dehors une voix qui crie.

LA VOIX. — Panisse !

PANISSE *(sans bouger)*. — Quoi ?

LA VOIX. — Le second de *La Malaisie* est au magasin !

Panisse se lève, va jusqu'à la porte et crie.

PANISSE. — J'arrive ! *(Il revient vers M. Brun.)* C'est une grosse commande ; il faut sauter dessus ! *(Il se rassied.)* Ils sont déjà venus hier pour un jeu complet de voiles de rechange.

M. BRUN. — Un gros bateau ?

PANISSE. — C'est *La Malaisie* !

M. BRUN. — Le trois-mâts qui part en mission ? Quand part-il ?

PANISSE. — Dans un mois, vers la fin de juillet.

M. BRUN. — Drôle d'idée d'aller en mission sur un voilier !

MARIUS. — Pardon, monsieur Brun. Ils partent pour étudier les vents et les courants, depuis Suez jusqu'en Océanie, et puis, c'est un voilier qui a une machine de secours.

PANISSE. — Qui te l'a dit ?

MARIUS. — Un quartier-maître qui est venu boire à la terrasse.

LA VOIX *(dehors)*. — Ô Panisse, tu te dépêches ?

PANISSE *(avec une grande indignation)*. — Vouei ! Sauvage ! Donne-moi le temps d'arriver ! *(Dans un cri de révolte.)* Tu ne veux tout de même pas que je me fasse mourir !

Il se lève, vide son verre.

M. BRUN. —Vous finirez tout de même par y aller !

PANISSE *(tristement)*. — Que voulez-vous, quand on n'est pas rentier, le travail, c'est le travail.

Il sort dans le soleil.

Scène IV
MARIUS, M. BRUN, LA MALAISE, CÉSAR, FANNY

MARIUS. — Il vous a dit qu'il allait se remarier ?

M. BRUN. — Oui, et je trouve qu'il va un peu vite... Il n'y a que trois mois qu'il est veuf...

MARIUS. — Il est veuf depuis trois mois, mais cocu depuis vingt ans... Il vous a dit quelle femme il épouse ?

M. BRUN. — Non ; il paraît que c'est un secret.

MARIUS. — Je le sais, son secret. Il épouse Honorine, la mère de Fanny.

M. BRUN. — Elle est encore pas mal, Honorine, et je les trouve assez bien assortis...

Une femme paraît sur le seuil. Elle est petite, les pieds nus, la peau cuivrée. Une énorme chevelure crépue. Elle porte dans ses bras cinq ou six fruits de l'arbre à pain. Elle les offre en souriant, sans dire un mot, mais en montrant des dents éclatantes.

MARIUS *(il s'approche)*. — Qu'est-ce que c'est ?

LA MALAISE. — Quat francs.

M. BRUN. — Ce sont des fruits de l'arbre à pain... D'où viennent-ils ?

LA MALAISE. — Quat francs.

M. BRUN. — Oui, mais Manille, Bombay, Java ?

LA MALAISE. — Samoa.

MARIUS. — Et comment ça s'appelle dans ton pays ?

LA MALAISE. — Quat francs.

M. BRUN. — Elle y tient à ses quat francs !

MARIUS. — Non... Coco ? Banane ? Mangues ?

LA MALAISE. — Maïoré...

MARIUS. — Maïoré ! Tiens, voilà quat francs. *(À M. Brun.)* Je veux le goûter.

M. BRUN. — C'est excellent... Il faut le faire chauffer sur le feu et, quand l'écorce commence à se fendre, tu n'as qu'à le peler et le manger. On dirait de la brioche.

La Malaise sort en souriant, gracieuse et légère.

MARIUS *(flairant le fruit)*. — Maïoré... C'est drôle comme on voit les pays par leur odeur... *(Soudain on entend le pas de César dans l'escalier. Marius court au comptoir, après un regard d'intelligence à M. Brun. À voix basse.)* Monsieur Brun !

Clin d'œil vers la porte. Il feint de lire un journal. M. Brun fait de même. Entre César. Il a mis un costume splendide, gris perle. Il porte un chapeau de paille fendu qui a la forme d'un chapeau mou. Souliers éclatants, canne fantaisie.

CÉSAR. — Hum... Alors, je sors.

MARIUS. — Bon, tu sors.

CÉSAR *(vague)*. — Je vais faire un petit tour par là, en ville, de ce côté-là...

MARIUS. — Bon.

CÉSAR. — Quelques courses sans importance, d'ailleurs... Peut-être même je pousserai une pointe jusqu'au café Mostégui... manger une soupe au poisson. Un bisteck et des pommes frites... Enfin, un petit plaisir... Enfin, je sors...

Il a gagné la porte, il est sauvé.

M. BRUN *(malicieux)*. — Au fond, vous n'avez pas besoin de donner des explications.

CÉSAR *(il se retourne brusquement)*. — Mais je ne donne pas d'explications. Ce serait malheureux à mon âge s'il fallait que je donne des explications pour sortir ! Je dis que je vais manger une soupe au poisson chez Mostégui. Ce n'est pas une explication. C'est un renseignement.

M. BRUN *(perfide)*. — C'est-à-dire que si l'on a besoin de vous, on n'aura qu'à aller vous demander au café de M. Mostégui.

CÉSAR *(violent)*. — Non, monsieur, non. On ne viendra pas me demander « au café de M. Mostégui ». Je dis... Je dis que je n'ai rien à dire, que s'il me plaît de faire un tour, je n'ai pas besoin de demander la permission à un Lyonnais.

M. BRUN. — Mais personne ne dit le contraire !

CÉSAR. — Mais c'est incroyable, cette inquisition ! Si j'avais quatre-vingt-six ans, je comprendrais qu'on me surveille, qu'on m'espionne... Mais, n... de D..., j'ai encore ma tête à moi ! On peut me laisser sortir seul, je ne tomberai pas dans le Vieux-Port.

MARIUS. — Mais, papa, personne ne te dit rien. Tu vas faire un petit tour, c'est tout naturel.

CÉSAR. — Voilà le mot. C'est naturel. Mon fils l'a dit : c'est NATUREL... Je sors naturellement. Mais c'est toujours ceux qui ne devraient rien dire qui viennent se mettre au milieu !... C'est de la suspicion ! De la suspicion ! Je ne veux pas être suspecté par un Lyonnais ! *(Un temps. M. Brun lit son journal. César arrange son panama devant le miroir.)* Allons, au revoir tout de même, monsieur Brun.

Il lui serre la main.

M. BRUN. — Au revoir, cher ami ; et bon appétit.

CÉSAR. — Merci.

M. BRUN. — Elle fait bien la cuisine ?

CÉSAR *(rogue)*. — Qui, elle ?

M. BRUN *(innocent)*. — Mme Mostégui.

CÉSAR. — Il est veuf. C'est lui qui la fait. Bon. Je rentrerai vers 6 heures. *(Il sort, mais s'arrête sur la porte, et se retourne vers Marius.)* Si la voiture de Picon passe, tu prendras douze bouteilles. Ça fera 240 francs.

MARIUS *(il flaire toujours le fruit).* — Oui. *(Il répète.)* Maïoré.

CÉSAR *(sur la porte).* — Tu as compris ce que je t'ai dit ? Douze bouteilles, 240 francs.

MARIUS. — Oui.

CÉSAR. — Tu t'en rappelleras au moins ?

MARIUS *(énervé).* — Oui ! Je ne suis pas idiot ! Il n'y a pas besoin de répéter vingt fois les choses ! Si la voiture de Picon passe, je prendrai 240 bouteilles, c'est entendu !

CÉSAR. — 240 bouteilles ! Oh ! n... de D... ! *(Il hurle.)* Douze bouteilles, propre à rien. Tu prendras douze bouteilles ! *(Il répète en martelant les mots.)* Si la voiture de Picon passe, tu prendras 12 bouteilles. Si la voiture de Picon passe, tu prendras... Té, tu ne prendras rien. Je leur téléphonerai. Ah ! mon pauvre enfant !

MARIUS *(vexé).* — Qué, ton pauvre enfant ?

CÉSAR. — Quand on fera danser les couillons, tu ne seras pas à l'orchestre.

Il sort en haussant les épaules.

Scène V

M. BRUN, MARIUS, PIQUOISEAU, FANNY

M. BRUN. — Il est caustique, votre père.

MARIUS. — Il n'est pas méchant, mais il crie volontiers.

Un temps. Au loin, des sifflets de bateau. Sur la porte, des mouches tournent dans le soleil. Entre Piquoiseau. Il va vers M. Brun, lui fait un salut militaire et dit :

PIQUOISEAU. — Monsieur Brun, la prière, je la sais.

MARIUS. — Quelle prière ?

PIQUOISEAU. — C'est un secret. Je la fais tous les matins.

M. BRUN *(souriant et modeste)*. — J'ai composé pour lui une petite prière à Notre Dame de la Garde.

PIQUOISEAU. — Je la fais tous les matins et tous les soirs. *(Il récite avec ferveur.)*

> *Bonne Mère souveraine*
> *Notre Dame des Marins*
> *Fais venir un capitaine*
> *Qui comprenne mon chagrin*
>
> *Que j'entende claquer les voiles*
> *La douce plainte des poulies*
> *Que je voie les grosses étoiles*
> *Danser sur la mer d'Australie*
>
> *Bonne Mère, Bonne Mère,*
> *Notre Dame des bateaux*
> *Celui qui fait la prière*
> *C'est le pauvre Piquoiseau.*

MARIUS. — Oh dites, monsieur Brun, avec un talent comme ça, vous pourriez faire des chansons.

M. BRUN *(faussement modeste)*. — Petit divertissement littéraire sans importance…

M. Brun fait un effort pour se lever.

M. BRUN. — Et maintenant au môle G. Saïgon va débarquer dans une heure.

MARIUS. — Je l'ai entendu siffler. Au fond, vous êtes comme Panisse, vous. Ça vous fait de la peine de vous lever.

M. BRUN. — Et pourtant je suis de Lyon. Mais ici, je ne sais pas si c'est le climat, on resterait assis toute la journée.

MARIUS *(confidentiel)*. — Il y a longtemps que je l'ai remarqué. À Marseille, il n'y a rien d'aussi pénible que le travail.

M. BRUN. — C'est vrai. *(Il se lève.)* Alors, à ce soir.

MARIUS. — À ce soir, monsieur Brun.

Il flaire toujours le fruit. Au-dehors, paraît Honorine. C'est une forte matrone de quarante-cinq ans. Elle a une robe neuve aux couleurs éclatantes. Grandes boucles d'oreilles. Fanny l'embrasse, puis fait un pas en arrière pour regarder la robe.

Scène VI
HONORINE, M. BRUN,
FANNY, MARIUS, PIQUOISEAU

HONORINE. — Bonjour, monsieur Brun.

M. BRUN. — Bonjour, Honorine.

HONORINE *(à Fanny)*. — Comment tu la trouves ?

FANNY. — Elle te va bien.

HONORINE. — Cette fois, elle a réussi les emmanchures.

Honorine entre dans le bar, Fanny la suit.

FANNY. — Je crois qu'elle t'a mis la taille un peu haut.

HONORINE. — C'est moi qui lui ai demandé. Ça fait plus dégagé. Marius, donne-moi mon apéritif.

MARIUS. — Vous n'avez pas encore mangé ?

HONORINE. — Oui, j'ai mangé. Donne-moi quand même un mandarin-citron. *(À Fanny.)* Tu as vendu beaucoup, ce matin ?

FANNY. — Je n'ai fait que 80 francs.

HONORINE. — Parce que tu viens faire la causette ici au lieu de rester près de l'inventaire.

FANNY. — On ne dit pas l'inventaire.

HONORINE. — Comment on dit, alors ?...

FANNY. — On dit l'éventaire.

HONORINE *(indignée)*. — De quoi je me mêle ! Tu ne crois pourtant pas que tu vas apprendre le français à ta mère, non ? Donne-moi ton carnet. *(Marius pose le verre sur le comptoir.)* Merci, Marius...

Fanny lui tend un carnet crasseux. Honorine en tire un autre de son corsage, un bout de crayon y est attaché par un bout de ficelle usée.

FANNY. — Tu vas rester là un moment ?

HONORINE. — Oui.

FANNY. — Surveille un peu la baraque. Je vais jusqu'à la maison.

HONORINE. — Pour quoi faire ?

FANNY. — Pour changer de robe, celle-là est toute tachée, j'ai honte à côté de la tienne.

HONORINE. — Bon.

Fanny sort. Honorine se plonge dans ses comptes et boit une gorgée de mandarin de temps en temps. Piquoiseau paraît sur la porte. Il a un air mystérieux, il regarde prudemment s'il n'y a pas de suspect dans le bar, puis il entre.

PIQUOISEAU. — Marius !...

HONORINE *(à elle-même)*. — Aqui lou fada !

PIQUOISEAU. — Marius, voilà !

Il lui remet une lettre.

MARIUS. — Merci.

PIQUOISEAU *(à voix basse)*. — Je vais t'expliquer le coup...

MARIUS *(même jeu)*. — Tais-toi. Sors dans la rue, fais le tour et viens me parler dans une minute à la fenêtre de ma chambre.

Piquoiseau cligne un œil. Il s'avance vers Honorine et, par une pantomime énergique, exprime qu'il l'étranglerait volontiers. Honorine lève la tête et le voit.

HONORINE *(compatissante).* — Qué malheur !

Piquoiseau sort, elle se replonge dans ses comptes.

MARIUS. — Dites, Norine, vous restez là un moment ?

HONORINE. — Oui.

MARIUS. — Je vais dans ma chambre. S'il vient quelqu'un, vous m'appellerez.

HONORINE. — Bon.

Scène VII

HONORINE, PANISSE, UNE CLIENTE

HONORINE *(elle fait ses comptes avec application).* — Soixante-huit et neuf, septante-sept, et huit, quatre-vingt-cinq et six, nonante et un.

Entre Panisse.

PANISSE. — Bonjour, Norine. Ça a marché ce matin ?

HONORINE. — Comme d'habitude. J'ai fait sept kilos de rougets, un peu de baudroie, des daurades et un beau fiala... Nonante et un et cinq, nonante-six...

PANISSE *(désinvolte).* — Ce matin, le mistral s'est tué. Demain, la pêche sera bonne.

HONORINE. — Oui, il y aura du rouget...

Elle inscrit encore un chiffre, puis elle referme le carnet.

PANISSE *(un peu hésitant).* — Dites, Norine, vous viendrez encore au cabanon, dimanche ?

HONORINE. — Au cabanon ? Oh ! dites, Panisse, ça fera deux fois en quinze jours !

PANISSE *(galant)*. — Si ça vous déplaît, c'est deux fois de trop. Mais si ça vous amuse, ce n'est pas assez.

HONORINE. — Ça ne me déplaît pas, au contraire. Le bon air, un fin dîner, une bonne bouteille. Mais ça fait parler les gens.

PANISSE. — Vous savez, Norine, quoi qu'on fasse, les gens parlent toujours.

HONORINE *(brusquement sérieuse)*. — Panisse, depuis quelque temps, je vous vois venir. Mais si la chose n'est pas sérieuse, il vaut mieux l'arrêter tout de suite.

PANISSE. — Qu'est-ce que vous appelez sérieuse ?

HONORINE. — Dans ma famille, il y a de l'honneur... À part ma sœur Zoé, la pauvre, qui avait l'amour dans le sang et qui est tombée à la renverse sur tous les sacs du Vieux-Port. Mais sur les autres femmes de ma famille, personne ne peut dire ça. *(Ongle sur la dent.)* Alors, si ce n'est pas pour le mariage, dites-le moi !

PANISSE. — Honorine, vous savez bien que je pense au mariage. Ça a toujours été mon idée...

HONORINE. — Alors, c'est tout différent.

PANISSE. — Si vous venez au cabanon dimanche, nous serons bien à l'aise pour discuter tous les détails.

HONORINE. — Oui... Dimanche... Justement Fanny doit aller passer la journée à Aix, chez ma sœur Claudine, et elle revient que le soir... J'aurai même pas besoin de lui dire où je suis allée.

PANISSE *(surpris)*. — Elle ne viendra pas avec nous ?

HONORINE. — Nous serons plus tranquilles pour discuter.

PANISSE *(perplexe)*. — Oui, nous serons plus tranquilles. Mais vous auriez pu l'amener tout de même.

HONORINE *(confuse)*. — La vérité, c'est que j'ai un peu honte devant elle.

PANISSE. — Honte de quoi ?

HONORINE. — Vous ne comprenez pas ? Ah ! les hommes, comme c'est peu délicat ! Brigandas... va... Qui m'aurait dit, quand vous faisiez la partie de boules avec mon pauvre frisé, qu'un jour vous m'emmèneriez au cabanon toute seule...

PANISSE *(inquiet)*. — Dites, Norine, je ne sais pas si nous sommes d'accord.

HONORINE. — Si nous ne sommes pas d'accord, nous pourrons toujours nous expliquer. Il n'y a qu'une chose que je discuterai, c'est la communauté. Je veux la communauté.

PANISSE. — Pour ça, on s'entendra toujours. Mais il me semble qu'il y a une erreur de votre part... Vous croyez peut-être que c'est vous que je veux ?

HONORINE. — Comment, si je crois ? Vous ne venez pas de me le dire ?

PANISSE. — Mais non, je ne vous ai jamais dit ça ! Vous n'êtes pas seule dans votre famille.

HONORINE *(frappée d'une révélation subite)*. — C'est peut-être pas la petite ?

PANISSE. — Mais oui, c'est la petite, naturellement.

HONORINE *(elle hausse les épaules)*. — La petite ? Allez, vaï, vous galéjez !

PANISSE. — Voyons, Norine ! Vous ne pensez pas qu'à votre âge...

HONORINE *(se lève furieuse)*. — Qué, mon âge ? Il y en a de plus jolis que vous qui me courent derrière ! Mon âge ! Et il faut s'entendre dire ça par un vieux polichinelle que les dents lui bougent !

PANISSE. — Voyons, ma belle, vous savez bien...

HONORINE. — Vous ne vous êtes pas regardé ! Si mes rascasses n'étaient pas plus fraîches que vous, je n'en vendrais guère.

PANISSE *(conciliant)*. — Vaï, ne parlons pas de vos rascasses...
Il s'agit de la petite !

HONORINE *(au comble de l'indignation)*. — La petite ! Qui
pourrait imaginer une chose pareille !... Vous n'en avez pas assez
porté avec votre première ?

PANISSE. — Comment, assez porté ?

HONORINE. — Si on vous avait mis une voile entre les cornes,
il aurait fallu une brave quille pour vous tenir d'aplomb.

PANISSE *(furieux, il se lève)*. — Vous, qui parlez tant des autres,
vous devriez un peu nous dire ce que vous alliez faire, le soir, dans
l'entrepôt de maître Barbentane, avec Nestor, le premier trombone
de l'Opéra ?

HONORINE. — Et alors ? Pourquoi une veuve n'aurait pas le
droit de parler à un trombone ? Mon mari était mort depuis deux
ans, et je vous apprendrai qu'au ciel, il n'y a pas de cocus.

Elle fait un signe de croix.

PANISSE. — Oui, ça les gênerait pour mettre l'auréole... Allez,
zou, Norine, c'est bête de nous disputer pour un malentendu.
Écoutez-moi.

HONORINE *(elle ricane)*. — La petite ! Quel toupet ! Fanny !
*(Une cliente apparaît près des coquillages. Elle touche la marchandise.
Honorine se lève et va vers elle.)* Vous désirez quelque chose, ma
belle ?

LA CLIENTE *(c'est une vieille fille dont le chapeau porte un petit
oiseau. Un col de dentelle baleiné monte jusqu'à son menton)*. — Je
voudrais des violets. Mais ceux-là sont bien petits.

HONORINE. — Il y en a de plus gros.

Elle lui montre d'autres violets.

LA CLIENTE. — Ils sont vraiment bien petits.

HONORINE. — Ils sont comme d'habitude.

LA CLIENTE. — Je les trouve... Je les trouve petits.

HONORINE. — Si c'est des monstres que vous voulez, il faut aller à l'aquarion !

LA CLIENTE *(elle tripote des violets qu'elle garde à la main)*. — Je ne veux pas des monstres, mais tout de même...

HONORINE. — Alors ? Je vous en mets une douzaine ?

LA CLIENTE. — Oh ! non. Ils sont... Ils sont petits.

HONORINE. — Si vous ne les voulez pas, laissez-les... Et puis ne les pétrissez pas comme ça. Ce n'est pas en les tripotant que vous les ferez grossir. *(La cliente disparaît, Honorine revient dans le café.)* Ma fille... Fanny... ma fille...

PANISSE *(après un temps)*. — J'aurais donné cent mille francs à la petite comme dot.

HONORINE *(dans un éclat de rire méprisant)*. — Cent mille francs ! *(Un ton plus bas, avec un sourire de mépris.)* Cent mille francs ! *(Sérieusement, d'un ton interrogateur.)* Cent mille francs ?

PANISSE. — Oui, je lui constituerais une dot...

HONORINE *(intéressée)*. — Allez, vaï, ne plaisantez pas.

PANISSE *(il la fait asseoir)*. — Honorine, ma belle, venez vous asseoir ici, que je vous dise bien la chose. Si vous me donnez la petite, je lui fais une dot de cent mille francs, et une pension de quatre cents francs par mois pour sa mère.

HONORINE. — Ah non ! Ça, non. Ça, ce n'est pas mon genre, de vivre aux crochets de ma fille, jamais. Moi, je ne veux RIEN. Je ne demande qu'à habiter avec vous, voilà tout.

PANISSE *(pas très enchanté)*. — Pour ça, on s'entendra toujours. Elle aura une bonne. Et je lui laisserai tout par testament.

Un temps. Honorine réfléchit. Panisse attend, souriant.

HONORINE. — Panisse, la petite ne voudra jamais.

PANISSE. — Si elle voulait, qu'est-ce que vous diriez ?

HONORINE. — Naturellement, je ne l'empêcherais pas de faire sa vie, mais elle ne voudra pas.

PANISSE. — Je lui en ai déjà parlé.

HONORINE. — Quand ?

PANISSE. — Dimanche dernier, au cabanon. Pendant que vous faisiez la bouillabaisse.

HONORINE. — Qu'est-ce qu'elle vous a dit ?

PANISSE. — De m'adresser à sa mère. Ça veut dire qu'elle accepte.

HONORINE. — Quelle petite masque ! Elle m'a bien trompée celle-là ! Vous lui avez parlé des cent mille francs ?...

PANISSE. — Non. C'est elle qui m'en a parlé.

HONORINE *(avec fierté)*. — Elle est magnifique, cette petite.

PANISSE. — Et je vous signerai des papiers dès que vous aurez dit oui.

HONORINE. — Dites, Panisse, parlons peu mais parlons bien. Vous avez bien réfléchi à la chose ?

PANISSE. — Oui. J'ai réfléchi.

HONORINE. — Vous avez vu qu'elle a trente ans de moins que vous ?

PANISSE *(avec un grand bon sens)*. — Eh ! oui, mais ce n'est pas de ma faute.

HONORINE. — Vous savez ce qui arrivera ?

PANISSE. — Mais elle aura tout ce qu'elle voudra. De l'argent, des robes, des bijoux...

HONORINE *(elle secoue la tête d'un air plein de doute)*. — Je sais que vous êtes un brave homme. Mais j'ai bien peur qu'il lui manque le principal.

PANISSE. — Quel principal ?

HONORINE. — Je me comprends.

PANISSE *(il sourit avantageusement, se redresse et frise ses moustaches)*. — Allez, Norine... Parlez pas de ce que vous ignorez !

HONORINE. — Je sais qu'il n'y a rien de plus beau que l'amour.

PANISSE *(même jeu)*. — Mais je suis bien de votre avis.

HONORINE. — Mais il vaut mieux avoir dix-huit ans.

PANISSE *(même jeu)*. — Eh bien, la petite a dix-huit ans.

HONORINE. — Et vous, vous en avez cinquante.

PANISSE *(malin)*. — Eh oui ! mais j'ai 600 000 francs.

HONORINE. — Ah ! mon pauvre Panisse, les chemises de nuit n'ont pas de poches ! Moi, je vous parle dans votre intérêt. Bien sûr, c'est un beau parti pour ma petite... *(Elle rêve un instant.)* Mais quand je pense à ça et que je vous regarde, je vous vois une paire de cornes qui va trouer le plafond.

PANISSE *(vexé)*. — Encore ! Vous vous trompez, voilà tout. Tout ce que je vous demande, c'est de me dire oui. Le reste, je m'en charge.

HONORINE. — Eh bien, je vais lui en parler. Je vous répondrai dans quelques jours.

PANISSE. — Bon. Dans quelques jours. J'attendrai.

HONORINE. — Seulement, d'abord, je voudrais bien regarder les comptes de votre magasin. Ce n'est pas la curiosité, Panisse. C'est l'amour maternel.

PANISSE. — Venez demain matin, je vous expliquerai tout.

HONORINE. — Oui, demain, après-demain, je ne suis pas pressée. J'ai confiance. Mais, té, je vois Fanny qui arrive. Nous pourrions y aller tout de suite ?

PANISSE *(bon enfant)*. — Si vous voulez !

HONORINE *(elle se lève et crie)*. — Marius !

MARIUS *(voix en coulisse)*. — Oui !

HONORINE. — Je m'en vais ! S'il vient du monde, occupe-toi-z'en !

MARIUS *(en coulisse)*. — Bon ! Je viens.

PANISSE (*à mi-voix*). — Dites, vous ne croyez pas que Fanny et Marius, il y a entre eux un certain sentiment ?

HONORINE. — Ah ! pour ça, c'est sûr ! et c'est naturel !

PANISSE. — Pourquoi ?

HONORINE (*froidement*). — Parce que, le samedi soir, au cabanon, ils ont souvent couché ensemble.

PANISSE (*épouvanté*). — Ils ont... Honorine, qu'est-ce que vous dites ?

HONORINE. — Eh ! oui ! Au cabanon, il n'y avait qu'un berceau.

PANISSE (*en sortant*). — Oh ! coquin de sort, que vous m'avez fait peur !

HONORINE. — Allons, venez, mon gendre.

PANISSE. — Je vous suis, maman.

Ils sortent. Entre Marius par la porte du premier plan. Une marchande crie : « Picon... Picon... » L'Arabe crie : « Jolis tapis... » Fanny apparaît sur le seuil. Elle a une jolie robe verte et une chemisette de soie chatoyante. Elle s'approche de Marius qui la regarde des pieds à la tête.

Scène VIII
FANNY, MARIUS

FANNY. — Qu'est-ce que tu regardes comme ça ?

MARIUS. — Tu as une bien jolie chemisette !

FANNY. — C'est ma mère qui me l'a faite. (*Un temps.*) Tu voudrais bien voir ce qu'il y a dedans, qué !

MARIUS (*très gêné*). — Ça ne me ferait pas peur, tu sais !

FANNY. — Toi ? Tu partirais en courant jusqu'à la Joliette !

MARIUS. — Tu crois ça ?

FANNY. — Oui. Tu es tout le temps à réfléchir et à penser. Si une fille te regarde, tu baisses les yeux.

MARIUS. — Regarde-moi un peu, pour voir ! (*Elle s'approche de lui, elle le regarde bien dans les yeux. Elle se rapproche peu à peu, elle adoucit son regard qui brille cependant d'un éclat intense. Marius se trouble... Il essaie un petit rire, il rougit, il baisse les yeux, puis il hausse les épaules et dit :*) Que tu es bête ! (*Fanny se met à rire, elle va jusqu'à la porte, elle se retourne vers lui, elle rit encore.*) Qu'est-ce que tu as à rire comme ça ?

FANNY. — Rien. Et la fille du café de la Régence, tu oses la regarder ?

MARIUS. — Quelle fille ?

FANNY. — Avec ça que tu ne la connais pas ! Elle passe ici devant deux fois par jour pour te faire un coup d'œil ! Si tu crois qu'on ne le voit pas !

MARIUS. — La grande blonde ? Je ne lui ai jamais parlé !

FANNY. — Alors, c'est que tu n'es pas capable de te déclarer à une fille, même si elle vient te tourner autour...

MARIUS. — Ça, tu n'en sais rien !

FANNY. — Tu es timide, je le vois bien ! Si une fille venait t'embrasser, tu tomberais évanoui !

MARIUS. — Je ne me suis pas évanoui quand tu m'as embrassé !

FANNY. — Moi ? Je t'ai embrassé ?

MARIUS. — Oui.

FANNY. — Quand ?

MARIUS. — Il y a longtemps. Un soir que nous jouions aux cachettes sur le port. J'avais bien quinze ans, et toi, onze ou douze.

FANNY. — Je ne me rappelle pas.

MARIUS. — Nous étions derrière des sacs de café et, tout d'un coup, tu m'as embrassé là. *(Il montre sa tempe.)*

FANNY. — Moi ?

MARIUS. — Oui, toi. Et pas qu'une fois. Un autre jour, aussi, sur le quai de Rive-Neuve... Tu l'as vraiment oublié ?

FANNY. — Tu sais, quand on joue aux cachettes, c'est toujours un peu pour embrasser les garçons.

MARIUS. — Ah !... Tu en as embrassé d'autres ?

FANNY. — Oui, peut-être !

MARIUS. — Qui ?

FANNY. — Victor, Mathieu, Louis... Tous ceux qui jouaient avec nous.

MARIUS. — Tiens, tiens...

FANNY. — Et toi, tu n'embrassais pas les autres filles ?

MARIUS. — Je ne me souviens pas.

FANNY. — Je me souviens très bien que tu avais fait une caresse à Césarine, et qu'elle t'avait donné des poux.

MARIUS. — Et un autre jour, tu l'avais giflée, parce qu'elle se cachait avec moi dans la cave.

FANNY. — Oh ! pauvre ! Je m'en moquais bien qu'elle se cache avec toi ! Qu'est-ce que tu vas imaginer ?

MARIUS. — Oh !... Je te dis ça pour parler.

FANNY. — Tu serais bien aimable de ne pas dire des vantardises de ce genre. Surtout maintenant.

MARIUS. — Pourquoi « maintenant » ?

FANNY *(mystérieuse)*. — Parce que.

MARIUS. — Qu'y a-t-il de changé ?

FANNY *(même jeu)*. — Des choses.

MARIUS. — Quelles choses ?

FANNY *(elle feint de se décider)*. — Écoute, si tu me promettais de ne le dire à personne...

MARIUS. — Tu sais bien que tu peux avoir confiance !

FANNY. — On dit ça, et après on répète tout pour le plaisir de parler.

MARIUS *(impatient)*. — Si tu ne veux pas me le dire, je ne te force pas.

FANNY. — Écoute, je crois que je vais me marier.

MARIUS. — Toi ?

FANNY. — Oui.

MARIUS. — Avec qui ?

FANNY. — Personne ne le sait encore, mais à toi, je vais te le dire parce que tu vas me donner un conseil.

MARIUS. — Bon. Avec qui ?

FANNY. — Je ne suis pas malheureuse, et les coquillages, je ne m'en plains pas. Mais j'aimerais mieux faire un travail où on a des employés.

MARIUS. — Tu es pratique, toi.

FANNY. — J'ai dix-huit ans. C'est le meilleur moment pour choisir, parce que je ne serai jamais plus jolie que maintenant... Et il me semble que si l'occasion se présente... Il ne faut pas la laisser échapper.

MARIUS *(nerveux)*. — Et... L'occasion s'est présentée ?

FANNY. — Oui.

MARIUS. — Qui ?

FANNY. — Il m'a demandée à ma mère...

MARIUS. — Qui ?

FANNY. — Je ne sais pas si je fais bien de te le dire.

MARIUS *(exaspéré)*. — Si tu ne veux pas le dire, garde-toi-le.

FANNY. — Tu le sauras bientôt, vaï.

MARIUS. — Oh ! Je le sais déjà. C'est le petit Victor. Il y a assez longtemps que ça se comprend.

FANNY. — Et toi, tu l'as compris ?

MARIUS. — Tout le monde l'a vu. Il venait te parler tous les soirs, sous prétexte de manger des coquillages… Il en a mangé tellement qu'il a failli mourir de l'urticaire.

FANNY. — Qu'est-ce que ça prouve ?

MARIUS. — Ça prouve que c'est un imbécile. Et puis, si tu comptes sur le magasin, son père n'est pas encore mort, tu sais.

FANNY. — Oh ! Je n'attends après la mort de personne, et je me moque bien de Victor !

MARIUS. — Alors, qui c'est ?

FANNY. — Panisse.

MARIUS *(incrédule)*. — Panisse ? Le père Panisse ?

FANNY. — Oui, M. Panisse. Depuis quelque temps je le voyais venir… Et puis, dimanche dernier, il nous a menées au cabanon, moi et ma mère.

MARIUS. — Je le sais, il y avait ta mère !

FANNY. — Oui. Et pendant qu'elle faisait la bouillabaisse, nous sommes allés nous promener sur les rochers. Et tout d'un coup, il enlève son chapeau et il se met à genoux.

MARIUS *(goguenard)*. — Le père Panisse ? Ha !

FANNY. — Et il me dit qu'il m'aime, que je suis la plus jolie de tout Marseille, et qu'il me veut. Et puis, il se relève, et il essaie de m'embrasser.

MARIUS *(goguenard)*. — Il essaie de t'embrasser. Et alors ?

FANNY. — Alors, je lui donne une gifle, parce que c'était le plus sûr moyen qu'il me demande à ma mère. Et, ce matin, il m'a demandée. Voilà.

MARIUS. — Oh ! Oh !

FANNY. — Tu ne le crois pas ?

MARIUS. — Non, je ne te crois pas.

FANNY. — Pourquoi ?

MARIUS. — Parce qu'il veut ta mère, je le sais ! J'ai vu la robe d'Honorine, tout à l'heure. Et j'ai vu comment elle lui parlait...

FANNY. — Bon.

MARIUS. — Tu as beau dire « bon », tu ne me feras pas croire que tu as pensé une seconde à épouser Panisse.

FANNY. — Bon ! Alors, tu ne veux pas me donner un conseil ?

MARIUS. — Hé oui ! Je te conseille, quand tu voudras me faire marcher, de trouver une histoire moins bête que celle-là...

FANNY. — Bon.

MARIUS. — Allons ! Un homme qui a les yeux plissés comme le côté d'un soufflet.

FANNY. — Tais-toi, le voilà.

Panisse paraît sur la porte, guilleret.

Scène IX

PANISSE, FANNY, MARIUS

PANISSE *(galant)*. — Eh bien, ma jolie, tu te reposes ?

FANNY. — Je prends un peu le frais en attendant les clients.

PANISSE. — Tu as bien raison.

Il déclame.

> *Le soleil est le dieu du jour.*
> *Mais cachez-lui ce frais visage.*
> *Car il pourrait brûler, dans son ardeur sauvage,*
> *Les douces roses de l'amour !*

MARIUS. — Bravo ! Bravo ! Panisse, c'est bien envoyé, ça, vous savez !

PANISSE *(très à son aise)*. — C'est ma spécialité, mon cher. Filer le madrigal. Les dames en sont friandes... et il n'y a rien de tel que quatre petits vers.

FANNY. — C'est vous qui les avez faits ?

PANISSE. — Je te dirais oui si j'étais menteur et si je n'étais pas certain que tu les verras sur un pot de pommade dans la vitrine du bureau de tabac qui fait le coin de la rue Victor-Gelu. D'ailleurs, le plus grand mérite d'une poésie, c'est d'être bien placée dans la conversation. Marius, deux anisettes.

FANNY. — Il y en a une pour moi ?

PANISSE. — Et pour qui serait-elle ? Viens un peu t'asseoir ici. Viens ! *(Ils vont s'asseoir assez loin du comptoir, sur la banquette. Panisse parle en baissant le ton pendant que Marius prépare la bouteille et les verres.)* Nous avons parlé avec ta mère. Elle est en train de regarder ma comptabilité. Et je crois que nous serons d'accord si tu dis oui.

FANNY. — Je vous ai demandé quelques jours, Panisse.

PANISSE. — Et tu as bien fait... Il n'est pas mauvais de faire attendre une réponse : ton oui me fera plus plaisir encore.

Marius vient disposer les verres et les remplir.

FANNY *(elle parle pour que Marius entende)*. — Dites, Panisse, combien c'est que vous en avez, d'ouvrières ?

PANISSE. — Vingt-trois, et j'en cherche trois autres, parce que j'ai une commande importante pour *La Malaisie*. Un trois-mâts. J'irai cet après-midi pour vérifier les mesures. *(À Marius.)* Hé ! petit, remplis bien les verres.

MARIUS. — Ils sont pleins !

FANNY. — Oh ! menteur !

PANISSE. — Tu comptes ça deux francs vingt-cinq, et il y manque au moins les centimes.

MARIUS. — Tenez, tenez...

Il achève de remplir les verres et fait déborder l'anisette dans les soucoupes.

PANISSE. — Fais attention, tu verses à côté !

FANNY. — Il est un peu fatigué, aujourd'hui.

Marius ne dit rien. Il rebouche sa bouteille et retourne au comptoir. Pendant les répliques suivantes, Panisse prend son verre d'une main, sa soucoupe de l'autre et boit la liqueur que Marius a répandue dans la soucoupe.

PANISSE *(très gentleman).* — Vraiment, ce ne sont pas des manières. *(Il a bourré sa pipe et il fouille ses poches depuis un moment.)* Coquin de sort ! J'ai oublié mes allumettes !

FANNY. — Attendez !

Elle prend le pyrophore sur la table voisine. Elle allume l'allumette et la tient elle-même au-dessus du fourneau de la pipe. Marius, qui n'a pas perdu un mot de la conversation, regarde ce tableau avec une inquiétude grandissante.

PANISSE. — C'est gentil, ce que tu viens de faire. Une allumette tenue par une aussi jolie main.

FANNY. — Oh ! Panisse, ne dites pas que j'ai de jolies mains !

PANISSE. — Elles sont petites comme tout ! *(Il lui prend la main et la regarde.)* Elles sont fines, elles sont chaudes... Et tu as une bien belle bague...

FANNY. — Elle vous plaît ?

PANISSE. — Elle fait très bien. Elle est en or ?

FANNY. — Je ne crois pas. Je l'ai trouvée dans une pochette-surprise.

PANISSE. — Alors, elle est en cuivre !

FANNY. — Tant pis !

PANISSE. — Tu n'as jamais eu une bague en or ?

FANNY. — Non.

PANISSE. — Mais ton collier, il est en or ?

FANNY. — Oh ! mon collier, oui. C'est ma tante Zoé qui me l'a donné pour ma communion.

PANISSE. — Il est joli... *(Il prend le collier du bout de ses gros doigts et se rapproche peu à peu, sous prétexte de l'examiner.)* Il est très joli... Il y a une médaille au bout ?

Il touche légèrement la peau de Fanny pour faire sortir la médaille qui est entre les seins.

FANNY *(elle recule)*. — Attendez... Je vais la sortir.

Panisse prend la médaille et se penche pour lire.

PANISSE. — Qu'est-ce qu'il y a d'écrit ?

FANNY. — C'est ma date de naissance.

Panisse se penche, respire fortement. Marius s'agite de plus en plus et, soudain, tousse très fort.

MARIUS. — Hum ! Ahum ! Humhum ! *(Panisse ne l'a pas entendu. Il est perdu dans sa contemplation oblique. Alors Marius, qui n'y tient plus, dit brusquement.)* Fanny ! Ta mère te crie !

FANNY. — J'ai pas entendu !

Panisse lève la tête. Il est tout rouge.

MARIUS. — Je te dis que ta mère t'appelle. Ça fait trois fois.

FANNY. — Tu as des rêves !

PANISSE. — En tout cas, si elle a besoin de toi, elle sait où tu es. *(Marius se tait, fort agité. Il fait mille gestes incohérents pour changer de place diverses bouteilles.)* Parlons un peu sérieusement. Avec ta mère, nous avons discuté des chiffres... Nous sommes allés chez moi et puis...

Il baisse la voix parce que Marius écoute. On n'entend plus rien, Panisse et Fanny restent assis sans parler. De temps à autre, elle jette un regard sur Marius pour voir les effets de son jeu. Marius se rapproche d'eux, sous prétexte d'essuyer la table voisine.

MARIUS *(agressif)*. — C'est moi qui vous empêche de causer ?

PANISSE. — Non.

MARIUS. — Vous parlez bas et quand je m'approche, vous vous taisez.

FANNY. — C'est peut-être que nous avons des choses personnelles à nous dire.

MARIUS. — Ouéi ! Quand on ne veut pas parler devant le monde, c'est qu'on dit des saletés.

FANNY. — Des saletés, dis, grossier !

PANISSE *(avec une grande noblesse)*. — Marius, fais un peu attention à qui tu t'adresses.

MARIUS. — Je m'adresse à vous, et je vous dis que ça me fait mal au cœur de vous voir.

PANISSE. — Tu n'as qu'à tourner l'œil de l'autre côté.

MARIUS. — Et puis, je n'aime pas qu'on me regarde d'un air sur deux airs !

PANISSE. — Moi, je te regarde d'un air sur deux airs ?

FANNY. — Tu deviens fou, mon pauvre Marius !

PANISSE. — Un pauvre fou !

MARIUS. — Faites attention ! Il y a des fous dangereux, j'en connais un que la main lui démange de vous envoyer un pastisson !

FANNY. — Marius !

PANISSE. — À moi, un pastisson ! *(Avec une commisération infinie.)* Ô pauvre petit !

MARIUS. — Allez, sortez un peu de la banquette, avancez si vous êtes un homme !

PANISSE. — Si je te pressais le nez, il en sortirait du lait !

Fanny éclate de rire.

MARIUS *(lui tend son nez).* — Tenez, le voilà mon nez ! Vous avez peur, hein ?

Marius est penché sur Panisse et le regarde dans les yeux, à trois centimètres.

PANISSE *(avec le calme qui précède les tempêtes).* — Marius, fais bien attention, tu ne me connais pas !

MARIUS. — Faites-vous connaître... C'est le moment ! Malheureux !

PANISSE *(il se lève brusquement).* — Malheureux ! C'est à moi que tu dis malheureux ?

FANNY *(se soulève et retient Panisse).* — Panisse !...

PANISSE. — Laisse. C'est une affaire entre hommes... Tiens-moi le chapeau. *(Il donne son chapeau à Fanny. Il s'approche de Marius jusqu'à le toucher. Tous deux se regardent sous le nez.)* Donne-le un peu ton pastisson.

MARIUS. — Vous me le pressez, le nez !

PANISSE. — Pauvre petit !

MARIUS. — Malheureux !

PANISSE *(avec plus de force).* — Pauvre petit !

MARIUS *(de même).* — Commerçant !

PANISSE. — Tu parles, tu parles, mais tu n'oses pas commencer !

MARIUS. — Vous faites beaucoup de menaces, mais rien d'autre !

PANISSE *(avec une fureur soudaine)*. — Oh ! Si je ne me retenais pas !

MARIUS. — Ah ! Si vous n'aviez pas de cheveux gris !

PANISSE. — Tu veux peut-être que je me les arrache pour te faire plaisir ? *(À ce moment, une voix à la cantonade appelle :* « Panisse ! » *Sans bouger, les yeux toujours fixés sur ceux de Marius, Panisse, d'une voix de tonnerre, répond.)* Vouei !

LA VOIX. — Oh, Panisse ! Il y a du monde au magasin !

PANISSE. — Je suis occupé ! *(Il quitte son attitude belliqueuse. Il remonte son pantalon à deux mains, et dit simplement :)* Tu as de la chance ! *(Il recule d'un pas.)* Fanny, je te quitte, puisque mes affaires l'exigent. Est-ce que tu me feras le plaisir de venir goûter chez moi, tout à l'heure ?

FANNY. — Pourquoi pas ici !

PANISSE. — Parce que je refuserai, désormais, de mettre le pied dans une maison où les gens ne savent pas se tenir à leur place.

MARIUS. — Vous avez beau prendre l'accent parisien, ça ne m'impressionne pas.

PANISSE *(comme s'il n'avait pas entendu)*. — Alors, Fanny, à tout à l'heure, je t'attends là-bas. *(À Marius.)* Deux anisettes à deux francs vingt-cinq font quatre francs cinquante. Tenez, voilà cinq francs : gardez tout, garçon.

Et il sort, laissant Marius pétrifié. Fanny sourit. Un temps de silence assez lourd.

Scène X

FANNY, MARIUS, PIQUOISEAU

FANNY. — Marius, tu n'es pas gentil de faire tant de bruit pour des choses qui ne te regardent pas.

MARIUS *(furieux)*. — Et puis je t'apprendrai qu'ici c'est un bar, ce n'est pas une maison de rendez-vous.

FANNY. — Dis donc, sois un peu poli avec moi, au moins.

MARIUS. — Tu ne le mérites pas.

FANNY. — Pourquoi ?

MARIUS. — Ah ! si je ne l'avais pas vu, je ne l'aurais jamais cru. C'est honteux ce que tu fais avec ce pauvre vieux.

FANNY. — Quel pauvre vieux !

MARIUS. — Tu ne vois pas que tu risques de le tuer ? Du temps, qu'il regardait dans ton corsage, il soufflait, il suait, il était rouge comme un gratte-cul.

FANNY. — Tu étais bien plus rouge que lui. Et puis, j'ai un soutien-gorge. Et puis ça ne te regarde pas.

MARIUS. — Eh bé, tu as bien raison, j'ai tort de m'en mêler. J'ai d'autres soucis en tête, heureusement. *(Il est retourné au comptoir, il rince deux ou trois verres.)* Seulement, ça me fait de la peine de voir que tu es en train de devenir comme ta tante Zoé.

FANNY. — Alors je n'ai pas le droit de me marier ?

MARIUS. — Non, tu n'as pas le droit d'épouser un veuf qui a soixante ans.

FANNY. — Cinquante ! Tu sais qu'il a beaucoup d'argent, Panisse. J'aurai une bonne… et il me fait une dot de cent mille francs.

MARIUS. — Dis-moi tout de suite que tu te vends.

FANNY. — Pourquoi pas ?

MARIUS. — Fanny, si tu faisais ça, tu serais la dernière des dernières.

FANNY. — Quand on a une bonne, elle est encore plus dernière que vous.

MARIUS. — Allons, Fanny ! C'est pas possible, voyons… Fanny, est-ce que tu as pensé à tout ?

FANNY. — Comment, à tout ?

MARIUS. —Tu sais bien que quand on se marie, il ne suffit pas d'aller à la mairie, puis à l'église.

FANNY. — On commence par là.

MARIUS. — Et après ?

FANNY. — Après, il y aura un grand dîner chez Basso.

MARIUS. — Oui, mais après ? Quand tu seras seule avec lui ?

FANNY. — Je verrai bien !

MARIUS. — Il faudra que tu te laisses embrasser...

FANNY. —Tant pis !

MARIUS. — Il t'embrassera sur la bouche, et puis sur l'épaule...

FANNY. — Tais-toi, Marius. Ne me parle pas de ces choses...

MARIUS. — Il faut en parler maintenant, parce qu'après ce sera trop tard... Fanny, pense aux choses que je ne peux pas te dire... Il va te serrer dans ses bras, ce dégoûtant, ce voyou ! *(Il court à la porte et crie.)* Ô saligaud ! *(Une vieille dame qui passait reçoit le mot en pleine figure. Elle pirouette et disparaît. Fanny rit joyeusement.)* Oh ! je sais bien pourquoi tu ris, va. Mais ce n'est pas vrai.

FANNY. — Qu'est-ce qui n'est pas vrai ?

MARIUS. —Tu t'imagines que je suis jaloux, n'est-ce pas ?

FANNY. — Oh ! Voyons, Marius... Pour être jaloux, il faut être amoureux.

MARIUS. — Justement, et je ne suis pas amoureux de toi.

FANNY. — Je le sais bien.

MARIUS. — Ce n'est pas parce qu'on a joué aux cachettes qu'on est amoureux.

FANNY. — Mais bien sûr, voyons !

MARIUS. — Remarque bien, je ne veux pas dire que je te déteste, non ce n'est pas ça. Au contraire, j'ai beaucoup d'affection pour toi. Je viens de t'en donner la preuve. Mais de l'amour ? Non. Oh ! naturellement, si j'avais voulu, moi aussi, j'aurais pu t'aimer... Jolie comme tu es, ça n'aurait pas été difficile. Mais je n'ai pas voulu... Parce que je savais que je ne pourrais pas me marier. Ni avec toi, ni avec personne.

FANNY. — Tu veux te faire moine ?

MARIUS. — Non, mais je ne peux pas me marier.

FANNY. — Pourquoi dis-tu une bêtise pareille ?

MARIUS. — Oh ! Ce n'est pas une bêtise ! C'est la vérité... *(Entre Piquoiseau qui lui parle bas à l'oreille.)* Tout de suite ?

Piquoiseau dit oui de la tête et va s'asseoir à sa place habituelle.

MARIUS. — Fanny, veux-tu garder le bar quelques minutes ?

FANNY *(nerveuse)*. — Et s'il vient des clients ?

MARIUS. — Tu les serviras...

FANNY. — Je ne sais pas les prix.

MARIUS. — Tu as un tarif... Tu t'arrangeras à peu près...

FANNY. — Bon. Mais tâche de revenir avant 4 heures, parce que tu sais que je vais goûter chez Panisse !...

MARIUS. — Bon... Je serai de retour dans vingt minutes...

Il sort en hâte. Fanny reste songeuse. Brusquement, la sirène siffle . les ouvriers qui dormaient au soleil se lèvent et s'en vont, la veste pendue à l'épaule. On entend au loin les coups de marteau des démolisseurs de navires. Le rideau descend.

RIDEAU

ACTE DEUXIÈME

Le petit bar. Il est 9 heures et demie du soir.

Scène I

CÉSAR, FANNY, LE CHAUFFEUR

César est à la caisse et il compte la recette de la journée. Il a fait de petits rouleaux avec des pièces de 1 et 2 francs, il épingle les billets par liasses et il recolle ceux qui sont en loques. Fanny qui est en train de rentrer ses bourriches, paraît triste. Assis tout seul devant une petite table, le chauffeur du ferry-boat déguste un bock et fume un ninas. Il a mis un complet très clair, avec des souliers vernis. Sa figure est presque propre. Après chaque gorgée de bière, il aspire fortement en avançant la lèvre inférieure, comme les gens qui sucent leur moustache. Il regarde Fanny, avec une intensité effrayante.

CÉSAR. — Dis, gommeux, tu n'as pas vu sortir Marius ?

LE CHAUFFEUR. — Non, je l'ai pas vu.

On frappe à la vitre, c'est un client de la terrasse.

CÉSAR *(derrière le comptoir)*. — On y va ! *(Cependant, il ne se dérange pas et continue à coller. Au bout d'une minute, on frappe de nouveau.)* Qu'il est pressé, celui-là ! *(Il se lève.)* Il faut tout de même y aller. *(Il sort.)*

FANNY *(au chauffeur qui est devant le comptoir)*. — Dis donc, est-ce que tu connais cet homme qui est venu chercher Marius tout à l'heure ?

LE CHAUFFEUR *(tout rouge)*. — Peut-être je l'aurais connu si je l'aurais vu.

FANNY. — Il est grand, la figure basanée, tout rasé. Tu ne l'as jamais vu avec Marius ?

LE CHAUFFEUR. — Non, et je le regrette bien. Ah ! oui, je le regrette bien.

FANNY. — Pourquoi ?

LE CHAUFFEUR *(navré)*. — Parce que vous ne me parlez pas souvent, et pour une fois que ça m'arrive, je ne sais pas quoi vous répondre.

FANNY *(elle rit)*. — Tu es amoureux de moi ? *(Le chauffeur avale sa salive et devient rouge comme une pivoine.)* Eh bien, tu perds ton temps.

Elle remonte vers son éventaire.

LE CHAUFFEUR. — Ah ! je le sais bien, et c'est ça le plus triste. Mais ça n'empêche pas les sentiments…

CÉSAR *(rentre par la baie, une grappe de verres vides dans chaque main, et va derrière son comptoir. Au chauffeur)*. — Dis donc, Frise-poulet, Panisse est là-bas, devant sa porte, qui fume la pipe. Cours vite lui dire que je l'attends pour boire une bouteille de mousseux.

Le chauffeur réfléchit fortement, puis il regarde César en faisant la moue et en secouant la tête.

LE CHAUFFEUR *(convaincu)*. — C'est loin.

CÉSAR. — Qué, c'est loin ? Il y a trente mètres.

LE CHAUFFEUR. — Qu'est-ce que vous me donnez si j'y vais ?

CÉSAR. — Je te donnerai un bon chicoulon de mousseux.

LE CHAUFFEUR. — Alors, j'y vais. *(Il se lève, va jusque devant la porte et hurle.)* Panisse ! Ô Panisse ! M. César vous offre le champagne !

CÉSAR *(indigné)*. — Ô marrias, tais-toi, que tu vas faire venir tous les soiffeurs du quartier ! *(Il cache la bouteille sous la table.)* Tu es si bête que ça ? On ne les dit jamais, ces choses-là !

LE CHAUFFEUR. — Il vient.

Un temps. César reprend la bouteille et la débarrasse de ses fils de fer. Le chauffeur prépare trois verres. Entre Panisse par la baie venant de coulisse premier plan jardin. Il est toujours en manches de chemise, la pipe à la bouche, il a des souliers extraordinaires, longs et pointus comme des aiguilles.

Scène II
CÉSAR, PANISSE, LE CHAUFFEUR, L'AGENT

CÉSAR *(il garde sa main sur le bouchon de la bouteille).* — Ô Panisse, que tu te fais rare ! On ne t'a pas vu depuis hier.

PANISSE *(très digne).* — Puisque tu m'invites, je viens ; il serait bien malpoli de te refuser un verre de mousseux.

CÉSAR. — Je comprends !

PANISSE *(grave, et presque solennel).* — Mais j'avais juré de ne plus remettre les pieds chez toi, et c'est une promesse que je tiendrai.

CÉSAR. — Et pourquoi tu ne veux plus remettre les pieds chez moi ?

PANISSE *(sévère).* — Parce que ton fils est un grossier.

CÉSAR. — Mon fils est un grossier ?

PANISSE. — Un véritable grossier.

CÉSAR *(il hausse les épaules).* — Ah vouatt !

PANISSE. — Il n'y a pas de vouatt ! Et la première fois que je le rencontre, ça sera un coup de pied au derrière.

CÉSAR. — Ah vouatt !

PANISSE *(menaçant et cruel).* — Et tu peux remarquer que je ne porte plus les espadrilles. Aujourd'hui, j'ai mis les souliers.

Il exhibe les souliers. Cette menace précise met César hors de lui-même.

CÉSAR. — Et c'est à moi que tu viens dire ça ?

PANISSE *(sévère)*. — C'est à toi.

César descend du comptoir. Le chauffeur veut se mettre entre eux.

LE CHAUFFEUR. — Ayayaïe !

CÉSAR *(il repousse le chauffeur du côté gauche)*. — Panisse, si seulement tu touches mon petit, moi je t'en fous un de coup de pied dans le derrière, qui te fera claquer des dents !

PANISSE *(il ricane)*. — C'est à voir...

LE CHAUFFEUR. — Ayayaïe !

CÉSAR *(il repousse le chauffeur)*. — Non, c'est tout vu. Si seulement tu lèves la main sur Marius, tu le regretteras six mois à l'hôpital !

PANISSE *(hésitant)*. — César, tu ne me fais pas peur.

LE CHAUFFEUR *(même jeu, il se met au milieu)*. — Ayayaïe, Ayayaïe !

CÉSAR *(il repousse le chauffeur)*. — Si tu frôles un cheveu de sa tête, ce n'est pas à l'hôpital que tu te réveilles : c'est au cimetière !

PANISSE *(faiblement)*. — Tu sais, j'en ai assommé de plus forts que toi !

CÉSAR *(les yeux au ciel)*. — Bonne Mère, c'est un meurtre, mais c'est lui qui l'a voulu ! *(Le chauffeur s'est mis entre eux. César, les mains largement ouvertes, s'avance vers Panisse pour l'étrangler. Solennel.)* Adieu Panisse !

PANISSE *(il flageole et, d'une voix résignée)*. — Adieu César ! *(Il tombe sur la première chaise à droite. César l'étrangle. Le chauffeur a bondi jusqu'à la porte et regarde le combat, épouvanté. Soudain une détonation retentit. Le chauffeur disparaît dans la rue. C'est le bouchon du mousseux qui vient de sauter. Panisse râle.)* Le mousseux... Le mousseux.

CÉSAR. — Ô coquin de sort !

Il lâche Panisse et court derrière le comptoir chercher la bouteille de mousseux. Il la saisit et la bouche avec la paume de sa main. Panisse, qui est remonté devant le comptoir, à droite, a pris les deux verres et les lui tend. César les remplit. Puis il en prend un et boit. Panisse fait de même. Un temps.

PANISSE *(très naturel).* — Il n'est pas assez frais.

CÉSAR *(il regrette une erreur).* — C'est vrai, il n'est pas assez frais. Je vais en mettre une bouteille dans le puits pour demain.

PANISSE *(il tend de nouveau son verre).* — Mais quand même, il n'est pas mauvais...

César remplit le verre de Panisse. À ce moment, reparaît le chauffeur. Il n'ose pas entrer, il reste au milieu du trottoir et il désigne le bar à quelqu'un qu'on ne voit pas.

LE CHAUFFEUR. — C'est là !

Entre un agent de police.

L'AGENT. — Où donc ?

CÉSAR. — Quoi ! Qu'est-ce que vous cherchez ?

L'AGENT. — La bagarre.

PANISSE. — Quelle bagarre ?

LE CHAUFFEUR *(qui se rapproche et descend).* — Je croyais que vous vous battiez ?

CÉSAR. — Qué battiez ? Nous parlions !

PANISSE. — Ça te regarde, ce que nous disons, petit galapiat ?

CÉSAR *(affectueux).* — Té, Panisse, rends-moi service. Profite que tu as des souliers pointus pour lui donner un coup de pied au cul.

PANISSE *(au milieu de la scène, fait signe au chauffeur d'approcher).* — Approche-toi un peu, pour voir !

LE CHAUFFEUR *(qui bat en retraite derrière la table de gauche, puis prend son verre vide et remonte derrière l'agent).* — Et le mousseux, alors ?

CÉSAR. — Le mousseux n'est pas pour les vipères. Cours te noyer, va !

LE CHAUFFEUR *(dégoûté, repose son verre).* — Té, je vous séparerai plus, et j'irai plus faire vos commissions.

Il s'enfuit par la baie.

L'AGENT. — Il est venu me dire qu'il avait entendu un coup de feu !

CÉSAR. — Qué coup de feu ? C'est le bouchon du mousseux qui a pété !

L'AGENT *(lorgne la bouteille).* — Ah ! fort bien ! Ce doit être un grand vin, pour que son explosion puisse prêter à confusion avec la déflagration d'une détonation. Il a l'air gaillard !

CÉSAR. — Je comprends qu'il est gaillard ! Dites, vous n'en boirez pas souvent comme celui-là. *(Il a rempli un verre. L'agent tend la main.)* Vous n'en boirez même peut-être jamais.

César a pris le verre et le boit.

L'AGENT *(il lorgne toujours la bouteille).* — En somme, il ne me reste plus qu'à me retirer ?

CÉSAR. — Bien sûr !

L'AGENT. — Bon. Bon. Bon.

Il sort, vexé.

CÉSAR. — Tu crois pas, cette petite crapule de chauffeur qui va chercher les gendarmes ! *(Ils boivent de nouveau. D'une voix très conciliante.)* Dis, Panisse, si tu rencontres Marius, ne lui donne pas ce coup de pied.

PANISSE *(affectueux).* — Tu le sais bien, que je ne le donnerai pas. Ce que j'en disais c'était question d'amour-propre... À la tienne.

Ils boivent.

CÉSAR. — Dis, maintenant soyons sérieux. Qu'est-ce qu'il t'a fait le petit ?

PANISSE. — Il m'a provoqué, il m'a reproché d'avoir les cheveux un peu gris, comme si c'était de ma faute !

CÉSAR. — Mais toi, tu lui avais dit quelque chose ?

PANISSE *(innocent)*. — Rien du tout.

CÉSAR. — Voyons, si tu ne lui avais pas cherché dispute, il se serait tenu tranquille !

PANISSE. — Et pourquoi je lui aurais cherché dispute ? Je me connais. César, j'ai appris à me méfier de mon caractère, et c'est pour cela que je ne suis pas homme à commencer une querelle qui peut finir par un massacre. Je t'affirme que je ne lui disais rien, absolument rien. Je ne le regardais même pas, et il s'est jeté sur moi.

CÉSAR. — Ça tout de même, c'est un peu fort !

PANISSE. — Et il a fait un geste comme pour m'étrangler !

CÉSAR *(désespéré)*. — S'il s'amuse à étrangler la clientèle maintenant !... Oh !... Il n'y a pas à dire, cet enfant a quelque chose.

PANISSE. — Et quoi ?

CÉSAR. — Je me le demande. Tu n'as rien remarqué, toi ?

PANISSE. — Si. J'ai remarqué qu'il a voulu m'étrangler.

CÉSAR. — Mais à part ça, tu n'as rien vu ?

PANISSE. — Non, je n'ai rien vu, mais, je suis de ton avis : il a beaucoup changé, ton fils. Il est tout drôle, tout chose...

CÉSAR. — Et pour quelle raison ?

PANISSE. — Oui, pour quelle raison ? *(Un temps.)* Peut-être qu'il fume de l'opion.

CÉSAR. — De l'opion ?

PANISSE. — Eh oui, comme les Chinois, avec un bambou. Ça vous fait devenir fada.

CÉSAR. — Oh ! mais dis donc, tu as vite fait, toi, de déshonorer les familles ! De l'opion !

PANISSE. — Remarque, c'est toi qui me demandes mon idée : je cherche, j'étudie…

CÉSAR. — Eh bien ! moi, je crois que c'est bien plus simple, et bien plus naturel. *(À mi-voix.)* Tu ne saurais pas, par exemple, s'il a une maîtresse ?

PANISSE. — Ça, je ne sais pas.

CÉSAR. — Eh bien, moi, je sens une femme là-dessous, parce qu'il n'y a que l'amour qui puisse rendre un homme aussi bête.

PANISSE *(s'assied)*. — Tu ne crois pas, par exemple, qu'il soit amoureux de Fanny ?

CÉSAR. — Oh ! non. Ils se connaissent depuis trop longtemps !

PANISSE. — Je te dis ça parce qu'au moment où il s'est rué sur moi, j'étais là, assis à côté de Fanny.

Il désigne la banquette de droite.

CÉSAR. — Je ne vois pas le rapport.

PANISSE. — Il a eu peut-être l'idée que je lui faisais la cour.

CÉSAR. — Toi ? *(Il rit.)* Il est fou, mais pas au point d'être jaloux d'un homme de ton âge.

PANISSE *(vexé)*. — Qui sait ?

CÉSAR. — Allons, je te parle sérieusement. Non, il ne s'agit pas de Fanny. Pour moi, il doit connaître en ville une femme qui le fait souffrir, et *(tragique)* j'ai peur que ce soit la femme d'Escartefigue.

PANISSE. — Oh ! elle en a rendu heureux plus de cinquante, elle ne ferait pas souffrir le fils d'un ami.

CÉSAR. — Alors qui est-ce ?

PANISSE. —Tu devrais interroger Marius.

CÉSAR. — Oh ! c'est bien ce que je vais faire à la fin. Jusqu'ici, je n'ai pas osé. Marius, quoiqu'il ait vingt-trois ans, je lui donnerais encore des calottes si c'était nécessaire. Mais je n'ose pas lui parler de femmes.

PANISSE. — Pourquoi ?

CÉSAR. — Par un sentiment bien drôle. La pudeur.

PANISSE. — Qué pudeur ?

CÉSAR. — La Pudeur Paternelle.

PANISSE. —Tu as des sentiments bien distingués.

Il se tient le pied gauche à deux mains et tire sur son soulier en faisant des grimaces.

CÉSAR *(rêveur et digne).* — Si tu étais père, tu serais aussi distingué que moi. *(Panisse se lève, il souffre du pied gauche.)* Qu'est-ce que tu as ?

PANISSE *(essaie de marcher).* — La pointe me presse sur mon oignon. Je crois que je ferais mieux de les quitter...

CÉSAR *(s'est approché de lui et se baisse pour examiner les chaussures de Panisse).* — Oyayaïe ! Coquin de sort, comme ils sont tendus !

PANISSE. — C'est ceux de mon mariage.

CÉSAR *(inquiet).* — Je ne sais pas si tu vas pouvoir les enlever...

PANISSE *(optimiste).* — Oh ! avec une paire de ciseaux, on peut toujours... Alors sans rancune, qué ?

CÉSAR. — Mais, naturellement !

PANISSE *(se dirige vers la baie en passant devant César).* — Et ne te fais pas de mauvais sang pour ton fils. Ça lui passera.

CÉSAR. — Je vais m'en occuper. À demain, ma vieille Panisse. Et ne fais pas de mauvais rêves.

PANISSE. — Risque pas !

Il sort en riant et en boitant.

CÉSAR *(sur le seuil de la baie, il crie)*. — Et ne va pas jouer au football avec ces souliers-là, surtout !

Dix heures sonnent au clocher des Accoules. Puis Honorine surgit dans la lumière de la terrasse.

Scène III
HONORINE, CÉSAR, MARIUS

HONORINE. — Bonsoir César.

CÉSAR *(finit de ranger sa caisse)*. — Bonsoir Norine. C'est vous ? À dix heures du soir ?

HONORINE. — Eh oui. C'est mercredi, aujourd'hui. Je vais à Aix, chez ma sœur Claudine, par le train de onze heures... Alors, comme j'étais un peu en avance, je suis passée par ici parce que j'ai quelque chose à vous dire.

CÉSAR. — Eh bien, dites-le, Norine.

HONORINE *(gênée)*. — C'est que c'est pas facile.

CÉSAR. — Pourquoi ?

HONORINE. — Je viens vous parler de Fanny.

CÉSAR. — Me parler de Fanny ?

HONORINE *(mystérieuse)*. — De Fanny et de Marius.

CÉSAR *(intéressé)*. — De Fanny et de Marius ? Alors, asseyez-vous, Norine. Qu'est-ce que vous prenez ?

HONORINE. — Ce sera un mandarin-citron.

Elle va s'asseoir.

CÉSAR *(il prépare deux verres)*. — Alors ? Fanny et Marius ? *(Honorine hésite.)* C'est si difficile que ça ?

HONORINE *(brusquement)*. — Enfin, bref, Panisse veut la petite.

CÉSAR *(perplexe)*. — Panisse veut la petite. Pour quoi faire ?

HONORINE. — Pour l'épouser.

CÉSAR *(stupéfait)*. — Comment ! Panisse veut épouser Fanny ?

HONORINE. — Il me l'a demandée ce matin.

CÉSAR. — Oh ! le pauvre fada ! Quelle mentalité ! Mais il est fou, ce pauvre vieux ?

HONORINE. — C'est ce que j'y ai dit. Mais il veut une réponse pour demain.

CÉSAR. — Et qu'est-ce qu'elle dit la petite ?

HONORINE. — Elle dira peut-être oui, si elle ne peut pas avoir celui qu'elle veut.

CÉSAR *(avec finesse)*. — Et celui qu'elle veut c'est Marius.

HONORINE *(gênée)*. — Tout juste.

CÉSAR. — Ayayaïe ! je commence à comprendre le carnage d'hier matin.

HONORINE *(elle se rapproche)*. — Figurez-vous que, tout à l'heure, je l'entends qui pleure dans sa chambre. Déjà, cette nuit, il m'avait semblé qu'elle reniflait beaucoup... Alors j'y vais sans faire de bruit et je la trouve allongée sur son lit. « Qu'est-ce que tu as ? » Elle me fait : « J'ai la migraine. – Cette nuit aussi, tu avais la migraine ? – Oui, cette nuit aussi. – Alors il va falloir te mener au docteur. – Non, je ne veux pas aller au docteur. » Et elle pleurait toujours. Alors, je lui dis : « Vé, ma petite Fanny, je suis ta mère, n'est-ce pas ? Si tu ne le dis pas à moi, tu ne le diras à personne. Qu'est-ce que tu as ? – J'ai rien. » Alors, je l'embrasse, je la menace, je la gronde, je la supplie. Bou Diou, qué patienço ! Si j'avais fait ça à ma pauvre mère, d'un viremain, elle m'aurait mis la figure de l'autre côté.

CÉSAR *(convaincu)*. — Ah ! je comprends ! Et alors ?...

HONORINE. — Et enfin, bref, à la fin des fins, elle me dit qu'elle aime Marius et qu'ils se sont parlé hier au soir.

CÉSAR *(charmé)*. — Très bien. Et qu'est-ce qu'il lui a dit ?

HONORINE. — Il ne veut pas qu'elle prenne Panisse.

CÉSAR. — Bon. Mais lui, Marius, il lui a dit qu'il l'aimait ?

HONORINE. — À ce qu'il paraît qu'il le lui a fait comprendre.

CÉSAR *(clin d'œil malicieux)*. — Ah ! oui ! Il l'a un peu embrassée ?

HONORINE. — Eh non ! Il « le lui a fait comprendre ». Voilà ce qu'elle m'a dit.

CÉSAR. — C'est bizarre. Il lui a fait comprendre sans l'embrasser ?

HONORINE *(évasive)*. — À ce qu'il paraît.

CÉSAR. — Enfin, elle vous a dit qu'ils se veulent tous les deux ?

HONORINE *(elle explose)*. — Marius lui a dit qu'il ne pouvait pas l'épouser !

CÉSAR. — Pourquoi ?

HONORINE *(violente)*. — Il ne veut pas le dire ! Ma petite lui a presque demandé sa main, à ce beau monsieur, et il ne répond pas, et il me la fait pleurer sans même dire pourquoi ! Dites, César, qu'est-ce que c'est, des manières comme ça ? Qu'est-ce qu'il lui faut, à ce petit mastroquet, une princesse ?

CÉSAR. — Ne vous fâchez pas, Norine ! Après tout, peut-être qu'il ne l'aime pas.

HONORINE. — Il ne l'aime pas ? Il serait le seul à Marseille ! Tous les hommes la regardent, et il n'y a que lui qui ne la verrait pas ! Et puis, s'il ne l'aime pas, pourquoi est-il jaloux de Panisse !

CÉSAR *(après un temps de réflexion)*. — Tout ça n'est peut-être pas difficile à arranger.

HONORINE *(se lève, furieuse)*. — Eh bien, tâchez de l'arranger vite, parce que si ma petite continue à pleurer la nuit, moi je fous le feu à votre baraque !

CÉSAR. — Hé ! doucement, Norine, doucement ! Il la refuse. Eh bien, nous allons l'attendre ici, et puis nous lui demanderons pourquoi.

HONORINE. — Ah ! non ! Pas devant moi !

CÉSAR. — Pourquoi ?

HONORINE. — Je ne veux pas qu'il sache que je suis venue. Parce que, moi, je connais les hommes. Si on lui dit que c'est Fanny qui a demandé sa main, elle ne pourra plus jamais lui faire une observation, parce qu'il lui dira : « C'est toi qui m'as demandé, c'est ta mère qui est venue raconter que tu pleurais », exétéra, exétéra… Il finira par la mépriser et ils seront très malheureux.

CÉSAR. — Eh bien, je ne le lui dirai pas. Mais alors, elle, il ne faudra pas qu'elle lui parle de Panisse.

HONORINE. — Et pourquoi elle lui en parlerait ?

CÉSAR. — Parce que si vous connaissez les hommes, moi, je connais les femmes. Quand ils seront mariés, à la moindre dispute, elle lui dira : « Et dire que pour toi, j'ai refusé Panisse, un homme qui avait des cent mille francs ! Maintenant, je serais riche j'aurais la bonne et l'automobile », exétéra… exétéra… Et elle le fera mourir à coups de Panisse. Je connais le refrain, je l'ai entendu. Ma pauvre femme, elle, c'était un marchand de bestiaux qui l'avait demandée ! Elle m'en a parlé pendant vingt ans ! Vingt ans ! *(Gravement.)* Et pourtant, c'était une femme comme on n'en verra jamais plus.

HONORINE. — Écoutez, ne lui dites rien, et je vous promets qu'elle ne parlera jamais de Panisse.

CÉSAR. — D'accord.

HONORINE. — On trinque ?

CÉSAR. — On trinque.

Ils trinquent avec une certaine gravité.

HONORINE. — Alors, l'idée de ce mariage vous plaît à vous ?

CÉSAR. — C'est à voir. *(Il va à la porte, soupçonneux.)* Attention que Marius ne vienne pas nous écouter. Si l'affaire se faisait, qu'est-ce que vous lui donneriez, vous, à la petite ?

HONORINE. — Je lui donnerais l'inventaire de coquillages. En le faisant tenir par une bonne commise, ça peut rapporter quarante francs par jour de bénéfice net.

CÉSAR *(déçu)*. — Ce n'est pas beaucoup.

HONORINE *(explosion)*. —Vous savez, il y en a qui seraient bien contents de la prendre sans rien ! Nous ne sommes pas chez les nègres et elle n'est pas bossue pour que je lui achète un mari !

CÉSAR *(violent)*. — Oh ! mais, dites, si votre fille n'est pas bossue, moi, mon petit n'est pas boiteux ! Et vous pouvez chercher sur tout le port de Marseille. Vous en trouverez peut-être des plus grands et des plus gros, mais des plus beaux, il n'y en a pas ! Il n'y en a pas ! Vous avez beau rire ! Il n'y en a PAS ! Et vous savez, ce n'est pas parce que c'est mon fils : moi, je vous parle impartialement. Il est beau, mon petit… C'est un beau petit…

HONORINE *(sarcastique)*. — Alors, parce qu'il est beau, il lui faut la fille de Rochilde ?

CÉSAR. — Mais non ! Il ne s'agit pas de Rochilde ! Mais s'ils se marient et qu'ils aient des enfants tout de suite, il leur faut de l'argent !

HONORINE *(attendrie)*. —Ah ! s'ils ont des enfants, je leur ferai une petite rente tant que j'aurai mon banc à la poissonnerie. Quatre ou cinq cents francs par mois.

CÉSAR. — Alors, comme ça, ça peut aller.

HONORINE. — Et vous, qu'est-ce que vous lui donnez ?

CÉSAR. — Moi ?… Il continuera à m'aider au bar en attendant que je me retire… Je les logerai ici… il y a de la place ; et je lui donnerai quinze cents francs par mois.

HONORINE. —Ah ! non. César. Il faut que vous lui donniez un peu plus.

CÉSAR. — Et qu'est-ce que vous voulez que je lui donne ?

HONORINE. — Il faut que vous lui donniez... *(Marius paraît sur la porte. Honorine le voit. Elle change de ton et parle au hasard, comme si elle continuait une conversation.)* Deux belles tranches de fiala et une rascasse de deux kilos qui remue encore la queue.

CÉSAR *(stupéfait)*. — Que je lui donne une rascasse de deux kilos qui remue la queue ?

HONORINE *(elle cligne un œil désespérément)*. — Mais oui... Et puis, je vous mettrai des fioupelans, des favouilles et un peu de galinette...

CÉSAR *(affolé, d'une voix blanche)*. — Dites, Norine... Ne buvez plus, Norine !

Il va lui prendre son verre.

HONORINE *(à voix basse)*. — Marius...

CÉSAR *(à haute voix)*. — Marius ? *(Il tourne la tête, il le voit.)* Ah ! oui, naturellement. Des fioupelans, un peu de galinette, oui... Et même, vous pouvez mettre une jolie langouste...

MARIUS *(il paraît très agité, très content)*. —Tu commandes une bouillabaisse ?

CÉSAR. — Eh oui, une belle bouillabaisse. Tu arrives enfin !

MARIUS. — J'étais allé faire un petit tour et je me suis mis en retard.

CÉSAR. —Alors, Honorine, c'est entendu... Demain, nous nous mettrons d'accord là-dessus...

HONORINE. — Le plus tôt possible, parce que cette bouillabaisse-là, ça n'attend pas... Allons, je vais prendre mon train. Au revoir, César...

CÉSAR. — Au revoir, Norine... À demain...

HONORINE. — Bonsoir, Marius...

MARIUS. — Bonsoir, Norine...

Elle sort. Un temps.

Scène IV

CÉSAR, MARIUS

CÉSAR. — Et voilà.

Il bâille. Au-dehors, passent deux femmes avec des marins américains. Marius regarde quelque chose qui brille sous la banquette. Il se baisse, et ramasse un étui à cigarettes doré.

MARIUS. — Qu'est-ce que c'est que ça ?

CÉSAR. — Je crois bien que c'est celui de Panisse. *(Il l'ouvre.)* H.P. Cheval vapeur. C'est ses initiales… Il a dû le perdre pendant la bataille.

MARIUS. — Vous vous êtes battus ?

CÉSAR. — Presque. Je le lui rendrai demain… *(Il bâille.)* Et voilà.

MARIUS. — Et voilà. Tu ne vas pas te coucher ?

CÉSAR. — Pourquoi me dis-tu ça ?

MARIUS. — Parce que si tu ne dors jamais, tu finiras par te ruiner la santé.

CÉSAR. — Merci, Marius. Tu es un bon fils. Je vais y aller. Il est 11 heures. Maintenant, tu peux fermer, parce que tu ne travailleras guère, et ton bénéfice serait pour la compagnie d'électricité.

MARIUS. — Oui, je vais fermer.

Il commence à éteindre la terrasse. Puis il rentre les chaises pendant la scène suivante et les met à l'envers au bord des tables. César s'assoit.

CÉSAR. — Où es-tu allé, ce soir ?

MARIUS. — Une petite partie de billard à la brasserie suisse.

CÉSAR. — Avec qui ?

MARIUS. — Des amis…

CÉSAR *(calme)*. — Je suis persuadé que ce n'est pas vrai.

MARIUS. — Comment ? Ce n'est pas vrai ?

CÉSAR. — Non, ce n'est pas vrai. Tais-toi. N'en parlons plus. J'ai des choses plus sérieuses à te dire.

MARIUS. — Quelles choses ?

CÉSAR *(se lève)*. —Voilà. Un jour ou l'autre, tu finiras bien par te marier ?

MARIUS. — Moi ? Pourquoi ?

CÉSAR. — Parce que c'est naturel, c'est normal. Dans un commerce, c'est nécessaire. Est-ce que tu es décidé à ne jamais prendre une femme ?

MARIUS *(va au comptoir)*. — Je n'y ai pas encore pensé.

CÉSAR *(passe)*. — Eh bien, c'est peut-être le moment d'y penser.

MARIUS. — Pourquoi ?

CÉSAR *(lentement)*. — Parce que Panisse a demandé Fanny.

MARIUS. — Je le sais. Mais je ne vois pas bien le rapport.

CÉSAR. — Allons, ne fais pas la bête. Je sais très bien que tu es amoureux de Fanny.

MARIUS. — Qui t'a dit ça ?

CÉSAR. — Mon petit doigt.

MARIUS. —Ton petit doigt n'est pas malin.

CÉSAR. — Oh ! que si. Tu es amoureux de Fanny et la preuve c'est qu'hier matin, tu t'es jeté sur Panisse comme une bête fauve, et que si on ne vous avait pas séparés, tu l'aurais étranglé. Mort. Mort… *(Il montre du doigt le cadavre de Panisse étendu devant le comptoir.)*

MARIUS *(il hausse les épaules)*. — Nous nous sommes simplement disputés à propos…

CÉSAR. — À propos de quoi ?

MARIUS. — De je ne sais plus quoi.

CÉSAR. — À propos de Fanny. Tu voulais supprimer un rival, voilà tout.

MARIUS. — Allons donc !

CÉSAR. — Tu n'as pas réfléchi que tu as une autre façon de le supprimer ? Tu n'as qu'à demander la main de Fanny.

MARIUS. — Tu crois qu'elle accepterait ?

CÉSAR. — Je le crois.

MARIUS. — Tu en as parlé à sa mère ?

CÉSAR. — Mais non, mais non. Je ne parle jamais à sa mère ! Qu'est-ce que tu vas imaginer ! Mais je crois qu'elle dirait « oui ».

MARIUS. — Peut-être, mais je n'y tiens pas.

CÉSAR. — Pourquoi ?

MARIUS. — Parce que je n'ai pas envie de me marier. Je ne sais pas si je l'aime assez pour ça.

CÉSAR *(calme)*. — Marius, tu es un menteur.

MARIUS. — Pourquoi ?

CÉSAR *(avec violence)*. — Parce que tu mens. Tu mens ! Tu aimes Fanny. Tu es fou de rage parce qu'un autre va te la prendre et tu refuses de l'épouser ? Tu deviens insupportable, à la fin ! Si tu es fou, dis-le franchement, je t'envoie à l'asile et on n'en **parle** plus. Si tu n'es pas fou, si tu as la moindre confiance en ton père, dis-moi ce qui se passe. Il y a une femme là-dessous, hein ?

MARIUS *(hésitant)*. — Eh bien… oui…

CÉSAR *(triomphal)*. — Ha ! ha ! Nous y voilà. Ha ! ha ! Je le savais bien ! Oh ! Je le savais bien ! *(Un temps.)* Qui est-ce ?

MARIUS *(sans le regarder)*. — Ça me gêne de te parler de ces choses-là !

CÉSAR. — Moi aussi, ça me gêne horriblement. Mais ça me gêne encore plus de te voir idiot, et je voudrais au moins savoir pourquoi ! Qui est cette femme ? Tu ne peux pas l'aimer, puisque tu aimes Fanny.

MARIUS *(les yeux baissés)*. — J'ai peut-être pitié d'elle.

CÉSAR. — Et c'est la pitié qui te rend idiot ?

MARIUS *(tout en rinçant des verres)*. — Écoute, puisque tu y tiens, je vais te le dire : c'est une femme... que j'ai aimée... et qui m'aime beaucoup... Si je lui disais que je vais me marier, elle souffrirait.

CÉSAR *(il hausse les épaules)*. — Oui, elle souffrirait.

MARIUS. — Elle se suiciderait peut-être.

CÉSAR *(il fait la grimace)*. — Oh ! mauvais...

MARIUS. — Et peut-être, elle me tirerait un coup de revolver.

CÉSAR. — Oh ! Affreux. Pas de ça ! Pas de ça !

MARIUS. — Alors, il faut me laisser du temps... pour la préparer à cette idée. Tu vois que... en somme, c'est très simple.

CÉSAR. — C'est simple, oui, c'est simple. Je ne te demande pas de me dire son nom, puisque tu me le diras pas. Mais dis-moi que ce n'est pas Mme Escartefigue.

MARIUS *(il rit)*. — Non, ce n'est pas elle.

CÉSAR. — Bon. C'est fini. Alors, pour Fanny, qu'est-ce que nous faisons ?

MARIUS. — Attendons.

CÉSAR. — Mais si elle accepte Panisse ?

Il range la recette dans un sac.

MARIUS. — Alors, tant pis.

CÉSAR *(il bâille horriblement)*. — Tant pis. Tout de même, il faudra un peu reparler de tout ça demain matin. Donne-moi la caisse. Moi, je sens que je vais y réfléchir toute la nuit.

MARIUS. — Tu bâilles beaucoup pour un homme qui va réfléchir...

CÉSAR *(il a pris la caisse)*. — Bonsoir petit.

MARIUS. — Bonsoir papa.

César est sur la première marche de l'escalier tournant. Marius le rappelle avec une certaine timidité.

MARIUS. — Papa !

CÉSAR. — Oou ?

MARIUS. — Je t'aime bien, tu sais.

CÉSAR *(ahuri)*. — Qu'est-ce que tu dis ?

MARIUS. — Je t'aime bien.

CÉSAR *(un peu ému et choqué)*. — Mais moi aussi, je t'aime bien. Pourquoi me dis-tu ça ?

MARIUS. — Parce que je vois que tu t'occupes de moi, que tu te fais du souci pour moi. Et alors, ça me fait penser que je t'aime bien.

CÉSAR *(très ému)*. — Mais bien sûr, grand imbécile !

MARIUS. — Bonsoir papa.

Il va à lui, il lui tend son front. César l'embrasse gauchement. Puis il le regarde un instant et le prend aux épaules.

CÉSAR. — Bonsoir, mon fils. *(Un petit temps.)* Tu sais, des fois, je dis que tu m'empoisonnes l'existence, mais ce n'est pas vrai.

Il monte et disparaît. Marius reste seul, il est ému, agité. Il continue à placer les chaises, puis il prend une longue manivelle, l'enfonce dans le mur et commence à baisser le rideau de fer. Soudain, Piquoiseau paraît.

Scène V

PIQUOISEAU, MARIUS, FANNY, CÉSAR, PANISSE

PIQUOISEAU. — Marius !

MARIUS *(inquiet)*. — Il est rentré ?

PIQUOISEAU *(souriant)*. — Mais non !

MARIUS. — Oh ! comme tu m'as fait peur !

PIQUOISEAU. — Et maintenant, il ne rentrera plus. Il n'y a plus de train.

MARIUS. — Mais il est peut-être à Marseille, chez une femme.

PIQUOISEAU. — Ça m'étonnerait. En tout cas, s'il n'est pas à bord à minuit, il est déserteur, et tu prends sa place. Tu es prêt ?

MARIUS. — Viens voir.

Il prend sous le comptoir un sac de marin.

PIQUOISEAU. — Il est beau ! J'en ai eu, des comme ça... J'en ai eu... Laisse-moi l'emporter.

MARIUS. — Pas encore... Retourne là-bas surveiller..

PIQUOISEAU. — Dès que minuit sonne, je viens te chercher..

MARIUS. — Ne fais pas de bruit surtout. *(Il montre le plafond.)*

PIQUOISEAU. — N'aie pas peur ! On ne le réveillera pas ! Il dort là-haut ! Hi ! Hi ! Il dort !

Il disparaît. Marius ferme la petite porte puis il prépare des lettres. On frappe à la porte. Marius cache ses lettres et se hâte d'aller ouvrir. Fanny entre en disant : « C'est moi ! »

MARIUS. — Qu'est-ce qu'il t'arrive ?

FANNY. — Rien de grave. Est-ce que ma mère s'est arrêtée ici avant de partir pour Aix ?

MARIUS. — Oui. Elle était là tout à l'heure. Quand je suis arrivé, mon père lui commandait une bouillabaisse.

FANNY. — Et quand elle est partie, il ne t'a rien dit ton père ?

MARIUS. — Rien d'extraordinaire. Pourquoi ?

FANNY. — Tu sais, maman parle beaucoup, et elle a une grosse imagination. Et comme Panisse lui a raconté la bagarre d'hier, elle en a fait tout un roman.

MARIUS. — Quel roman ?

FANNY. — Elle m'a dit : « La vérité, c'est que Marius est jaloux de Panisse parce qu'il a des idées sur toi. » Moi, je lui ai dit : « Marius c'est un peu mon frère... Et puis, s'il avait des intentions, il m'en aurait parlé depuis longtemps... » Alors, elle me fait : « Eh bien, moi, avant de répondre à Panisse, je vais en dire deux mots à César, pour savoir à quoi m'en tenir... » Alors je lui dis : « Malheureuse ! Surtout ne fais pas ça ! De quoi j'aurai l'air ? Ce n'est pas aux filles de demander la main des garçons ! C'est à eux de parler les premiers ! Et puis, si je refuse Panisse, ce n'est pas les partis qui me manquent ! Et puis ça c'est des choses personnelles, et je ne veux pas que tu t'en mêles ! » Elle me dit : « Bon, bon, bon ! » et moi je vais me coucher ; je l'entends qui part. Et tout d'un coup je m'aperçois qu'elle est partie une heure plus tôt que d'habitude. C'est pour ça que je me suis rhabillée, et que je suis là. En tout cas, si ton père t'en parle, je veux que tu saches que ce n'est pas moi qui l'ai envoyée.

MARIUS *(gêné)*. — Les parents se mêlent souvent de ce qui ne les regarde pas. Et puis, maintenant que tu es la fiancée de Panisse...

FANNY *(elle rit)*. — Moi ? Jamais de la vie ! Ce que tu m'as dit m'a fait réfléchir. Et alors tout à l'heure, en quittant le travail, je suis allée chez lui. Il était dans la salle à manger en train de lire son journal, avec ses grosses lunettes. Il a des meubles superbes... Des carafes habillées en argent. Des tapis épais comme ça... Je lui ai dit gentiment que je l'aimais bien, mais que je ne voulais pas me marier avec lui.

MARIUS. — Je ne sais pas si tu as eu raison...

FANNY *(inquiète)*. — Comment ? C'est toi qui m'as conseillé de refuser.

MARIUS *(hésitant et gêné)*. — Je trouve que tu es allée un peu vite... et moi, peut-être j'aurais mieux fait de me taire... et de ne pas prendre une pareille responsabilité.

FANNY. — Laquelle ?

MARIUS. — De te faire manquer un beau parti. *(On entend un soulier qui tombe sur le plafond.)* C'est mon père qui se couche.

FANNY. — Oh ! ne sois pas inquiet pour moi, ce ne sont pas les partis qui manquent...

On entend le deuxième soulier.

MARIUS. — Panisse, c'était bien, tu sais... Enfin, quand tu le voudras tu le rattraperas.

FANNY. — Tu sais très bien que Victor et Panisse c'était tout juste pour te faire bisquer.

LA VOIX DE CÉSAR. — Marius !

Marius va au bas de l'escalier.

MARIUS. — Quoi ?

CÉSAR. — Avec qui tu parles ?

MARIUS. — Avec personne. Je finis mon travail.

CÉSAR. — Alors tu parles tout seul ? Tu es somnambule, maintenant ? Couche-toi vite. Et jette un coup d'œil sur le troisième tonneau de bière. Je ne sais pas si j'ai bien fermé le robinet.

MARIUS. — Oui. Je vais voir, et je me couche tout de suite. *(Marius revient vers Fanny.)* Écoute, Fanny, nous parlerons de tout ça demain... Tu vois, mon père ne dort pas encore, il pourrait descendre. À demain, ma petite Fanny.

FANNY *(blessée)*. — Bon. Je m'en vais puisque tu me mets à la porte.

MARIUS. — Mais non, Fanny, ne dis pas ça !

FANNY. — D'ailleurs, c'est ton droit, tu es chez toi.

MARIUS. — Fanny, ne me quitte pas fâchée. Surtout ce soir. Reste encore cinq minutes avec moi.

FANNY. —Tu as déjà regardé la pendule. Deux fois. Je vois bien que tu attends quelqu'un !

MARIUS. — Je n'attends personne, je t'assure. Viens t'asseoir ici, viens.

FANNY. —Tu as quelque chose à me dire ?

MARIUS. — Oui. *(Elle s'assoit.)* Je veux te parler à propos de Panisse. Je veux te parler comme un frère.

FANNY. —Tu n'es pas mon frère.

MARIUS. — C'est toi qui me l'as dit tout à l'heure.

FANNY. — Des fois on dit des choses, et puis on pense tout le contraire.

MARIUS. — En tout cas, moi, je te considère comme ma sœur.

FANNY *(brusquement)*. — Je ne veux pas être ta sœur. C'est toi que j'aime, c'est toi que je veux. *(Il s'approche d'elle, qui baisse la tête, il essaie de lui relever le menton. Elle repousse vivement sa main, et se détourne de lui.)* Maintenant que tu me l'as fait dire, sois au moins assez poli pour ne pas me regarder !

MARIUS. — Je ne sais plus quoi répondre.

FANNY *(violente)*. — Alors, si tu ne m'aimes pas, pourquoi me fais-tu des scènes de jalousie, pour Victor et pour Panisse ? Et le jour de ma première communion, tu m'as dit : « Dans huit ans, je te paierai une autre robe comme celle-là. » Ça fait huit ans maintenant, et tu ne sais pas quoi dire ? Eh bien, moi, je te préviens : si tu ne me veux pas, ou bien je rentre au couvent, ou bien je ferai la fille des rues, là, devant ton bar, pour te faire honte !

MARIUS. — Fanny, ma chérie !

FANNY. — Pourquoi tu m'appelles ma chérie ?

MARIUS. — Parce que je t'aime, et si je pouvais me marier, ça serait avec toi.

FANNY. — Pourquoi dis-tu que tu ne peux pas te marier ? Parce que tu as une maîtresse ? Tu pourrais bien me l'avouer. Pour un garçon, ce n'est pas une honte ! Oh ! va, j'ai déjà demandé à la fille du café de la Régence !

MARIUS. — Qu'est-ce que tu lui as demandé ?

FANNY. — Si elle était ta bonne amie. Elle m'a juré qu'elle ne te connaît pas, et elle se marie la semaine prochaine, avec un peseur-juré.

MARIUS. — Qu'est-ce qu'elle va penser de toi ?

FANNY *(se lève)*. — Oh ! ce qu'elle voudra. Et, maintenant, je vais surveiller le jour et la nuit, et je finirai bien par savoir qui c'est !

MARIUS. — Mais ce n'est personne !

FANNY. — Allons donc ! Tu m'aimes, mais il y a dans ta vie une femme qui te tient d'une façon ou d'une autre... Tu lui as peut-être donné un enfant... Réponds, tu as un enfant ?

MARIUS. — Mais non, je te le jure !

FANNY. — Ou alors, c'est quelque vilaine femme des vieux quartiers et tu as peur d'elle ? Peut-être, tu as peur qu'elle se venge sur moi ? Dis-moi que c'est ça, Marius ?

MARIUS. — Mais non, ce n'est pas ça ! C'est bien plus bête que ça...

FANNY. — Si tu ne veux pas répondre, c'est que tu l'aimes ! Tu l'aimes ! Elle est donc bien belle, celle-là ?

MARIUS. — Fanny, je te jure qu'il n'y a pas de femme qui ait de l'importance dans ma vie.

FANNY. — Alors, c'est simplement parce que tu ne veux pas de moi. C'est à cause de ma tante Zoé que tu as honte de m'épouser ? Tu sais moi, je ne suis pas comme elle ! Au contraire !

MARIUS. — Je le sais bien.

FANNY. — Alors, dis-moi que je ne suis pas assez jolie, ou pas assez riche... Enfin, donne-moi une raison, et je ne t'en parlerai jamais plus.

MARIUS. — Si je te le disais, tu ne comprendrais pas, et peut-être tu le répéterais, parce que tu croirais que c'est pour mon bien.

FANNY. — Dis-moi ton secret, et je te jure devant Dieu que personne ne le saura jamais !...

MARIUS. — Fanny, je ne veux pas rester derrière ce comptoir toute ma vie à rattraper la dernière goutte ou à calculer le quatrième tiers pendant que les bateaux m'appellent sur la mer.

FANNY (*elle pousse un soupir. Elle est presque rassurée*). — Ah bon ! C'est Piquoiseau qui t'a monté la tête ?

MARIUS. — Non... Il y a longtemps que cette envie m'a pris... Bien avant qu'il vienne... J'avais peut-être dix-sept ans... et un matin, là, devant le bar, un grand voilier s'est amarré... C'était un trois-mâts franc qui apportait du bois des Antilles, du bois noir dehors et doré dedans, qui sentait le camphre et le poivre. Il arrivait d'un archipel qui s'appelait les Îles Sous-le-Vent... J'ai bavardé avec les hommes de l'équipage quand ils venaient s'asseoir ici ; ils m'ont parlé de leur pays, ils m'ont fait boire du rhum de là-bas, du rhum qui était très doux et très poivré. Et puis un soir, ils sont partis. Je suis allé sur la jetée, j'ai regardé le beau trois-mâts qui s'en allait... Il est parti contre le soleil, il est allé aux Îles Sous-le-Vent... Et c'est ce jour-là que ça m'a pris.

FANNY. — Marius, dis-moi la vérité : il y avait une femme sur ce bateau et c'est elle que tu veux revoir ?

MARIUS. — Mais non ! Tu vois, tu ne peux pas comprendre.

FANNY. — Alors ce sont ces îles que tu veux connaître ?

MARIUS. — Les Îles Sous-le-Vent ? J'aimerais mieux ne jamais y aller pour qu'elles restent comme je les ai faites. Mais j'ai envie d'ailleurs, voilà ce qu'il faut dire. C'est une chose bête, une idée qui ne s'explique pas. J'ai envie d'ailleurs.

FANNY. — Et c'est pour cette envie que tu veux me quitter ?

MARIUS. — Ne dis pas que « je veux », parce que ce n'est pas moi qui commande... Lorsque je vais sur la jetée, et que je regarde le bout du ciel, je suis déjà de l'autre côté. Si je vois un bateau sur la mer, je le sens qui me tire comme avec une corde. Ça me serre les côtes, je ne sais plus où je suis... Toi, quand nous sommes montés sur le Pont Transbordeur, tu n'osais pas regarder en bas... Tu avais le vertige, il te semblait que tu allais tomber. Eh bien moi, quand je vois un bateau qui s'en va, je tombe vers lui...

FANNY. — Ça ce n'est pas bien grave, tu sais... C'est des bêtises, des enfantillages... Ça te passera tout d'un coup...

MARIUS. — Ne le crois pas ! C'est une espèce de folie... Oui, une vraie maladie... Peut-être c'est le rhum des Îles Sous-le-Vent que ces matelots m'ont fait boire... Peut-être qu'il y a de l'autre côté un sorcier qui m'a jeté un sort... Ça paraît bête ces choses-là, mais ça existe... Souvent, je me défends : je pense à toi, je pense à mon père... Et puis, ça siffle sur la mer, et me voilà parti ! Fanny, c'est sûr qu'un jour ou l'autre je partirai, je quitterai tout comme un imbécile... Alors, je ne peux pas me charger de ton bonheur... Si je te la gâche, ta vie ?

FANNY. — Si tu ne me veux pas, c'est déjà fait.

MARIUS. — Mais non, mais non. Tu es jeune, tu m'oublieras...

FANNY. — Ça te plairait que je ne t'aime plus ? Malheureusement, ce n'est pas possible... Marius, depuis un quart d'heure nous disons des bêtises. Finalement tu veux être marin ? Eh bien sois marin ! C'est un métier comme un autre.

MARIUS. — Oui, mais moi, ce n'est pas comme Escartefigue, ou comme ceux des chalutiers... Ma folie, c'est l'Australie, la Chine, les Amériques !... Et d'être la femme d'un vrai marin, ce n'est pas une vie...

FANNY. — Si tu veux, ce sera la mienne. Je saurai que je t'attends, tu seras quand même avec moi...

MARIUS. — Tu m'aimes tant que ça ?

FANNY. — Plus que ça.

Il la regarde, la prend aux épaules, la serre dans ses bras, et l'embrasse. Elle le repousse doucement.

FANNY *(elle a peur)*. — Nous en reparlerons demain matin... Si je rentre trop tard, les voisins le diront à ma mère... Alors, au revoir... Tu ne m'as pas dit si tu m'aimes.

MARIUS. — Je t'aime, c'est la vérité. Quoi qu'il arrive, je t'aime.

Sur la porte, elle hésite.

FANNY. — Tout d'un coup il me semble que si je te quitte, je ne te verrai plus jamais...

MARIUS. — Pourquoi ?

FANNY. — Je ne sais pas... Jure-moi que demain matin tu seras là. Jure sur le souvenir de ta mère.

MARIUS. — Je n'aime pas jurer... Ça porte malheur...

FANNY. — Ça porte malheur quand on ne dit pas la vérité. Tu ne veux pas jurer ?

De la tête, il dit « non ».

FANNY *(brusquement)*. — Marius, tu pars cette nuit !

MARIUS. — Peut-être.

FANNY. — Pourquoi peut-être ?

MARIUS. — Parce que ce n'est pas sûr... Un matelot du *Coromandel*, qui était en permission, n'est pas rentré. S'il n'est pas à bord à minuit, je prends sa place.

FANNY. — Et tu attends qu'on vienne t'appeler ?

MARIUS. — Oui.

FANNY. — Où va-t-il ce bateau ?

MARIUS. — En Australie.

FANNY. — Dans combien de temps reviendras-tu ?

MARIUS. — C'est un voilier. Il faut compter dix mois.

FANNY *(elle s'accroche à lui)*. — Non, pas ce soir. Non... Un peu plus tard, sur un autre bateau... Je t'en supplie, pas aujourd'hui... Reste encore quelques jours...

MARIUS. — Maintenant, je suis forcé ; s'il ne rentre pas, il faut que je parte.

La petite porte qui donne sur la terrasse s'ouvre lentement. Fanny s'élance.

FANNY. — Non ! Il ne part pas !

Piquoiseau entre sans bruit. Il secoue tristement la tête, et ouvre ses bras, désolé.

PIQUOISEAU. — Il est rentré… Il vient de rentrer…

Au premier étage, la voix de César retentit.

CÉSAR. — Marius ! Qu'est-ce que c'est ? Qu'est-ce qui se passe ?

Piquoiseau s'enfuit. Marius referme la porte.

MARIUS. — Je finis de ranger le bar, et maintenant je vais me coucher.

CÉSAR. — Qui est-ce qui a ouvert la porte ?

MARIUS. — C'est moi. On avait oublié des verres à la terrasse…

CÉSAR. — C'est de ma faute. Va dormir, maintenant. Bonne nuit !

MARIUS. — Bonne nuit papa…

Ils écoutent le silence puis Fanny parle à voix basse.

FANNY. — Tu vois, c'est le bon Dieu qui ne l'a pas voulu.

On frappe aux volets. On entend la voix de Panisse.

PANISSE. — Ô César ! C'est moi, c'est Honoré ! *(Marius fait signe à Fanny de se taire. Panisse frappe de nouveau et appelle.)* Marius !

On entend la fenêtre du premier étage qui s'ouvre.

CÉSAR. — Qu'est-ce qu'il y a ?

PANISSE. — J'ai perdu mon étui à cigarettes en or. Tu l'as pas trouvé ?

CÉSAR. — Oui. Il est dans le tiroir du comptoir. *(Il ouvre la porte de sa chambre. Marius entraîne Fanny dans la sienne, et referme la porte sans bruit. César l'appelle.)* Marius ! Il est allé se coucher et il laisse l'électricité allumée !

César, dans une immense chemise de nuit, descend l'escalier, et va ouvrir la porte à Panisse qui entre. Il passe derrière le comptoir, prend l'étui à cigarettes, et le tend à Panisse.

PANISSE. — Merci, je me faisais du mauvais sang parce qu'il est en or véritable. Dis donc, je t'avais jamais vu en chemise de nuit. Tu es superbe.

CÉSAR. — Tu ne dois pas être vilain non plus. On boit la dernière ?

PANISSE. — Avec plaisir… Et je t'expliquerai pourquoi j'ai fait la bêtise de demander la main de Fanny…

CÉSAR. — Et moi, je te raconterai la suicidée de Marius. Mais mettons-nous là-bas et ne parle pas fort, parce que le petit dort.

Il a pris deux verres et une bouteille, et ils s'installent au fond du bar. Panisse commence à parler très bas. On ne doit entendre qu'un chuchotement, illustré par des gestes, pendant que le rideau descend.

TEXTE À MIMER PAR PANISSE. — Écoute : Je ne voudrais pas que tu me prennes pour un vieux satyre. Mais mets-toi à ma place : j'étais veuf, et encore gaillard… Et alors, belle comme elle est *(il dessine un joli visage, des seins)*, moi, ça m'a affolé ! J'aurais dû comprendre qu'elle faisait tout ça pour piquer Marius *(il montre du doigt la porte de la chambre)*. Mais qu'est-ce que tu veux…

RIDEAU

ACTE TROISIÈME

Il est 9 heures du soir. Dans le petit café, Escartefigue, Panisse, César et M. Brun sont assis autour d'une table. Ils jouent à la manille. Autour d'eux, sur le parquet, deux rangs de bouteilles vides. Au comptoir, le chauffeur du ferry-boat, déguisé en garçon de café, mais aussi sale que jamais.

Scène I

PANISSE, ESCARTEFIGUE, CÉSAR, LE CHAUFFEUR, M. BRUN

Quand le rideau se lève, Escartefigue regarde son jeu intensément, et, perplexe, se gratte la tête. Tous attendent sa décision.

PANISSE *(impatient)*. — Eh bien quoi ? C'est à toi !

ESCARTEFIGUE. — Je le sais bien. Mais j'hésite…

Il se gratte la tête. Un client de la terrasse frappe sur la table de marbre.

CÉSAR *(au chauffeur)*. — Hé, l'extra ! On frappe !

Le chauffeur tressaille et crie.

LE CHAUFFEUR. — Voilà ! Voilà !

Il saisit un plateau vide, jette une serviette sur son épaule et s'élance vers la terrasse.

CÉSAR *(à Escartefigue)*. — Tu ne vas pas hésiter jusqu'à demain !

M. BRUN. — Allons, capitaine, nous vous attendons !

Escartefigue se décide soudain. Il prend une carte, lève le bras pour la jeter sur le tapis, puis, brusquement, il la remet dans son jeu.

ESCARTEFIGUE. — C'est que la chose est importante !
(À César.) Ils ont trente-deux et nous, combien nous avons ?

*César jette un coup d'œil sur les jetons en os qui sont près de lui,
sur le tapis.*

CÉSAR. — Trente.

M. BRUN *(sarcastique)*. — Nous allons en trente-quatre.

PANISSE. — C'est ce coup-ci que la partie se gagne ou se perd.

ESCARTEFIGUE. — C'est pour ça que je me demande si Panisse
coupe à cœur.

CÉSAR. — Si tu avais surveillé le jeu, tu le saurais.

PANISSE *(outré)*. — Eh bien, dis donc, ne vous gênez plus !
Montre-lui ton jeu puisque tu y es !

CÉSAR. — Je ne lui montre pas mon jeu. Je ne lui ai donné
aucun renseignement.

M. BRUN. — En tout cas, nous jouons à la muette, il est défendu
de parler.

PANISSE *(à César)*. — Et si c'était une partie de championnat,
tu serais déjà disqualifié.

CÉSAR *(froid)*. — J'en ai vu souvent des championnats. J'en ai
vu plus de dix. Je n'y ai jamais vu une figure comme la tienne.

PANISSE. — Toi, tu es perdu. Les injures de ton agonie ne
peuvent pas toucher ton vainqueur.

CÉSAR. — Tu es beau. Tu ressembles à la statue de Victor Gélu.

ESCARTEFIGUE *(pensif)*. — Oui, et je me demande toujours s'il
coupe à cœur.

*À la dérobée, César fait un signe qu'Escartefigue ne voit pas, mais
Panisse l'a surpris.*

PANISSE *(furieux)*. — Et je te prie de ne pas lui faire de signes.

CÉSAR. — Moi je lui fais des signes ? Je bats la mesure.

PANISSE. — Tu ne dois regarder qu'une seule chose : ton jeu. *(À Escartefigue.)* Et toi aussi !

CÉSAR. — Bon.

Il baisse les yeux vers ses cartes.

PANISSE *(à Escartefigue).* — Si tu continues à faire des grimaces, je fous les cartes en l'air et je rentre chez moi.

M. BRUN. — Ne vous fâchez pas, Panisse. Ils sont cuits.

ESCARTEFIGUE. — Moi, je connais très bien le jeu de la manille, et je n'hésiterais pas une seconde si j'avais la certitude que Panisse coupe à cœur.

PANISSE. — Je t'ai déjà dit qu'on ne doit pas parler, même pour dire bonjour à un ami.

ESCARTEFIGUE. — Je ne dis bonjour à personne. Je réfléchis à haute voix.

PANISSE. — Eh bien ! réfléchis en silence… *(César continue ses signaux.)* Et ils se font encore des signes ! Monsieur Brun, surveillez Escartefigue, moi, je surveille César.

Un silence. Puis César parle sur un ton mélancolique.

CÉSAR *(à Panisse).* — Tu te rends compte comme c'est humiliant ce que tu fais là ? Tu me surveilles comme un tricheur. Réellement, ce n'est pas bien de ta part. Non, ce n'est pas bien.

PANISSE *(presque ému).* — Allons, César, je t'ai fait de la peine ?

CÉSAR *(très ému).* — Quand tu me parles sur ce ton, quand tu m'espinches comme si j'étais un scélérat… Je ne dis pas que je vais pleurer, non, mais moralement, tu me fends le cœur.

PANISSE. — Allons César, ne prends pas ça au tragique !

CÉSAR *(mélancolique).* — C'est peut-être que, sans en avoir l'air, je suis trop sentimental. *(À Escartefigue.)* À moi, il me fend le cœur. Et à toi, il ne te fait rien ?

ESCARTEFIGUE *(ahuri).* — Moi, il ne m'a rien dit.

CÉSAR (*il lève les yeux au ciel*). — Ô Bonne Mère ! Vous entendez ça !

Escartefigue pousse un cri de triomphe. Il vient enfin de comprendre, et il jette une carte sur le tapis. Panisse la regarde, regarde César, puis se lève brusquement, plein de fureur.

PANISSE. — Est-ce que tu me prends pour un imbécile ? Tu as dit : « Il nous fend le cœur » pour lui faire comprendre que je coupe à cœur. Et alors, il joue cœur, parbleu !

César prend un air innocent et surpris.

PANISSE (*il lui jette les cartes au visage*). — Tiens, les voilà tes cartes, tricheur, hypocrite ! Je ne joue pas avec un Grec ; siou pas plus fada qué tu, sas ! Foou pas mi prendré per un aoutré ! (*Il se frappe la poitrine.*) Siou mestré Panisse, et siès pas pron fin per m'aganta !

Il sort violemment en criant : « Tu me fends le cœur. » En coulisse, une femme crie : « Le Soleil ! Le Radical ! »

Scène II
M. BRUN, CÉSAR, ESCARTEFIGUE

M. BRUN. — Cette fois-ci, je crois qu'il est fâché pour de bon.

CÉSAR (*catégorique*). — Eh bien, tant pis pour lui, il a tort.

M. BRUN. — Il a eu tort de se fâcher, mais vous avez eu tort de tricher.

CÉSAR (sincère). — Si on ne peut plus tricher avec ses amis, ce n'est plus la peine de jouer aux cartes.

ESCARTEFIGUE (*charmé*). — Surtout que c'était bien trouvé, ce que tu as dit.

UNE FEMME (*entrant leur proposer des journaux*). — Le Soleil... Le Radical...

Ils prennent chacun un journal.

CÉSAR. —Tant pis, tant pis ! Oh ! il ne faut pas lui en vouloir... Depuis quinze jours, il n'est plus le même. Depuis que Fanny lui a dit « non ».

M. BRUN. — Il vous en veut un peu, parce que si elle a dit non, c'est à cause de Marius.

ESCARTEFIGUE. — Il devrait bien comprendre que Marius et Fanny, c'est une jolie paire.

M. BRUN. — Je croyais même que c'était pour ne pas lui faire de peine que vous n'aviez pas encore annoncé les fiançailles.

CÉSAR. — Oh ! non, ça n'a aucun rapport. Ils ne sont pas encore fiancés parce qu'ils n'en ont pas encore parlé à leurs parents.

M. BRUN. — Pourtant, ils se regardent toute la journée, et d'une façon qui ne trompe personne.

CÉSAR. — Bien sûr, ça finira par une noce. Mais pour le moment, ils n'ont rien dit, ni à Honorine, ni à moi. Allez, on boit la dernière et on fait une manille aux enchères à trois, pour savoir qui paiera les consommations ?

ESCARTEFIGUE. — Ça va.

César bat les cartes et fait couper M. Brun. Fanny, qui depuis un moment refermait son éventaire, entre dans le bar.

Scène III
FANNY, CÉSAR, ESCARTEFIGUE,
M. BRUN, MARIUS

FANNY. — Bonsoir, César.

CÉSAR. —Tu vas déjà te coucher ?

FANNY. — Oh ! non. Je vais accompagner ma mère à la gare.

CÉSAR. —Tu es une bonne fille.

ESCARTEFIGUE. —Trente.

M. BRUN. — Trente et un, sans voir.

CÉSAR. — Trente-deux.

ESCARTEFIGUE. — Trente-trois.

FANNY. — Marius est déjà parti ?

CÉSAR. — Non. Qu'est-ce que tu lui veux ?

FANNY. — C'est pour qu'il m'aide à rentrer mes paniers d'huîtres.

CÉSAR. — Je crois qu'il s'habille pour sortir. Trente-cinq.

ESCARTEFIGUE. — Quarante.

M. BRUN. — C'est bon.

CÉSAR. — C'est bon.

ESCARTEFIGUE. — À trèfle.

Pendant ces répliques, Fanny est allée près de la porte de la chambre de Marius.

FANNY. — Marius !

MARIUS. — Bonsoir Fanny.

La porte s'ouvre, paraît Marius. Il est en bras de chemise. Il a une superbe ceinture en peau de daim.

Scène IV

ESCARTEFIGUE, FANNY, MARIUS, CÉSAR, M. BRUN

ESCARTEFIGUE. — Et un tour d'atout !

Il joue.

FANNY. — Tu viens m'aider à rentrer mes paniers ?

MARIUS. — Tout de suite.

ESCARTEFIGUE. — Manille de carreau.

CÉSAR. — Ô Bonne Mère ! Le manillon sec ! Ô Bonne Mère ! il n'y a donc personne, là-haut ? Eh ! non. Il n'y a personne.

Marius met son pied sur une chaise et rattache les lacets de ses chaussures.

FANNY. — Tu vas te promener ?

MARIUS. — Oui, comme d'habitude, tous les soirs.

FANNY *(à voix basse)*. — Ce soir à 10 heures ?

MARIUS *(même jeu)*. — Sûrement.

Ils sortent tous les deux et rentrent bientôt en portant à deux un gros panier d'huîtres.

FANNY. — Celui-là, je ne le descends pas à la cave. Laissons-le là. Eh bien merci, Marius, à demain.

MARIUS. — À demain. Bonsoir, Fanny. *(À voix basse.)* Attention que ta mère ne manque pas le train.

FANNY. — Je l'accompagne à la gare.

MARIUS. — Ça va.

FANNY. — Bonsoir, messieurs.

ESCARTEFIGUE. — Bonsoir, Fanny.

M. BRUN. — Bonsoir, mademoiselle Fanny.

Elle sort.

ESCARTEFIGUE *(à Marius)*. — Elle est jolie comme un cœur, cette petite. Pas vrai, Marius ?

MARIUS. — Oui, elle est très jolie.

Il disparaît dans sa chambre.

Scène V

CÉSAR, M. BRUN, ESCARTEFIGUE

CÉSAR. — Si elle savait où il va ce soir, elle se ferait de la bile, la petite Fanny.

M BRUN. — Ah bah ! Pourquoi ?

CÉSAR *(à voix basse)*. — Parce que Monsieur va voir sa maîtresse. Oui, sa vieille maîtresse… Et je soupçonne que c'est pour ça qu'il n'est pas pressé de se fiancer.

ESCARTEFIGUE. — Oh ! qué brigand !

CÉSAR. — Monsieur s'habille pour aller passer la nuit chez une femme. Son jour, c'est le mercredi.

M. BRUN. — Qu'en savez-vous ?

CÉSAR. — Vous allez voir le coup, tout à l'heure il va sortir et me dire : « Bonsoir, papa » et il s'en ira. Mais après, nous n'aurons qu'à écouter à la porte de sa chambre. Il fait le tour par la petite rue, il rentre dans sa chambre par la fenêtre, et *(il montre la porte)* il vient fermer cette porte à clef en dedans.

ESCARTEFIGUE. — Et pour quoi faire ?

CÉSAR. — Pour quoi faire ? Gros malin ! C'est moi qui le réveille tous les matins à huit heures… Si la porte est fermée à clef en dedans, je m'imagine qu'il est rentré et qu'il dort, et je ne puis pas aller le vérifier…

MARIUS. — C'est très bien imaginé.

CÉSAR. — Oh mais dites il est pas bête mon fils ! Quand il arrive le matin, il rentre par la fenêtre et il vient comme un homme qui s'éveille. Seulement je m'en suis aperçu depuis deux semaines…

M. BRUN. — Et comment ?

CÉSAR. — Parbleu ! Un jeudi matin, moi aussi j'ai fait le tour par la petite rue, et je suis allé voir par la fenêtre. Je ne lui ai encore rien dit, mais je m'amuse à le surveiller.

À ce moment, l'extra rentre à toute vitesse, en portant à bout de bras un plateau chargé de bouteilles, avec des gestes d'équilibriste.

CÉSAR. — Eh ! l'Américain, fais attention au matériel.

L'extra pose son plateau et va s'asseoir à la caisse.

ESCARTEFIGUE. — Dis César, qui est-ce la maîtresse de Marius ?

CÉSAR. — Je sais pas. *(Escartefigue bat les cartes.)* Nous n'en avons parlé qu'une fois, mais sans détails. D'ailleurs, je suis à peu près fixé et je suis sûr que c'est une femme de navigateur.

ESCARTEFIGUE. — Pourquoi ?

CÉSAR. — D'abord, parce qu'il va passer la nuit entière. C'est donc que le mari n'y couche pas tous les soirs.

M. BRUN. — Oui, évidemment. *(Il regarde ses cartes.)* Trente-deux.

ESCARTEFIGUE. — Trente-cinq.

CÉSAR. — Quarante. Et ensuite tout le monde sait bien que c'est dans la marine qu'il y a le plus de cocus.

ESCARTEFIGUE. — Comment ?

CÉSAR. — Je dis : « C'est dans la marine qu'il y a le plus de cocus ! » Quarante. *(Escartefigue se lève, il lâche les cartes.)* Qu'est-ce qui te prend ? Je t'ai blessé ? Je te demande pardon.

ESCARTEFIGUE *(solennel)*. — À qui demandes-tu pardon ? Au marin, ou au cocu ?

CÉSAR *(conciliant)*. — À tous les deux.

ESCARTEFIGUE *(furieux)*. — Et tu crois qu'il suffit de s'excuser en souriant ?

CÉSAR. — Allons, Félix, ne te fâche pas ! Je ne te reproche pas d'être cocu, je sais bien que ce n'est pas de ta faute. Et puis, tout le monde le sait...

ESCARTEFIGUE *(indigné)*. — M. Brun ne le savait pas.

M BRUN. — Hum.

CÉSAR. — Mais si, il le savait, nous en avons parlé ! N'est-ce pas, monsieur Brun ?

M BRUN. — Hum.

ESCARTEFIGUE. — Que je sois cocu, ce n'est pas impossible, et ça n'a d'ailleurs aucune importance. Et puis, moi, tu peux m'injurier, m'escagasser la réputation, je m'en fous. Mais je te DÉFENDS d'insulter la marine française. Et après la phrase que tu viens de prononcer, je ne puis plus faire la partie avec toi.

CÉSAR. — Voyons, Félix, écoute...

ESCARTEFIGUE. — Je n'écoute rien. Je me présenterai ici demain matin pour recevoir tes excuses. Bonsoir, monsieur Brun.

M. BRUN. — Allons capitaine...

ESCARTEFIGUE. — N'insistez pas, monsieur Brun.

CÉSAR. — Mais si tu veux des excuses, je te les fais tout de suite.

ESCARTEFIGUE. — Non, j'exige des excuses réfléchies... Il faut que tu te rendes compte de la gravité de ce que tu as dit.

CÉSAR. — C'est une phrase en l'air ! Je n'ai jamais eu l'idée d'insulter la marine française. Au contraire, je l'admire, je l'aime...

ESCARTEFIGUE *(sur la porte, avec une grande noblesse)*. — Il se peut que tu aimes la marine française, mais la marine française te dit m...

Il disparaît.

Scène VI
CÉSAR, M. BRUN, MARIUS

CÉSAR. — Comme il est susceptible !

M. BRUN. — Et voilà encore une partie qui ne finira pas.

CÉSAR. — Et c'est pas gentil ce qu'ils vous ont fait.

M. BRUN. — À moi ? Quoi ?

CÉSAR. — Ils se sont arrangés pour vous laisser les consommations.

M. BRUN. — Pardon. Pour *nous* laisser les consommations.

CÉSAR. — Nous, oui, peut-être... Si on les faisait à l'écarté ?

M. BRUN. — Il est bien tard, et je n'ai pas encore dîné.

CÉSAR. — Un tout petit écarté des familles en cinq points... Allez... Allez...

M. BRUN. — Allons-y.

César bat les cartes. Marius sort de sa chambre, tout prêt.

CÉSAR. — Eh bien, petit, tu vas faire un tour ?

MARIUS. — Oui, je vais passer la soirée au cinéma.

CÉSAR. — Bon. Que tu es beau ! Approche. Tu as un beau costume. Tu as de l'argent ?

MARIUS. — J'ai ce qu'il me faut.

CÉSAR. — Amuse-toi bien. Et ne rentre pas trop tard, qué ?

MARIUS. — Minuit... Une heure... Bonsoir papa, Bonsoir, monsieur Brun.

M. BRUN. — Bonsoir, Marius.

CÉSAR. — Bonsoir, petit. *(Marius sort.)* Vous allez entendre la clef tout à l'heure... Je tourne le roi.

M. BRUN. — Ça commence bien.

Il jette une carte sur le tapis.

CÉSAR. — Je prends avec la dame. *(Il joue à mesure qu'il annonce.)* L'as, le roi, le valet, le dix, et c'est trois pour moi. À vous de faire, monsieur Brun.

M. BRUN. — À moi. *(Il donne, César prête l'oreille.)* Il n'est pas encore là ?

CÉSAR *(il regarde son jeu).* — Vous allez entendre la clef. J'en demande.

M. BRUN. — Je refuse.

CÉSAR. — Ah ! oh ! *(Il joue une carte.)*

M. BRUN *(il joue).* — Atout, atout, atout, un as, et le dix de pique ! Et ça fait deux pour moi.

CÉSAR *(il prête l'oreille).* — Le voilà. Approchez-vous. *(M. Brun se lève et vient sur la pointe des pieds près de la porte. Ils écoutent tous deux en souriant, comme des conspirateurs. À voix basse.)* Vous l'entendez ?

M. BRUN *(de même).* — Il a des souliers qui craquent.

CÉSAR. — Chut ! Allez le lui dire !... *(Il tourne la tête vers l'intérieur du bar et parle à très haute voix, comme s'il jouait aux cartes.)* Atout, atout, et la dame de cœur ! Dites quelque chose bon Dieu !

Il fait signe à M. Brun de l'imiter.

M. BRUN. — Il me reste l'as de pique et un carreau maître.

Silence. On entend la clef qui tourne très doucement dans la serrure. César rit sans bruit.

CÉSAR. — Il va donner encore un tour ! *(La clef tourne pour la seconde fois. Puis le silence.)* Et le voilà parti ! Ah ! le coquin !

Ils sont retournés devant la table de jeu.

CÉSAR. — À moi la donne ! *(Il donne les cartes.)* C'est égal !...
Ayez donc des enfants ! Vingt-quatre ans ! Et il découche ! Et ça
me fait quelque chose ! Et je tourne... le roi !

M. BRUN. — Encore ?

CÉSAR. — Mon cher, j'aime mieux vous prévenir tout de suite :
je tourne le roi à tous les coups.

M. BRUN. — Cela pourrait sembler singulier.

CÉSAR. — Ce n'est pas singulier, mais c'est difficile.

M. BRUN. — Alors... vous avouez que vous trichez ?

CÉSAR *(évasif)*. — Peut-être, mais comme vous ne le verrez
jamais, le coup est régulier.

M. BRUN *(riant)*. — Dans ces conditions, je préfère payer les
consommations tout de suite.

CÉSAR. — Si vous voulez : *(il compte les bouteilles rangées sur le
sol autour de lui)* 4 + 5 + 6 + 6, ça fait 21 francs tout juste.

M. BRUN. — Voilà. Et voilà 2 francs pour l'extra.

CÉSAR *(il désigne l'extra qui ronfle sur le comptoir)*. — Je les lui
donnerai quand il s'éveillera. À demain, monsieur Brun, et bon
appétit.

M. BRUN. — À demain !

*Il sort. César, sur la porte, le regarde partir puis le rappelle en criant
à tue-tête :* « Monsieur Brun ! »

M. BRUN *(au loin)*. — Oui !

CÉSAR. — Ne le dites à personne qu'Escartefigue est cocu. Ça
pourrait se répéter ! *(Il revient vers les cartes. Il bâille, puis il prend les
cartes, les bat en pensant à autre chose. Il murmure.)* Sacré Marius,
va ! *(Puis il s'assoit devant la table.)* Si je me faisais une réussite ?

*Et tranquillement, il aligne les cartes sur le tapis et commence la
réussite, pendant que le rideau descend.*

RIDEAU

ACTE QUATRIÈME

Le bar, à 8 heures du matin.

Dehors, sur la terrasse, au soleil, Escartefigue, Panisse et le chauffeur qui regardent vers la droite. Dans le bar, M. Brun, qui trempe un croissant dans son café au lait. Au fond, César se rase, presque sur le trottoir, avec un énorme rasoir. Il a suspendu un petit miroir aux montants qui, en hiver, soutiennent les vitres.

Scène I

ESCARTEFIGUE, PANISSE, LE CHAUFFEUR,
M. BRUN, CÉSAR, PIQUOISEAU

ESCARTEFIGUE *(il rit)*. — Et ils n'arrivent pas à le faire descendre !

M. BRUN. — Qui ça ?

CÉSAR. — Piquoiseau. Il s'était caché dans la soute au charbon de *La Malaisie,* pour partir avec eux, mais on l'a vu…

ESCARTEFIGUE. — Ils lui ont fait la chasse sur le pont, et maintenant le voilà quillé sur la vergue de misaine !

CÉSAR *(il se savonne à nouveau)*. — Il a profité du discours du maire pour monter à bord par les chaînes de l'ancre.

M. BRUN. — Et à propos de quoi le maire a-t-il fait un discours ?

ESCARTEFIGUE *(méprisant)*. — On se le demande !

CÉSAR. — À 7 heures, *La Malaisie* est venue se mettre à quai devant la mairie. Sur le pont, il y avait tout l'équipage en blanc, le maire est venu sur le balcon avec plusieurs conseillers et il a fait un discours, que je vous dis que ça ! C'était superbe !

PANISSE. — Et à ce qu'il paraît que quand il sortira du port toutes les sirènes vont sonner, parce que c'est un des derniers grands voiliers.

M. BRUN. — Et aussi à cause des savants qui sont à bord.

CÉSAR *(sur un ton de doute)*. — Oh ! des savants !

M. BRUN. — Mais oui, des savants.

CÉSAR *(sceptique)*. — J'en ai vu passer quatre, ce matin. Des hommes de trente-cinq ans, sans barbe, sans lunettes, ils n'avaient pas l'air plus savants que moi.

ESCARTEFIGUE *(avec un mépris souverain)*. — Ils n'avaient pas l'uniforme !

M. BRUN *(joyeux)*. — C'est tout dire !

ESCARTEFIGUE. — Tiens, ils se mettent sous pression. Ils pourront partir dans une heure.

LE CHAUFFEUR *(il regarde le bateau)*. — Cette fois, ils l'ont bien...

ESCARTEFIGUE. — Et il se débat...

LE CHAUFFEUR. — On l'attache avec une corde... *(À ce moment, le chauffeur du ferry-boat est au comble de la joie.)* Ils vont le débarquer avec la grue !

ESCARTEFIGUE. — César, regarde-moi ça !

César et M. Brun courent à la terrasse. On entend au loin des rires et des cris. Tous regardent en l'air en riant.

LE CHAUFFEUR *(il crie, la tête renversée en arrière)*. — À Gonfaron, les ânes volent !

ESCARTEFIGUE. — Ô Piquoiseau ! C'est le moment de piquer les oiseaux !

À ce moment, on entend, aérienne et étranglée, la voix de Piquoiseau.

LA VOIX. — Assassins !

L'ÉQUIPAGE *(invisible)*. — Bravo !

LE CHAUFFEUR. — Tiens-toi aux branches !

LA VOIX. — Sauvages ! Vous êtes des sauvages !

Le cercle de la terrasse s'élargit. On voit paraître au ras de la tente deux pieds énormes et noirs qui s'agitent désespérément. Puis tout le corps de Piquoiseau, qui écume. Il porte sous son bras sa lunette aplatie et tordue, il serre sur son cœur un petit voilier démâté. Il est affreusement noir de charbon. Il touche terre au milieu des rires et des bravos de l'équipage invisible. Il défait le nœud coulant, montre le poing au navire et s'enfuit.

M. BRUN. — Pauvre homme !...

ESCARTEFIGUE. — Bien fait !

PANISSE. — Pourquoi dis-tu que c'est bien fait ?

ESCARTEFIGUE. — Ça serait trop commode s'il suffisait de se cacher dans la soute au charbon pour devenir un marin !

PANISSE *(brusquement)*. — D'abord toi, ne parle plus de marine, parce que tu commences à m'énerver.

ESCARTEFIGUE *(ahuri)*. — Et pourquoi s'il te plaît ?

PANISSE. — Parce que ton bateau c'est pas un bateau. C'est un flotteur et rien d'autre. Tu es un capitaine de bouée, voilà ce que tu es.

ESCARTEFIGUE *(ahuri à César)*. — Tu entends ça ?

CÉSAR *(il referme son rasoir)*. — Au fond, c'est presque vrai ! Ton ferry-boat, c'est une bouée qui a une hélice.

ESCARTEFIGUE. — Il en a même deux.

PANISSE. — Justement. Un bateau qui a une hélice à chaque bout, c'est un bateau qui marche toujours à reculons. Il n'a pas d'avant ton bateau. Il a deux culs, et toi ça fait trois !

Il disparaît, les mains dans les poches, la tête baissée.

M. BRUN. — Dites donc, capitaine, je crois qu'il vous met en boîte.

ESCARTEFIGUE. — Oh ! il vaut mieux en rire.

M. BRUN. — Et c'est ce que vous faites ?

ESCARTEFIGUE *(sinistre)*. — C'est ce que je fais ! J'en ris ! J'en ris !

Il sort avec une grande dignité.

Scène II

CÉSAR, M. BRUN

CÉSAR. — Il ne fait pas beaucoup de bruit quand il rit. *(On entend des fanfares.)* C'est beau la musique !

Il bâille horriblement.

M. BRUN. —Vous avez déjà sommeil ?

CÉSAR. — Mon cher, je suis ici depuis 3 heures du matin, et je vous déclare qu'il va être bientôt 9 heures ! Et vers dix heures il faut que je sois à la réunion du syndicat des débitants de boissons.

M. BRUN. — Pour quoi faire ?

CÉSAR. — Pour protester.

M. BRUN. — Contre quoi ?

CÉSAR. — Ça, je ne saurais pas vous le dire. Mais enfin, tous les ans, nous protestons, et il faut absolument que j'y sois, et que je proteste.

M. BRUN. —Votre fils n'est pas là ?

CÉSAR. — Oui, mais il doit encore dormir. Je vais l'appeler. *(Il s'approche de la porte de la chambre et crie.)* Marius ! Ô Marius, grand feignant, de quoi tu rêves ?

M. BRUN. — De ses amours !

CÉSAR. — Marius, 9 heures ! *(Silence.)* Il faut que j'aille lui tirer la couverture. *(Il essaie d'ouvrir la porte, mais elle est fermée à clef.)* Fermée à clef ! Ho, ho, ça y est ! Dites, monsieur Brun, vous connaissez la manœuvre, il a encore découché.

M. BRUN. — Il est peut-être allé faire un tour sur le quai ?

CÉSAR. —Allons donc ! Il est chez sa galante, voilà tout. L'autre soir vous l'avez entendu sortir. Cette fois, vous allez voir le retour : une vraie scène de comédie !

M. BRUN. — Pourquoi ?

CÉSAR. — Il revient par la fenêtre, il se décoiffe et puis il entre ici, comme quelqu'un qui se réveille, en faisant les petits yeux, et il s'étire et il bâille et il dit : « Bonjour, quelle heure est-il, papa ? »

M. BRUN *(il se lève)*. — Je regrette de ne pouvoir y assister, mais le *Paul Lecat* est en train d'accoster au môle B, et je crains que ma responsabilité ne soit engagée en mon absence. Marquez-moi un café et deux croissants.

CÉSAR. — Entendu… Vous venez faire une petite manille dans la soirée ?

M. BRUN. — Oui, mais pas un écarté !

CÉSAR. — Au revoir, monsieur Brun. *(Il sort. César reste seul un instant. Il bâille. Il rêve. Il va jusqu'à la porte et il s'étire.)* Ô Marius, tu dis que tu as pitié d'elle ! Mais depuis hier au soir tu as eu le temps d'avoir pitié et à neuf heures tu devrais bien avoir pitié de ton père qui ne peut plus ouvrir les yeux.

Scène III

CÉSAR, HONORINE

César s'installe sur la chaise longue et fait des efforts pour ne pas s'endormir. Soudain, entre Honorine. Elle est toute pâle et très agitée. Elle porte à la main une ceinture d'homme en peau de daim.

HONORINE. — César !

CÉSAR *(il tressaille)*. — Quoi ?

HONORINE *(elle lui met la ceinture sous le nez)*. — Regardez ça !

CÉSAR. — Qu'est-ce que c'est ?

HONORINE. —Vous la reconnaissez, cette ceinture ?

CÉSAR *(il regarde un instant)*. — Ça ressemble à celle de Marius. *(Il voit qu'elle pleure. Il s'affole.)* Qu'est-ce qu'il y a ? Un accident ?

HONORINE *(elle crie)*. — Risque pas qu'il lui arrive rien, à ce voyou ! *(Elle pleure.)* Et encore, j'aime mieux que ce soit lui qu'un autre ! César, il faut les marier tout de suite !

CÉSAR. —Voyons, Honorine, ne pleurez pas comme ça ! Qu'est-ce qu'il y a ?

HONORINE *(à elle-même)*. — Ah ! mon Dieu ! Quelle surprise ! Hier soir, j'étais partie pour Aix, comme tous les mercredis...

CÉSAR *(frappé)*. —Vous allez à Aix tous les mercredis ?

HONORINE. — Oui, chez ma sœur.

CÉSAR. — Ayayaïe !

HONORINE. — Et au lieu de revenir par le train de 10 heures, comme d'habitude j'ai profité de l'automobile de M. Amourdedieu que j'avais rencontré sur le Cours... J'arrive à 7 heures ; je vais droit à la maison... Sur la table, qu'est-ce que je vois ? Deux petits verres, une bouteille de liqueur, et sur une chaise, cette ceinture...

CÉSAR *(il sourit)*. — Ayaayaïe ! J'aurais jamais pensé à ça ! Mais enfin, une ceinture ça ne veut rien dire. Et puis ?

HONORINE *(elle se mouche)*. — Quand je vois ça, le sang me tourne... Je vais jusqu'à la chambre de Fanny, je pousse la porte... Ah ! brigand de sort ! Sainte Mère de Dieu, qu'est-ce que je vous ai fait ? Ma pitchouno couchado émè un hommé, aquéou brigand de Marius, aquéou voulur...

CÉSAR. — Qu'est-ce qu'ils ont dit ?

HONORINE. — Ils ne m'ont pas vue, ils ont rien pu dire. Ils dormaient... J'ai eu tellement honte que je suis partie sans faire de bruit.

CÉSAR *(souriant malgré lui)*. — Marius, ô Marius, qu'est-ce que tu as fait là, vaï ?

HONORINE. — Elle a dix-huit ans, César ! Dix-huit ans ! Elle finira comme sa tante Zoé !

CÉSAR. — Ne me dites pas ça, Norine, parce que ça ne m'encourage guère à donner mon consentement... Allons, ne vous faites pas tant de mauvais sang. Après tout, il vaut mieux ça que si elle s'était cassé la jambe.

HONORINE *(elle gémit)*. — Qui l'aurait dit ! Une petite Sainte-N'y-Touche, qui faisait la pudeur, qui faisait l'enfant !

CÉSAR. — Pourvu qu'elle ne le fasse pas pour de bon !

Il rit.

HONORINE *(indignée)*. — Et vous avez le courage de rire, gros sans cœur ! Vous ne voyez pas que c'est affreux pour moi, ce qui se passe ? Je claque des dents, je suis toute estransinée !

CÉSAR *(prépare un verre)*. — C'est vrai peuchère. Qu'est-ce que vous buvez ?

HONORINE *(sanglotant)*. — Un mandarin-citron. *(Elle pleure.)* Ah ! mon Dieu ! Ah ! mon Dieu !

CÉSAR. — Allez, vaï, buvez un coup et puis examinons la situation.

Elle boit à petites gorgées.

HONORINE *(brusquement)*. — La situation, elle est toute simple ! dès que je vois ma fille, d'un pastisson, je lui coupe la figure en deux.

CÉSAR. — Allons, allons… vous n'allez pas la tuer pour ça !

HONORINE *(explosant de fureur)*. — À coups de barre ! À coups de barre !

Elle a pris le gourdin qui est sous le comptoir et elle veut sortir. César la retient.

CÉSAR. — Norine, voyons, Norine…

HONORINE. — César, lâchez-moi, je ne me connais plus !

CÉSAR *(il la tient par les poignets)*. — Asseyez-vous… asseyez-vous, Norine… et pensez un peu à vous, ça vous calmera.

HONORINE *(qui sanglote)*. — Est-ce que j'ai le temps de penser à moi ?

CÉSAR. — Ce serait pourtant le moment ! Si votre mère vous avait tuée à coups de barre, il y a vingt-cinq ans, quand vous étiez fiancée avec votre pauvre frisé…

HONORINE *(avec violence).* — Mais nous, ce n'était pas la même chose... Nous habitions sur le même palier et il n'y avait qu'un couloir à traverser... Et puis c'est moi qui allais chez lui... Tandis que votre Marius... Et puis, elle ne savait pas qu'on l'avait déjà fait dans la famille !

CÉSAR. — Bah ! Nous allons les marier dans quinze jours, et voilà tout ! Asseyez-vous, Norine. Calmez votre émotion... Ça ne vaut rien pour la santé.

HONORINE. — Es un pouli pouar voste Marius ! Aquéou salo que venié à l'oustaou coumo moun enfant... De tout sûr, il l'a prise de force !

CÉSAR *(il rit).* — Allez, elle a pas dû crier bien fort ! Buvez un coup !

HONORINE. — Ça vous fait rire, espèce d'indigne !

CÉSAR. — C'est la jeunesse, ça, Norine. Ça s'en va vite !

HONORINE. — Je le sais bien... Mais tout de même !

CÉSAR. — Ça s'en va vite et ça ne revient plus... *(Il prête l'oreille.)* Té, j'entends Marius. Il vient de rentrer par la fenêtre...

HONORINE. — Il vaut mieux que je ne le voie pas, parce que je le graffignerais.

CÉSAR. — Non, non, ne graffignez personne... Allez-vous-en... Allez, partez Norine.

HONORINE. — Voyez dans quel état je suis !...

CÉSAR. — Tenez, passez par la cuisine, vous sortirez par la petite porte de l'autre côté. *(César la pousse doucement. Avec sollicitude.)* Ne pleurez plus. On les mariera. Si vous voulez vous essuyer les yeux, prenez le torchon des mains. Il est propre, je viens de le changer.

Elle sort. César, qui rit tout seul, dispose sur une table deux assiettes, un pot d'anchois, un pot d'olives noires, deux croissants.
On entend tourner avec précaution la clef dans la serrure de la porte de Marius. Il entre, les cheveux hérissés, et se frotte un œil du dos de la main.

Scène IV

MARIUS, CÉSAR

MARIUS. — Bonjour, papa !

CÉSAR. — Bonjour, petit. Tu as fini par t'éveiller ?

MARIUS *(il bâille difficilement)*. — Oui... Quelle heure est-il ?

CÉSAR. — Neuf heures passées.

MARIUS. — Oh ! Coquin de sort ! J'ai lu dans mon lit, hier au soir... J'ai lu assez tard... Quand je me suis endormi, le jour se levait...

CÉSAR *(bonhomme)*. — Je te l'ai dit vingt fois que c'est fatigant de lire si tard... Tu n'as pas très bonne mine. Tu es pâle, tu as les yeux battus...

MARIUS. — Tu crois ?

CÉSAR. — Si je ne t'avais pas vu sortir de ta chambre, je me demanderais d'où tu viens !

MARIUS. — Tu m'as appelé à 7 heures ?

CÉSAR. — Oui, je t'ai appelé, mais vouatt ! Tu as continué à dormir... On t'entendait ronfler d'ici...

MARIUS. — Ça c'est pas possible.

CÉSAR. — Pourquoi ?

MARIUS *(très gêné)*. — Parce que... Je ne ronfle jamais.

CÉSAR. — Tu as ronflé si fort que tous les clients en rigolaient. J'ai voulu aller te réveiller, mais tu avais fermé à clef.

MARIUS. — Oui, je viens de m'en apercevoir... J'ai dû tourner la clef machinalement...

CÉSAR. — Eh oui, machinalement... Eh bien, on va déjeuner ensemble...

On entend une fanfare assez proche.

MARIUS. — Qu'est-ce que c'est, cette musique ?

CÉSAR. — C'est pour le bateau qui s'en va. Celui que Panisse lui a fait des voiles…

MARIUS. — *La Malaisie* ?

CÉSAR. — Oui, c'est ça… *(Il va s'asseoir devant le pot d'anchois. Marius est allé jusqu'à la terrasse. Il regarde à gauche le bateau.)* Apporte ton café et les croissants… Tu n'as pas faim ?

MARIUS. — Oui, bien sûr… *(Il va au percolateur, et remplit une tasse de café tout en parlant.)* Ils ne devaient partir que lundi prochain.

CÉSAR. — Qui ça ?

MARIUS. — *La Malaisie.*

CÉSAR. — Qu'est-ce que ça peut nous faire ?

MARIUS. — Oh rien, bien sûr.

Son café dans une main, la corbeille de croissants dans l'autre, il s'avance vers son père.

CÉSAR. — On dirait que tu perds ton pantalon.

MARIUS. — Tu crois ?

CÉSAR. — C'est une impression.

MARIUS. — C'est vrai. J'ai dû maigrir.

CÉSAR. — Tu lis trop. Tu as tort de lire toute la nuit. Si tu continues à lire comme ça, tu finiras par devenir maigre comme un stoquefiche. Pourquoi ne mets-tu pas une ceinture ?

MARIUS. — C'est vrai, tiens. J'en achèterai une.

Il s'assoit en face de César. Tous deux mangent. César regarde son fils avec un sourire plutôt satisfait. On voit Honorine qui ouvre l'éventaire. Marius paraît surpris.

MARIUS. — Tiens, Honorine est rentrée ?

CÉSAR. — Oui. Elle est arrivée en automobile à 7 heures du matin. *(Marius paraît très mal à son aise. Un temps. César le regarde.)* Sacré Marius, va !

MARIUS. — Pourquoi me dis-tu ça ?

CÉSAR. — Pour rien ! Sacré Marius ! Tu as bon appétit, ce matin.

MARIUS *(très gêné)*. — Oui, ça va.

CÉSAR. — Dis donc, où en es-tu avec ton ancienne maîtresse ? Tu sais bien, celle que tu gardais par pitié ? La suicidée ? Tu la vois toujours ?

MARIUS. — Oui, naturellement.

CÉSAR. — Oh ! mais dis donc, tu es un gaillard redoutable ! Quel lecteur !

MARIUS. — Pourquoi ?

CÉSAR. — Pour rien. Sacré Marius ! *(Un temps. Il mange des olives.)* Tu lui as dit que tu allais te marier ?

MARIUS *(il trempe son croissant)*. — Non... Pas encore... Je lui ai bien laissé comprendre, n'est-ce pas, qu'un jour ou l'autre...

CÉSAR. — Tout ça, c'est bien gentil de ta part envers cette personne... mais c'est peut-être moins gentil envers Fanny.

MARIUS. — Pourquoi ?

CÉSAR. — Parce que tu la fais attendre, cette petite. Est-ce que tu es décidé à l'épouser ?

MARIUS. — Oui, j'ai bien réfléchi, et puis je me suis décidé.

CÉSAR. — Alors, pourquoi ne pas le dire à vos parents ?

MARIUS. — Eh bien, il y a quelque chose que je ne comprends pas. C'est Fanny qui retarde toujours la date.

CÉSAR. — Elle ?... Pourquoi ?

MARIUS. — Je ne sais pas. Quand je lui en parle, elle me dit que nous avons bien le temps.

CÉSAR. — C'est bizarre !

MARIUS. — Oui, c'est bizarre. Je n'y comprends rien. Par exemple, hier soir je l'ai vue.

CÉSAR *(feignant la plus grande surprise)*. — Tu l'as vue ? Et quand ?

MARIUS. — Après dîner, quand je suis sorti, tu sais...

CÉSAR. — Ah ! C'est ça ton cinéma ?

MARIUS *(gêné)*. — Nous y sommes allés ensemble.

CÉSAR. — Oui, je comprends. Et alors ?

MARIUS. — Au commencement de la soirée, elle me parlait du mariage – elle préparait déjà la maison dans sa tête –, enfin, quoi, c'était une chose décidée.

CÉSAR. — Une chose faite pour ainsi dire.

MARIUS. — Eh oui... Et tout d'un coup, à la fin de la soirée, ça change de musique. Elle me dit brusquement : « Je ne sais pas si je ne suis pas trop jeune pour me marier... Nous ferions mieux d'attendre encore... Je ne sais pas si je t'aime assez » et cœtera, et cœtera.

CÉSAR. — Elle t'a dit ça... après le cinéma ?

MARIUS. — Oui, après le cinéma.

CÉSAR. — Peut-être qu'elle n'a pas aimé le film. Ça l'a mise de mauvaise humeur.

MARIUS. — Je n'y comprends rien. Je me demande si elle ne regrette pas Panisse...

CÉSAR *(il rit à s'étouffer)*. — Allons donc ! Elle se fout bien de ce pauvre vieux !

MARIUS. — Mais alors pourquoi...

CÉSAR *(il le coupe brutalement)*. — Parce que c'est ta faute.

MARIUS *(surpris)*. — Ma faute ?

CÉSAR. — Oui, ta faute. Écoute, Marius : tu ne connais pas encore bien les femmes, mais moi, je vais te les expliquer. Les femmes, c'est fier, et c'est délicat. On a beau ne rien leur dire : ça voit tout, ça comprend tout, ça devine tout. Hier, quand cette petite, au commencement, t'a parlé de votre mariage, c'était pour voir la tête que tu ferais : et toi, comme tu n'es pas pressé, tu as dû lui offrir, sans te rendre compte, un mourre de dix pans de long. Alors, té, par fierté, elle bat en retraite, elle dit : « Je crois que je suis trop jeune... Et nous avons bien le temps... » Mais moi je suis sûr que si tu lui disais que la messe est commandée pour demain matin, elle serait à l'église avant le bedeau.

MARIUS. — Tu as peut-être raison.

CÉSAR *(avec force)*. — Pas peut-être, j'ai raison.

MARIUS. — Je vais lui en parler.

CÉSAR. — Écoute-moi, mon petit... Dès que tu verras Fanny, parle-lui sérieusement. Oui, parle-lui-en le plus tôt possible. Tu devrais penser à l'histoire de Zoé, qui n'était pas plus malhonnête qu'une autre.

MARIUS. — Quel rapport peut avoir cette histoire, que d'ailleurs je ne connais pas ?...

CÉSAR. — Ah ! tu ne la connais pas ? Eh bien, Zoé, c'était une petite fille très jolie, très coquette et qui ne pensait pas à mal. Elle travaillait à la fabrique d'allumettes... Je la vois encore quand elle passait là devant, toute bravette sous son grand chapeau de paille... Tous les hommes la regardaient... Elle avait une espèce de charme... Elle souriait à tous. Mais elle restait sage comme une image... Et puis un jour, ça lui a pris pour un matelot espagnol... Elle croyait qu'ils allaient se marier... qu'il ne repartirait plus... Alors, ils se sont donné un peu d'avance... Et un beau soir, il est parti...

MARIUS. — Il l'a abandonnée ?

CÉSAR. — Oui. Alors, Zoé... *(Un grand geste désolé indiquant que la bride était lâchée.)* Qu'est-ce que tu veux, quand un homme les a trompées ça les dégoûte de notre nature, elles ne peuvent plus aimer personne, ça fait qu'elles deviennent des filles des rues... Et puis, quand elles ont commencé, elles n'ont plus rien à perdre ! Marius, l'honneur, c'est comme les allumettes : ça ne sert qu'une fois.

MARIUS. — Pourquoi me racontes-tu ça ?

CÉSAR *(rudement)*. — C'est pour te dire que Fanny, il ne faut pas t'en amuser. Tu me comprends ?

MARIUS. — Mais, oui, je te comprends !

CÉSAR. — Bien entendu, je ne soupçonne pas sa vertu ! Je n'ai rien vu, je ne sais rien. Mais s'il y a eu entre vous des conversations... des caresses ; eh bien, il vaut mieux vous marier le plus tôt possible. Crois-moi.

MARIUS *(très gêné)*. — Je vais lui en parler.

CÉSAR. — Oui, parle-lui-en et insiste le plus que tu pourras, parce que... si tu veux mon idée... le matelot de Zoé, c'était pas un homme.

Il se lève, ferme son couteau, regarde Marius gravement, et se dirige vers la porte de la cuisine. Comme il va sortir, il fouille dans la poche de son tablier : il en tire la ceinture. Sans regarder son fils, il la jette devant lui, sur la table, et monte l'escalier vers sa chambre. Marius, perplexe, a pris la ceinture et la regarde avec une grande inquiétude. Fanny paraît sur la terrasse. Marius semble réfléchir. Il met sa ceinture, et se décide tout à coup. Il va vers elle.

Scène V

MARIUS, FANNY, PANISSE, LE BOSCO, CÉSAR, PIQUOISEAU

MARIUS. — Fanny, il faut que je fasse une course très urgente, très importante... Tout à l'heure, je te dirai ce que c'est... Mon père dort, garde le bar. Dix minutes, pas plus...

FANNY. — Bon, je t'attends.

Elle est soucieuse. Il s'en va d'un pas pressé. Panisse, qui arrive, le regarde partir d'un air soupçonneux.

PANISSE. — Où va-t-il ?

FANNY. — Je ne sais pas.

PANISSE. — Écoute. Il faut que je te dise quelque chose. Quelque chose de grave, et qui n'est pas facile à dire.

FANNY. — À propos de quoi ?

PANISSE. — À propos de lui. Ce qui me gêne, c'est que tu vas peut-être croire que c'est la jalousie qui me fait parler, et justement c'est tout le contraire. Ce que je veux te dire, c'est dans son intérêt, et dans le tien.

FANNY. — Et qu'est-ce que c'est ?

PANISSE. — Tu sais qu'il a la folie de partir ?

FANNY. — Oui, je le sais. Mais il me dit que ça lui a passé...

PANISSE. — Tu en es sûre ?

FANNY. — Oui, puisqu'il me l'a juré.

PANISSE *(surpris et perplexe)*. — Ah ? Il te la juré ? Tant mieux. Mais tout de même... Surveille-le... Surtout ce matin.

FANNY. — Pourquoi ce matin ?

PANISSE. — Parce que *La Malaisie* va partir tout à l'heure.

FANNY. — Je le sais. J'ai vu tout ce monde en passant, et puis la musique... Et je vous jure que ça m'a fait plaisir. Parce que le seul bateau que je craignais, c'était celui-là.

PANISSE. — Et tu avais raison...

FANNY. — J'avais tort, puisqu'il s'en va.

PANISSE. — Il n'est pas encore parti. Et puis, finalement, j'aime mieux te le dire pendant qu'on peut encore essayer quelque chose. S'il veut, il peut partir. Depuis longtemps il a demandé une place à bord, et on la lui a donnée. Voilà. Je ne sais pas s'il partira, mais s'il veut, il peut.

FANNY. — Qui vous l'a dit ?

PANISSE. — Le second de *La Malaisie*. C'est moi qui leur ai fait des voiles de rechange. Où est-il, maintenant ?

FANNY. — Il est allé faire une commission, en bras de chemise. Il a peut-être demandé à partir, il y a longtemps, mais depuis, il s'est passé bien des choses... Je suis sûre qu'il ne partira pas.

PANISSE. — Tant mieux, tant mieux.

FANNY. — Et vous, vous devriez avoir honte de dénoncer un ami.

PANISSE. — Là, tu te trompes bien... Quand j'ai su qu'il allait partir, le mois dernier, j'ai eu un vilain sentiment. Et même, ce matin, je l'avais encore... Je me suis dit : s'il part, c'est une bonne affaire pour moi... Elle l'oubliera, et peut-être, un jour, j'aurai ma chance... Et puis, ce matin, en voyant tous ces préparatifs, j'ai pris mon courage, et je me suis dit : il faut avertir César.

FANNY *(vivement).* — Ah non ! N'avertissez personne... Je vous dis qu'il ne pense plus à ces bêtises... Au contraire, ça le fait rire !

Un quartier-maître de la marine vient de paraître sur la porte. C'est le bosco de La Malaisie. *Piquoiseau le suit.*

PANISSE. — Tiens, en voilà un qui ne me fait pas rire. Salut, bosco !

LE BOSCO. — Salut, maître !

FANNY. — Vous cherchez Marius ?

LE BOSCO. — Oui. Il n'est pas là ?

FANNY. — Non. Il est allé faire une course.

LE BOSCO. — Où ?

FANNY. — Je ne sais pas.

LE BOSCO. — Je venais lui dire adieu, parce que nous appareillons. On n'attend plus que le pilote qui est en train de rentrer le *Paul Lecat*... Il va revenir bientôt ?

FANNY. — Il m'a dit dix minutes, un quart d'heure...

LE BOSCO *(il regarde sa montre).* — Bon. Si j'ai le temps, je repasserai... Si vous le voyez, dites-le-lui. *(Il salue et va sortir. César descend, dans son costume de ville.)*

CÉSAR. —Vé ! Bonjour chef ! Une minute, que je vous offre le coup du départ ! Viens trinquer, Panisse ! Et toi aussi, Fanny !

PIQUOISEAU *(humble)*. — Et moi aussi ?

CÉSAR. — Bien sûr, toi aussi.

PIQUOISEAU. — Vous voyez chef ? Pour moi aussi, le coup du départ ! *(Suppliant.)* Alors il faut que je parte... Moi aussi...

CÉSAR. — Tu es trop vieux, pauvre fada... Même si tu étais amiral, tu serais à la retraite !

PIQUOISEAU *(au bosco)*. — Je sais beaucoup de choses, surtout pour la voile...

CÉSAR *(le verre en main)*. — Silence ! *(Il prend un ton solennel.)* Donc, nous allons boire le coup du départ. C'est émouvant, le coup du départ. On quitte sa famille, ses amis, ses clients. On part pour les mers inconnues d'où l'on est presque sûr de ne pas revenir. Alors on prend son verre d'une main qui ne tremble pas. On boit le dernier coup sur la terre ferme... le coup du départ... C'est émotionnant... À votre santé...

PANISSE. — Tu n'aurais pas l'intention de partir, toi, par hasard ?

CÉSAR. — Moi, je ne pars pas, mais je sors. Lui s'en va chez les kangourous, moi je vais à la réunion du syndicat des débitants. Lui reviendra dans trois ans, et moi à midi. Que Dieu nous protège ! À la vôtre ! *(Ils lèvent leurs verres, et boivent.)*

PIQUOISEAU *(suppliant)*. — Sans me payer, chef. Je ne mange pas beaucoup, et je sais des choses... Surtout sur la voile... J'ai navigué dans la mer Rouge, moi... Sans me payer, chef...

LE BOSCO. — Je t'ai déjà dit que je ne peux pas... Au revoir, monsieur César.

CÉSAR. — Au revoir, chef...

LE BOSCO *(à Panisse et Fanny)*. — Si j'ai le temps, je repasserai tout à l'heure.

PANISSE. — D'accord.

Le bosco sort. Piquoiseau tombe à genoux en pleurant.

CÉSAR. — Pauvre malheureux ! À quoi ça ressemble cette folie de vouloir flotter sur l'eau, de manger des conserves, de dormir suspendu au plafond, de pas pouvoir servir un verre sans verser à côté, impossible de faire une pétanque ou de jouer au billard, et tout ça au milieu des tempêtes, des cyclones, et des requins !

Un passant l'appelle à travers le rideau de bouchons.

LE PASSANT. — Ô César ! Tu ne viens pas au syndicat ?

CÉSAR. — Attends-moi ! Je finis de parler. *(Il reprend.)* Et malgré tout ça, quand la folie de naviguer les prend, il n'y a plus rien à faire, et ils ne guérissent jamais ! À tout à l'heure ! *(Il sort.)*

Scène VI

FANNY, PANISSE, HONORINE, MARIUS, LE BOSCO, PIQUOISEAU, CÉSAR

FANNY *(à Panisse)*. — Puisqu'il venait lui faire ses adieux, c'est qu'il ne part pas !

PANISSE. — D'accord. C'est toi qui avais raison... Et je suis content d'avoir eu tort... Mais dis-toi bien que ce que je t'ai dit, ce n'était que pour ton bien. Et même, je te dirai plus : c'est que...

Mais Honorine vient de paraître. Elle pose un assez gros paquet sur l'éventaire, puis, les poings sur les hanches, elle crie.

HONORINE. — Alors, c'est à midi que tu vas l'ouvrir, l'inventaire ?

PANISSE. — Excusez-la, Norine, c'est de ma faute. C'est moi qui lui ai fait la conversation.

HONORINE. — Eh oui ! pour la blagotte, vous êtes fort ! Vous, pendant ce temps, vos ouvrières travaillent. Mais nous, on a besoin de gagner notre vie. *(Panisse feint la terreur, et s'éloigne sur la pointe des pieds. Elle se tourne vers Fanny.)* Donne-moi les clefs. *(Fanny donne les clefs à sa mère. Dès que Panisse a disparu, Honorine se met à crier à voix basse.)* Je suis allée à la maison à sept heures ce matin. Et j'ai ouvert la porte de ta chambre. Tu as compris ? *(Fanny ne sait que répondre.)* Toi ma fille ! Est-ce que ça n'aurait pas été plus simple et plus honnête de vous marier d'abord, puisque tout le monde était d'accord ? Va, va, tu es bien le portrait de ma sœur Zoé, qui a déshonoré la famille et qui a fait mourir ma mère de chagrin !

FANNY. — Maman, je t'expliquerai... Je te dirai pourquoi...

HONORINE. — Ah non ! Il manquerait plus que ça que tu me donnes des explications ! Et ça s'est passé à la maison ! Devant le portrait de ta grand-mère ! Pauvre sainte femme ! Et les voisins ! Tu y as pensé aux voisins ? Avec cette Miette qui a toujours un œil au trou de la serrure, et une oreille contre la cloison ! J'espère que c'était la première fois cette orgie ?

Fanny baisse la tête et dit non.

HONORINE. — Tous les mercredis alors ?

Fanny ne répond pas.

HONORINE. — Eh bien, c'est du propre ! Après ma sœur Zoé, il ne nous manquait plus qu'un petit bastard ! Tu peux le lui dire à ton Marius, il faut qu'il te demande avant ce soir, tu entends ? Il a voulu te voir dormir, eh bien maintenant qu'il t'épouse ! À l'église et à la mairie et au galop ! Et s'il ne te veut pas tant pis pour toi : tu iras dire oui à Panisse ! Quand tu seras mariée, tu feras tout ce que tu voudras, mais au moins tu auras sauvé l'honneur !... Sinon, ce n'est plus la peine que tu rentres à la maison. Je ne veux plus te voir, tu n'es plus ma fille. Je m'enferme à clef dans ma chambre, et je me laisse mourir de larmes ! *(Elle sanglote. Mais un homme, dans l'uniforme d'un chasseur d'hôtel, prend le paquet sur l'éventaire. Honorine change brusquement de ton.)* Vé l'autre, qui en profite pour nous voler ! *(Elle se précipite vers lui.)* Oh ! mais dites, qu'est-ce que vous faites ?

L'HOMME. — C'est pas ça les favouilles pour l'hôtel de l'Univers et du Portugal ?

HONORINE. — Non, c'est pas ça ! Elles sont au vivier ! Allez-y, je vous suis ! *(Elle revient vers Fanny.)* Penses-y bien, Fanny ? Parce que je t'ai élevée toute seule, que je me suis donné beaucoup de mal pour toi et que la chose de ma sœur Zoé nous oblige à être plus honnêtes que les autres. *(Elle va pour l'embrasser, mais elle se ravise.)* Et puis non, je ne t'embrasse plus tant que tu n'es pas fiancée. *(Sur le seuil elle la regarde, elle s'arrête. Fanny va s'élancer vers elle, mais Honorine se reprend encore une fois.)* Non, non, je ne t'embrasse pas. Descends à la cave chercher les paniers, et surtout commence par trier les huîtres en bas, pour ne pas jeter devant tout le monde celles qui sont mortes...

Fanny descend à la cave. Honorine arrange l'éventaire. Elle regarde vers la droite. Elle voit arriver Marius.

HONORINE. — Et voilà le satyre ! Comme il a l'air vicieux ! Té, j'aime mieux rien lui dire...

Elle tourne le dos et s'en va vers la gauche. Marius paraît. La tête basse, perdu dans ses pensées. Sur la porte, il regarde La Malaisie, *au loin. Il va au comptoir, met de l'ordre, astique le zinc. Une sirène lointaine. Il écoute, il hausse les épaules... Le bosco paraît sur le seuil, suivi de Piquoiseau.*

LE BOSCO *(sévère)*. — Et alors ?

MARIUS. — Alors, je ne peux pas. Non, je ne peux pas. Je vous ai cherché tout à l'heure pour vous le dire... Et puis...

LE BOSCO. — Et puis tu te dégonfles, et voilà tout. Et moi, j'en ai raconté des boniments au commandant ! Que tu avais la folie de la mer, que ta mère c'était la sœur d'un marin breton, et que nous étions un peu cousins... Je vais en entendre parler, de mon cousin...

MARIUS. — Je sais bien, je sais bien... Excusez-moi... Il me faut bien plus de courage pour rester que pour partir.

LE BOSCO. — C'est à cause des coquillages ?

MARIUS. — Oui. Nous devons nous marier, ce mois-ci.

LE BOSCO. — Tu t'es laissé prendre au piège, et pour toi, les bateaux c'est fini. Je connais ça...

MARIUS. — Mais non ! Partir aujourd'hui pour trois ans, je n'en ai plus le droit... Mais après, si je veux, je naviguerai...

LE BOSCO. — Oui, dans la barquette, pour la bouillabaisse du dimanche, au cabanon. Enfin, ça n'a pas d'importance. Nous faisons escale à Toulon pour embarquer des appareils. Je trouverai un homme tout de suite. Pour une croisière comme celle-là !

PIQUOISEAU. — Rangoun, Padang, Florès, la Calédonie…

MARIUS. — Je le sais bien qu'un si beau voyage ça ne se retrouvera jamais. Tant pis pour moi !

LE BOSCO. — Eh bien au revoir mon vieux. Je ne t'enverrai pas de cartes postales, tu en aurais trop de regrets.

MARIUS. — Jamais plus que maintenant…

LE BOSCO. — Si tu changes d'idée, tu n'auras qu'à traverser le quai !…

Il sort. Piquoiseau le suit, en répétant ses supplications. Fanny sort de la trappe. Elle paraît grave, mais non pas désolée.

FANNY. — Marius, je n'ai pas écouté, mais j'ai entendu.

MARIUS. — Tu as entendu que je tiens ma parole… Le bateau s'en va, j'ai ma place à bord et moi je suis ici ! Je lave les verres et j'astique le comptoir.

FANNY. — Ça prouve que tu es honnête. Eh bien moi aussi, je suis honnête… Je ne suis pas un piège, Marius… Si tu veux partir, tu es libre.

MARIUS. — Tu ne penses pas ce que tu dis. C'est maintenant que tu me tends le piège. Tu veux voir ce que je vais faire : eh bien tu le vois : je reste avec toi.

FANNY. — J'ai bien réfléchi, Marius. Depuis plus d'un mois, je te regarde et j'ai bien vu que tu regrettes ce qui nous est arrivé, mais que tu restes pour réparer ta faute. Tu n'es responsable de rien : cette faute est mienne, ne t'en charge pas !

MARIUS. — Alors, tu crois que je ne t'aime pas, quand je te fais un si grand sacrifice ?

FANNY. — Je crois que tu m'aimes. À ta façon. Mais je sens bien que cette corde qui te tire ne se cassera jamais. Moi, je n'ai pas la force de te retenir… Et alors, puisqu'il te faut ta liberté, au moins que ce soit moi qui te la donne. Puisque c'est la mer que tu préfères, marie-toi avec la mer. Nous verrons plus tard...

MARIUS. — C'est comme ça que tu m'aimes ?

FANNY. — Oui, c'est comme ça.

MARIUS. — Mais toi, pendant trois ans, qu'est-ce que tu ferais ?

FANNY. — Je te l'ai dit. Je t'attendrai. Nous avions convenu que tu naviguerais après. Mais j'ai réfléchi : il vaut mieux « avant », parce que peut-être tu reviendras guéri. C'est très grave, un mariage. Je ne veux pas risquer de faire ton malheur, et peut-être le mien !

MARIUS (*il a peine à cacher son espoir*). — Fanny, ce n'est pas possible... Je ne veux pas croire que tu parles sérieusement !

FANNY. — Parce que tu trouves que ça serait trop beau. Eh bien c'est trop beau. Va prendre ton sac.

MARIUS. — Fanny, fais bien attention de ne pas me le dire encore une fois !

Piquoiseau, qui s'est rapproché peu à peu, entre brusquement et crie.

PIQUOISEAU. — Elle l'a dit ! Elle l'a dit !

Il va à la chambre de Marius, ouvre la porte et prend le sac de marin.

Vite, vite, le pilote arrive !

MARIUS. — Je suis sûr que si je partais, tu m'oublierais.

FANNY. — Et ça te ferait bien plaisir, parce que tu m'aurais oubliée avant... Tu auras vu tant de choses sans moi...

PIQUOISEAU. — Aden, Bombay, Rangoun, Padang...

FANNY. — La Calédonie, les Îles Sous-le-Vent. Ce bateau va partir sans toi et tu me le reprocheras toute ma vie... Tu n'as plus envie maintenant ?

MARIUS (*il crie*). — Oui, j'ai envie, oui... Mais je trouve que tu acceptes ça bien facilement !

FANNY. —Tu voudrais que je pleure, et que je m'accroche pour te garder...

MARIUS. — Non, je ne le voudrais pas, mais j'en avais peur.

FANNY. — Eh bien, ne crains rien. Tu vois que je suis raisonnable et que je te comprends.

MARIUS *(brusquement)*. — C'est ta mère qui t'a conseillée. Elle attend que je sois parti pour te vendre à Panisse !

FANNY. — Si tu as besoin d'un prétexte, celui-là est bon. Et justement il m'a encore demandée ce matin...

MARIUS. — Et qu'est-ce que tu lui as répondu ?

FANNY. — Je n'ai pas dit « oui ».

MARIUS. — Mais tu n'as pas dit « non »...

FANNY. — On ne sait pas ce qui peut arriver.

MARIUS. — C'était ça ta générosité. J'aurais dû comprendre plus tôt !

FANNY. — Ce n'est pas pour moi, Marius. Tu sais bien que dans les familles, il y a des questions d'intérêt... Il faut penser à l'avenir... Ma mère n'est plus jeune... Son travail la fatigue. L'amour n'est pas tout dans la vie. Il y a des choses plus fortes que lui...

MARIUS. — Oui, l'argent...

FANNY. — L'argent, la mer...

MARIUS. — Chacun s'en va vers ce qu'il aime. Toi, épouse l'argent de Panisse, et moi je suis libre, j'épouse la mer... Oui ça vaut mieux pour tous les deux.

FANNY. — Oui, ça vaut mieux, mais si tu m'as aimée seulement une heure, laisse-moi te faire une caresse d'amitié.

On entend un coup de sifflet.

MARIUS. — Ils partent ?

Il s'élance et sort. Panisse entre brusquement.

PANISSE. — Comment ! Tu le laisses partir ? Attends un peu, je connais quelqu'un qui le retiendra. *(Il va ouvrir la porte de la cuisine.)* César ! César !

Soudain Marius reparaît sur la porte du bar, la tête baissée. Fanny, avec une immense émotion, s'approche de lui.

FANNY. — Tu restes ?

MARIUS. — Je ne peux pas passer. Mon père est devant le bateau. Que faire ? Ils larguent les amarres.

PIQUOISEAU *(qui surveille le quai).* — Ton père... Le voilà...

FANNY. — Passe par la fenêtre de ta chambre comme si tu allais à un rendez-vous d'amour. Fais le tour par la place de Lenche. Pendant ce temps, je le retiendrai... Non, non, ne dis plus rien... Va-t'en... Va-t'en... *(Elle le pousse dehors avec violence.)*

Panisse se précipite vers le navire. Soudain, il s'arrête. César vient de paraître sur la porte, songeur. Panisse l'aborde.

PANISSE. — César ! Marius est là-bas, devant *La Malaisie* : il veut te parler...

Fanny se met entre eux et repousse Panisse en riant.

FANNY. — Mais non ! Il est allé chercher mes paniers à la gare ! C'est moi qui viens de l'envoyer.

CÉSAR *(regardant Panisse).* — Qu'est-ce qu'il te prend ?

PANISSE *(véhément).* — Il se passe ici des choses qui font de la peine à voir. Ouvre les yeux et tu les verras.

CÉSAR. — Pauvre fada ! Il y a longtemps que je les ai vues... Bonjour Fanny... Oh ! comme tu es rose, pitchounette... On dirait que tu as pleuré...

FANNY *(souriante).* — Peut-être.

CÉSAR. — Alors, Marius t'a parlé ?

FANNY. — Oui.

CÉSAR. — Et vous êtes d'accord ?

FANNY. — Oui.

CÉSAR *(il la prend aux épaules)*. — Enfin ! Tu ne peux pas t'imaginer comme ça me fait plaisir ! Brave petite Fanny ! Brave fille ! *(Il lui caresse les cheveux.)* Tu sais que je suis bien content d'avoir une bru aussi jolie que toi ?

FANNY. — Oh ! Il y en a de plus jolies !

CÉSAR. — Qui ça ? Tu en connais ? Va les chercher. On les mettra à ta place. Qu'est-ce que tu regardes ? Tu attends Marius ? On ne te le mangera pas en route... Il va venir... *(Elle regarde sans cesse du côté de la porte du bar.)*

FANNY. — Je sais bien.

CÉSAR. — Et maintenant, je vais te dire une chose. Viens ! *(Il la prend par la main, et la fait asseoir près de lui, sur la banquette. Puis, il parle en souriant, avec une vraie tendresse.)* Tu sais depuis combien de temps j'y pense, à ce mariage ?

FANNY. — Depuis... trois mois ?

CÉSAR. — J'y pense depuis onze ans. Qu'est-ce que je dis, onze ans ? Depuis quatorze ans. Tu n'étais pas plus haute qu'un pot de fleurs ! Un soir, dans le bar, la mère du petit t'a soulevée dans ses bras et elle t'a dit en t'embrassant : « Pas vrai, Fanny, que tu seras la femme de Marius ? » Et tout le monde riait, mais toi, tu n'as pas ri. Tu as ouvert tes grands yeux et tu as dit : « Oui... » Et tu vois, ça arrive... Allez, viens donne-moi le bras, allons faire un petit tour sur le port.

FANNY *(on entend une sirène toute proche)*. — Et s'il vient des clients ?

CÉSAR. — Les clients ! Ils attendront. Viens ! Allons voir partir *La Malaisie*. Arrive, ma bru.

FANNY. — J'aimerais mieux rester ici, avec vous, pour parler de choses qui nous intéressent.

CÉSAR. — Et de quoi ?

FANNY. — De l'appartement, par exemple.

CÉSAR. — L'appartement ? Mais tu viens habiter ici ! Est-ce que tu t'imagines que je peux vivre seul comme une vieille bête ? Ah ! non ! Je peux te le dire maintenant. Des fois, je le bouscule, Marius, mais si je restais six mois sans le voir, j'en crèverais... J'ai déjà fait mon petit plan, à moi. D'abord... *(À Panisse qui écoute.)* Toi, tu es un curieux, et tu devrais bien tourner ta grande oreille de l'autre côté. *(À Fanny.)* D'abord, je vais prendre pour moi la chambre de Marius, et je vous laisserai la mienne...

Un coup de sifflet ébranle les airs.

PANISSE *(désespéré)*. — Le voilà qui déborde le quai !

CÉSAR *(joyeux)*. — Bon voyage ! Et que le bon Dieu les surveille ! *(Fanny tient son cœur à deux mains.)* Ma chambre est beaucoup plus grande et tu pourras faire quelque chose de gentil, de gai... Tu comprends ?

FANNY. — Oui, quand on a de la place, c'est plus facile de tout arranger.

CÉSAR. — Et puis, à côté de ma chambre, il y a une petite pièce qui me sert de débarras. Sais-tu qui nous y mettrons, si tu veux ?... *(À voix basse.)* Un petit lit. Tout petit, tout petit...

FANNY. — Oui, tout petit... tout petit...

Soudain, les sirènes du port sonnent l'une après l'autre, en l'honneur du grand voilier qui s'en va. Fanny, pâle comme une morte, ferme les yeux, et tombe en avant. César la retient.

CÉSAR. — Fanny, ma petite Fanny, qu'est-ce que tu as ? Honoré, passe-moi le rhum... Fanny, ma chérie...

La tête penchée de Piquoiseau paraît à droite de la porte. Ses yeux brillent, et il dit à mi-voix :

PIQUOISEAU. — Suez, Aden, Bombay, Madras, Colombo, Macassar...

Pendant que descend LE RIDEAU.

FANNY

Pièce en trois actes et quatre tableaux

PRÉFACE

Pendant les représentations de *Marius* mon ami Lehmann, qui présidait le contrôle de la « boîte à sel », m'avait souvent conseillé d'écrire la suite de *Marius*.

— Tous les soirs, me disait-il, tous les soirs depuis deux ans, il y a deux ou trois spectateurs qui réclament une suite, parce que ça ne peut pas finir comme ça, c'est trop triste... Alors moi, pour les consoler, je leur dis que tu as commencé à écrire la suite, et que ça sera encore mieux que *Marius*. Si tu te chatouillais un peu l'imagination, tu me ferais plaisir à moi aussi. Car enfin, il reviendra, ce Marius. Et alors, qu'est-ce qui va se passer ?

J'y avais pensé, moi aussi, et j'en avais parlé à Pierre Brisson, en dînant avec lui dans un restaurant des Boulevards. Il ne me parut pas très chaud.

— J'aimerais mieux, dit-il, une nouvelle pièce. Un auteur qui écrit une suite risque de donner l'impression qu'il est à bout de souffle, et qu'il tire sur la même ficelle faute d'imagination.

Mais après réflexion, il reprit :

— À moins que la seconde pièce n'ait une valeur en soi, et qu'elle puisse intéresser un public qui ignore l'existence de la première...

C'était tout justement ce que j'avais eu l'intention de faire. J'en parlai à Volterra, et je lui racontai le sujet de *Fanny*, un soir, à table. Il l'accepta aussitôt, et me dit :

— Nous créerons la pièce à la rentrée, mais je vais être forcé d'arrêter *Marius* à la 800ᵉ, car je suis lié par des contrats, dont je repousse l'exécution depuis deux ans. Je vais les exécuter avant la fin de la saison, pour pouvoir jouer *Fanny* à la rentrée, sinon je serais forcé d'en reporter la création à l'année prochaine.

On arrêta donc *Marius*, pour laisser la place à *Un homme en habit*, d'Yves Mirande et André Picard.

C'était une petite comédie qui avait été créée en 1920 aux Variétés, sans grand succès.

À la surprise générale, Raimu parut enchanté de quitter le rôle de César pour celui de cet *homme en habit* ; mais comme je le connaissais bien, il ne me fut pas difficile de comprendre sa joie.

Le grand Jules, fort soigneux de sa personne, était à la ville d'une remarquable élégance ; non pas voyante, mais riche et de bon goût. Ses pardessus étaient admirés, et souvent copiés. Il changeait chaque jour de cravate, et le plus célèbre bottier de Paris taillait ses chaussures dans des cuirs précieux, sévèrement choisis.

Après avoir, pendant 800 représentations, porté sur la scène le tablier bleu, la casquette et les espadrilles d'un patron de bar, il avait grande envie de rappeler à son public qu'il était capable de jouer un homme du monde, fort à son aise dans des escarpins.

Pendant que Raimu faisait sur la scène sa démonstration d'élégance, je me mis au travail avec beaucoup de plaisir. À la fin de l'été, je pus lire mon manuscrit au Patron et à la Patronne. Ils en parurent enchantés, et m'invitèrent à passer quelques semaines au Cap Camarat, à une petite lieue de Saint-Tropez.

Là, sur la crête du cap, se dressait la masse imposante d'un château moderne.

Cette somptueuse demeure avait été construite pour y abriter le malheur d'un jeune garçon étranger, de très haute naissance, mais anormal.

Les murailles du monument étaient constituées par de très gros cubes de pierre rose. La tradition tropézienne disait qu'on avait apporté ces blocs de Saint-Raphaël, soigneusement enveloppés d'un papier très épais.

La construction d'une telle masse, avec tant de soin, dura si longtemps qu'à la pose de la dernière tuile, le malheureux petit prince était mort. C'est ainsi que le château fut mis en vente, et que Volterra l'acheta.

Il allait s'y reposer de temps à autre, mais à cause de l'immensité de ce palais, il convoquait toujours quelques amis de notre métier, comme Rip, Jean Le Seyeux, Mirande, Saint-Granier. Il emmenait aussi des machinistes, épuisés par les terribles répétitions du Casino de Paris, qui reprenaient leur bonne mine en jardinant au soleil de Provence.

J'y passai plusieurs semaines des plus agréables, en allant poser le soir des palangres que nous relevions à l'aube, puis en parties de pétanque, et la nuit en tournois de belote dans les somptueux salons du château.

Saint-Tropez était encore dans sa préhistoire ; c'était un très grand village de pêcheurs, fréquenté par quelques estivants, parmi lesquels la grande Colette, René Clair et un assez grand nombre de peintres, en souvenir de Signac, fondateur de l'école de la Méditerranée : c'est lui qui avait amené dans ce gros village de pêcheurs de grands artistes comme Matisse, Marquet, Bonnard, Luc Albert Moreau, et l'illustre Dunoyer de Segonzac, qui veille encore, au musée de l'Annonciade, sur les chefs-d'œuvre de ses amis.

Un dimanche matin, Léon, qui descendait au village pour acheter des journaux, m'invita à l'accompagner pour me montrer – dit-il – « quelque chose ».

En sortant de la librairie, il pointa l'index vers un peintre debout devant son chevalet sur la jetée.

— Allons voir ce qu'il fait, me dit-il. Je voudrais bien avoir ton avis sur la valeur de ces tableaux.

Le peintre était vêtu d'un bleu de mécanicien. Il nous salua d'un sourire, et reprit son travail. Il peignait une vue du port de Saint-Tropez qui me parut fort plaisante, avec de très belles couleurs provençales.

— C'est votre profession ? demanda Léon.

— Oh non ! dit le peintre. Je suis tourneur sur métaux, et je travaille à l'usine des torpilles. Je peins comme ça, le dimanche.

— Depuis longtemps ?

— Depuis des années. J'ai au moins cent toiles dans mon grenier.

Lorsque nous le quittâmes, Léon me dit :

— Est-ce que ces tableaux t'intéressent ?

— Je les trouve très beaux, et très habilement peints. Seulement, je dois avouer que lorsqu'un tableau me plaît, mes amis peintres me rient au nez.

— L'opinion des peintres n'a aucune importance, répliqua Léon. Ce n'est pas aux peintres que l'on vend des tableaux. Moi aussi, sans rien y connaître, j'aime beaucoup ce qu'il fait, et j'ai bien envie, pour la générale de *Fanny*, de décorer les halls du théâtre avec des toiles de ce garçon, si elles sont toutes aussi intéressantes que celle qu'il peint en ce moment. Et puis, nous en mettrons dans le décor de la salle à manger de Panisse. Il faut aller visiter son grenier.

Nous y allâmes deux jours plus tard, et c'est ainsi que de grandes caisses, qui contenaient plus de cent toiles, furent chargées sur un camion, et partirent pour le Théâtre de Paris. Salomon, éperdu de reconnaissance, ne savait comment nous témoigner son amitié ; mais les « vrais » peintres, les modernes, les savants, ceux qui peignaient des tableaux pour peintres, saluaient notre passage par des ricanements.

Lorsque nous rentrâmes à Paris, Léon voulut commencer immédiatement les répétitions : après avoir relu mon ouvrage, je lui demandai de m'accorder encore deux ou trois semaines pour refaire certaines scènes, qui ne me plaisaient plus.

Léon haussa les épaules, m'affirma que j'allais abîmer mon ouvrage, et que l'auteur dramatique fait des pièces comme un figuier fait des figues, c'est-à-dire sans rien y comprendre.

Enfin, il consentit à m'accorder trois semaines, mais il m'avertit que si mes corrections faisaient du tort à la pièce, il se réservait le droit de les refuser, et de jouer la première version. Enfin, il décida que la générale aurait lieu, irrévocablement, le 1er décembre. En attendant, il allait monter une petite reprise, et convoquer la troupe pour les répétitions de *Fanny*.

Nous eûmes une première déception.

Par malheur, Fresnay n'était pas libre : un succès tout neuf le retenait sur une autre scène.

Cette absence était fort regrettable. Volterra me fit remarquer que Marius ne paraissait qu'au dernier acte, vers onze heures du soir, et qu'à ce moment-là, la partie serait déjà gagnée ou perdue.

Nous décidâmes de remplacer Fresnay par Berval, qui était le grand jeune premier de l'Alcazar de Marseille. Il chantait, il dansait et jouait fort bien la comédie. Les femmes l'adoraient, l'accablaient de lettres enflammées, et une troupe de belles créatures – les plus jolies filles du port, ou même de la rue Paradis – l'attendaient à la sortie, et parfois se ruaient sur lui en gémissant. Il y perdait souvent son chapeau, quelquefois même sa cravate. Spéculant bassement sur son sex-appeal, autant que sur son talent, Léon engagea Berval.

Nous allions commencer les répétitions, lorsque la réponse d'Alida Rouffe nous arriva de Marseille. La chère Honorine nous annonçait qu'elle était sur un lit de douleur, dans une clinique.

Par amour de la gloire, plutôt que par intérêt, elle avait repris la route pour de petites tournées, dont elle était la directrice et la vedette. Dès le matin de son arrivée dans les petites villes de la côte, on voyait – aux deux bouts de l'avenue principale – une large bande de calicot qui annonçait sa venue aux populations :

ALIDA ROUFFE
EST DANS NOS MURS

Elle obtenait toujours un grand succès, dont elle était plus fière que de sa réussite à Paris. Mais un jour – jour fatal –, comme elle sommeillait dans un petit train départemental, une poutre, mal arrimée sur un wagon de marchandises qui venait en sens inverse, brisa au passage la glace de son compartiment, et une longue aiguille de verre, traversant son corset à baleines, l'avait assez gravement blessée.

Sa lettre nous disait que, selon les médecins, il lui fallait deux mois au moins de repos complet, attendu qu'elle avait encore « l'embouligo tout farci de petites épines de verre qui me font des chatouilles terribles... ».

C'était une défection importante, car Alida avait conquis le public parisien, et le rôle, d'un bout à l'autre, était écrit pour elle...

Nous la remplaçâmes par une comédienne qui était célèbre à Marseille ; quoiqu'elle jouât à ravir les poissonnières, elle avait renoncé à son prénom, et se faisait appeler Madame Chabert. Elle s'annonçait ainsi sur les affiches, sans doute pour s'égaler (typographiquement) à Madame Simone, qui fut avec Réjane et Sarah Bernhardt une des trois grandes actrices de ce demi-siècle.

Quand tout notre monde fut réuni, nous commençâmes, non sans inquiétude, les répétitions.

Les premières plurent beaucoup aux machinistes. Orane Demazis, Charpin, Vattier, Dullac jouaient leurs rôles avec une aisance admirable ; le petit Maupi avait l'air d'inventer son texte ; Berval, Marseillais authentique, tenait brillamment le rôle de Marius, Madame Chabert et Milly Mathis avaient spontanément trouvé le ton. Quant à Raimu, c'était encore une fois le grand Raimu, l'inoubliable. Tous les espoirs étaient permis.

Quinze jours plus tard, Léon ferma le théâtre pour que la scène fût à notre disposition aussi bien le soir que l'après-midi. Tout s'annonçait bien, et le vieux Lehmann disait : « Au premier jour d'ouverture de la location, il y aura la queue sur le trottoir jusqu'à la rue La Bruyère. »

Un soir, à minuit, après deux longues répétitions, je n'eus pas la force d'aller souper avec Raimu, pour aller dormir chez moi.

Sur les trois heures du matin, des coups de sonnette répétés me réveillèrent : je trouvai devant ma porte Léon et Simone Volterra.

Sans dire un mot, Léon passa devant moi, jeta son chapeau sur un guéridon, et dit :

— Je viens te prévenir : ton ami Raimu ne jouera pas *Fanny*.

Il était pâle et mordait ses dents avec tant de force qu'on voyait se gonfler les muscles sous chaque oreille.

Je crus à un malheur.

— Il est mort ?

— Oui, dit Léon. Pour moi, il est mort. Par qui veux-tu le remplacer ?

Je fus stupéfait, car je les avais quittés fort bons amis. Je demandai :

— Que s'est-il passé ?

— C'est une affaire personnelle. Je te donne ma parole que cet individu ne remettra jamais les pieds chez moi.

Je regardai la Patronne. Elle me présenta un profil impérial, et ne dit rien.

Je compris qu'ils avaient sans doute passé la soirée ensemble et qu'après un souper au Fouquet's ou au Maxim's Jules, une fois de plus, s'était mis en colère et avait donné une petite représentation publique du plus mauvais goût. J'espérai cependant que des injures proférées après une heure du matin ne justifiaient que faiblement une rupture définitive, après une collaboration de tant d'années, et qu'il suffirait de gagner du temps.

— Asseyez-vous, dis-je, et buvons d'abord quelque chose, car je ne suis pas tout à fait réveillé, et je me demande si je ne rêve pas.

La Patronne prit un siège, mais Léon resta debout, muet, les poings dans les poches.

Je servis, en silence, trois petits verres de Chartreuse jaune. Léon répéta :

— Qui veux-tu que j'engage à sa place ?

— Il faut prendre une décision tout de suite, dit la Patronne. Nous avons pensé à Francen ou à Harry Baur.

— Ma chère Patronne, dis-je, je ne sais pas ce qui s'est passé, mais je vois que vous êtes tous les deux en colère, et qu'il est trois heures du matin. Il serait tout à fait déraisonnable de prendre une décision avant d'avoir dormi.

— La mienne est prise, dit Léon. Viens demain de bonne heure à la répétition et tu assisteras à son exécution publique.

Ils sortirent, sans avoir touché à leurs verres. J'étais un peu inquiet, mais persuadé que l'affaire serait arrangée dès le lendemain.

Quel pouvait être le motif de cette décision radicale ? J'essayai de téléphoner à Jules. Point de réponse. Pensif, je pris un verre de Chartreuse pour me réconforter.

Je l'avalai d'un trait, et je fus tout à coup écœuré : assez mal informé sur la coloration des alcools, et trompé par la belle couleur jaune d'or, j'avais servi de l'huile d'olive.

Le lendemain matin j'appelai Jules ; sa fidèle concierge me répondit qu'il venait de sortir. À midi, il n'était pas rentré.

Lorsque j'arrivai au Théâtre de Paris, la répétition était déjà commencée. Charpin et Demazis étaient en scène. Au milieu de l'orchestre, je vis Léon et la Patronne, siégeant côte à côte. Au premier rang, quelques acteurs qui attendaient leur tour. Raimu n'était pas là.

J'allai m'asseoir près de Léon. Il écoutait les comédiens, immobile et froid comme un marbre, et la Patronne n'accordait pas le moindre sourire aux effets comiques de Charpin, qui d'ailleurs ne faisaient rire personne, pas même lui…

À la fin de la scène, Raimu entra sur le plateau par le fond. Le chapeau sur la tête, son manuscrit sous le bras. Il s'avança vers Charpin et dit son texte.

— Ô Panisse, pourquoi tu t'enfermes comme ça ? C'est pour compter tes sous, vieux grigou ?

Maître Panisse n'eut pas le temps de lui répondre. Volterra s'était levé, et il dit d'une voix forte :

— Monsieur Raimu, allez consulter le billet de service.

Jules, surpris, hésita un instant, et sortit, car le billet de service était affiché tous les jours dans le couloir des loges.

Il y eut un lourd silence. Tous les comédiens l'avaient lu, ce billet. Il disait : « M. Raimu ayant gravement manqué de respect à son directeur, son contrat est résilié. »

Raimu reparut. Il s'avança jusqu'à la rampe, et dit simplement :

— À qui faut-il remettre le manuscrit ?

— À M. Henriot, dit Léon.

Le régisseur s'avança vers Jules, qui lui tendit le gros cahier rouge, puis, sans mot dire, nous tourna le dos et sortit de scène. Pendant trente secondes, personne ne parla, ni ne bougea.

Je le rejoignis dans l'entrée du théâtre.

— Jules, dis-moi ce qui se passe.

— Il se passe que M. Volterra m'a résilié.

— Dis-moi pourquoi.

— Ça n'arrangerait rien.

— Écoute : je sais bien que cette brouille ne durera pas plus de huit jours, et ce sera huit jours de perdus pour notre travail. Est-ce que tu ne trouves pas que c'est ridicule ? Dis-moi d'abord : qui est-ce qui a commencé ?

— Si tu me le demandes, c'est parce que tu crois que c'est moi ! Par conséquent, tu lui donnes raison !

— Je ne donne raison ni à l'un ni à l'autre, puisque je ne sais même pas de quoi il s'agit ; mais je sais que dans toutes vos querelles, c'est toi qui as crié le premier...

— C'est peut-être moi qui crie le premier, mais ce n'est jamais moi qui commence la dispute. Je crie, parce qu'on me dit des choses qui me font crier.

— Puisque tu avoues que tu as crié le premier, c'est à toi de faire le premier pas... Si tu veux, je vais lui dire que tu regrettes ce qui s'est passé, qu'une amitié de trente ans ne peut pas finir aussi bêtement... Qu'en penses-tu ?

— J'en pense que si tu tiens absolument à lui dire quelque chose de ma part, je te charge de lui affirmer que je suis heureux d'être enfin délivré de cet esclavage, et que par sa perfidie, il vient de me rendre un grand service.

— Et ma pièce ?

— Tu n'as qu'à la lui reprendre : je te la jouerai ailleurs.

Il me quitta brusquement, en faisant sonner le trottoir sous ses talons.

En rentrant dans le hall, j'y trouvai Léon. Il vint vers moi, l'œil mauvais.

— Qu'est-ce que t'a dit cet imbécile ?

— Évidemment, il n'est pas content... Il a été surpris par cette décision extraordinaire... Mais j'ai espoir qu'avant trois jours il reviendra s'expliquer, et sans doute s'excuser...

— Ce serait amusant ! Ça me plairait de le mettre à la porte une seconde fois ! Par qui veux-tu que je le remplace ?

— Personne ne peut le remplacer. Il nous manque déjà Fresnay et Alida. Sans lui, il vaut mieux remettre *Fanny* à l'année prochaine. Parce que je vous connais tous les deux, et je sais bien que tout ça finira par un grand dîner quand ce sera trop tard.

— Jamais, entends-tu ? Jamais ce monsieur ne reparaîtra dans mes théâtres. Jamais ! Tu peux le lui dire de ma part.

Les répétitions continuèrent, le rôle de César étant lu par le régisseur. Cependant, je faisais la navette entre les deux ennemis, en édulcorant grandement les déclarations que chacun d'eux me chargeait de transmettre à l'autre, et qui se réduisirent très vite à des insultes, puis à des accusations aussi graves que ridicules.

Naturellement, ce fut Raimu qui trouva la plus forte.

Léon aimait à raconter qu'au temps de sa jeunesse il avait été marchand de programmes à la sauvette devant les théâtres ou les music-halls.

Ces programmes, imprimés sans autorisation par un entrepreneur pirate, faisaient une concurrence déloyale à ceux de l'établissement ; parfois la police conduisait au poste les vendeurs. Les jours de rafle, Léon y retrouvait plusieurs confrères ; un garçon du bar voisin leur apportait de la bière ; ils commençaient alors une belote, et le brigadier de service arbitrait les coups douteux. À minuit, on les libérait, sans autre sanction...

— Ça nous arrivait une fois par mois, avait dit Léon.

C'est pourquoi, à ma cinquième tentative de conciliation, comme je demandais à Jules de réfléchir, et de reconnaître qu'il n'avait jamais eu l'intention d'insulter son directeur, il répliqua :

— Tu diras à ton ami que jamais je ne retournerai me mettre sous les ordres d'un pilier de commissariat de police.

Ils finirent d'ailleurs par m'insulter moi-même, et j'abandonnai la partie, mais je m'irritai à mon tour :

— Mon cher Léon, dis-je, votre querelle est peut-être très intéressante, mais je ne veux pas en faire les frais, car nous courons à un four. Je retire donc ma pièce ; je vous la rendrai quand vous serez réconciliés.

— Tu ne me la rendras donc jamais.

— Dans ce cas, je la présenterai dans un autre théâtre, dont le directeur fera passer l'intérêt de l'ouvrage avant ses querelles personnelles.

— C'est-à-dire que tu prends le parti de ton ami Raimu !

— En aucune façon. Le parti que je prends, c'est le mien. Et je vous retire *Fanny*.

— Je te remercie de ta gentillesse, mais je dois te signaler que tu commets une erreur. Crois-tu vraiment que tu as le droit de me reprendre ta pièce ?

— Certainement. La distribution devait être faite d'un commun accord. Elle a été faite, et on n'y peut plus rien changer sans l'assentiment des deux parties. Or, je refuse le mien, et je reprends mes droits.

Léon fit un petit sourire.

— Tu ignores donc ce que dit le contrat entre les directeurs et la Société. Il précise que si un acteur de la troupe n'obéit pas au directeur, celui-ci a le droit de le remplacer par un autre acteur que l'auteur devra désigner. J'attends donc ton choix.

— Et si je refuse de choisir ?

— Tu devras me rembourser d'abord tous les frais engagés, plus une indemnité pour les bénéfices que je pouvais espérer. On les évaluera d'après ceux de *Marius*, qui sont considérables. D'autre part, il te faudra indemniser tous les comédiens pour les répétitions, et payer leurs salaires pour trente représentations. Remarque que je suis bon prince : si tu veux véritablement prendre à ta charge tous ces frais, donne-moi trois millions et n'en parlons plus !

Cette somme, en 1931, correspondait à plus de cent cinquante millions de francs Pinay. Mon agent, Morazzani, me dit que la demande était peut-être exagérée, mais qu'elle était solidement fondée, et qu'il valait mieux capituler.

Léon me dit alors :

— Je te propose encore une fois Harry Baur qui a brillamment créé ta pièce *Jazz*, et qui l'a menée jusqu'à ta première centième. C'est un grand comédien, et très certainement supérieur à « ton ami ». Mais il faut l'engager dans les trois jours, sinon il va signer ailleurs.

Harry Baur fut l'un des plus grands acteurs de notre temps. Son autorité, sur la scène ou sur l'écran, était souveraine. Il passait sans effort du drame le plus noir à la comédie bouffe, et il savait son métier aussi bien que l'illustre Lucien Guitry.

D'autre part, il avait fait à Marseille une partie de ses études, et son accent était d'un naturel parfait.

Cependant, je savais que le public, avant de l'avoir vu sur la scène, regretterait l'absence de Raimu, aggravée par celle de Fresnay et d'Alida Rouffe. La partie à jouer serait bien difficile : c'était l'avis des machinistes, de la buraliste, et de Lehmann.

À l'ouverture de la location, quelques jours avant la générale, on ne vit point cette queue qui devait remonter jusqu'au coin de la rue La Bruyère. Seule, derrière son guichet, Juliette mordillait son inutile crayon bleu. Les agences théâtrales, dont la confiance assure au moins le départ d'une pièce, les riches agences ne retenaient pas un seul rang de fauteuils, ni même un fauteuil…

La veille de la générale, Lehmann m'annonça que deux places étaient louées pour la première. Il ne décolérait pas.

— Deux fauteuils loués ! disait-il. Pas trois, pas quatre. Deux ! Dans toute ma carrière, dans les pires catastrophes, je n'ai jamais vu ça ! Voilà comment ils sont ! Ça vient vous pleurer dans le gilet pour réclamer la suite, et ça vous laisse tomber froidement ! Et pourquoi ? Parce qu'on leur a changé trois acteurs ! Ils n'ont même pas la curiosité de voir M. Harry Baur, qui est formidable, ni la pièce de l'auteur, qui est bien mieux que *Marius*... Enfin, il n'y a rien à faire, c'est comme ça.

Le soir de la générale arriva. Volterra avait fait grandement les choses.

Les vastes salons du Théâtre de Paris étaient tapissés par plus de cent toiles de Salomon, qui n'avait pas osé se montrer. L'éclairage avait été doublé par les soins de Valentin, et il y avait, au pied des murs, de grandes corbeilles de fleurs de mimosa, que les ouvreuses distribuaient aux dames.

Lehmann était sombre. Il n'avait pas eu à refuser (car c'était son jour de souveraineté) la cinquantaine d'hirondelles de générale qui se traînaient d'ordinaire à ses pieds pour obtenir le strapontin auquel elles n'avaient pas droit.

Une vieille ouvreuse me dit à mi-voix :

— Ils n'ont pas l'air chauds. Ils parlent tous de Raimu et de Fresnay.

J'allai voir Baur dans sa loge. J'y trouvai notre directeur, qui fumait un cigare, et qui me parut non seulement optimiste, mais joyeux.

— Tu vas voir, me dit-il, que l'on peut se passer de ton ami !

Baur parachevait son maquillage. Charpin entra, rayonnant.

— Regardez-le, dit Baur. Il sait bien qu'il a le plus beau rôle !

— Oui, dit Charpin gentiment. C'est moi qui ai le plus beau rôle, mais ce n'est pas moi qui ai le plus grand talent.

À la fin du premier acte, la partie semblait gagnée, et nos espions de l'entracte vinrent nous rapporter les propos rassurants qu'ils avaient entendus dans les salons. Harry Baur avait un grand succès personnel, et Milly Mathis, dans la dernière scène de l'acte, avait conquis toute la salle par sa verdeur spontanée, et la fraîcheur d'une voix éclatante.

Le second acte fut coupé plusieurs fois par des applaudissements, et lorsque Orane Demazis, entre Harry Baur et Charpin, revint saluer le public, des centaines de bouquets de mimosa tombèrent sur la scène, et la représentation fut un grand succès.

Lehmann, tout ragaillardi, me dit :

— Je crois que nous sommes sauvés, mais il faut attendre la critique : les comptes rendus ne paraîtront qu'après-demain et la location va démarrer l'après-midi.

Nous allâmes souper en pleine euphorie.

Le lendemain matin, vers dix heures, le téléphone me réveilla. C'était Lehmann.

— Viens tout de suite : le Patron veut te voir.

— Pourquoi ?

— Ma foi, je n'en sais rien... Peut-être quelques petites coupures...

— Dis-lui qu'après le succès d'hier au soir, je ne vois absolument rien à couper.

— Viens le lui dire toi-même.

Et il raccrocha.

Inquiet et furieux, je partis pour le théâtre.

Une longue queue sortait du hall, et s'allongeait sur le trottoir de la rue Blanche.

Lehmann, triomphal, m'accueillit.

— La queue n'arrive pas encore à la rue La Bruyère, mais elle l'atteindra vers midi...

Il n'était nullement question de coupures. Le Patron, grand expert en publicité, avait demandé un service d'ordre, comme s'il redoutait quelque bagarre, et trois superbes gardiens de la paix, visibles de fort loin, canalisaient le flot descendant : alors Lehmann téléphona aux « échotiers » qu'il avait dû appeler la police pour contenir « la ruée d'une foule en délire », pendant que Juliette, avec une rapidité magique, distribuait loges et fauteuils.

Voilà l'un des mystères du théâtre, car il ne s'agit pas d'un fait unique, mais d'un cas général.

Dix heures à peine après le dernier rideau, tous ces gens, au réveil, avaient appris notre succès, avant que l'opinion des critiques se fût exprimée dans les journaux... D'ailleurs, pour un échec, le résultat est inversement le même.

Une seule explication vient à l'esprit ; les spectateurs de la générale ont téléphoné à leurs amis, mais c'est difficilement croyable. Il faudrait que plusieurs centaines d'entre eux aient pris la peine d'appeler leurs connaissances vers une heure du matin, ou dès leur réveil. On peut invoquer également les courtes notes du « soiriste » qui paraissent dans quelques journaux du matin, mais cette explication qui me semble insuffisante est sans doute la seule possible, et elle prouve le très grand intérêt que le public parisien accorde à l'art dramatique.

Finalement, quoique la carrière de la pièce ait été brillante, ses recettes n'atteignirent pas celles de *Marius*. On ne loua pas les gradins, ni le strapontin à vapeur, et il y eut souvent quelques places vides à l'orchestre, astucieusement remplies par Lehmann qui faisait descendre sans supplément quelques spectateurs des galeries, en leur disant que M. Volterra venait de lui ordonner de leur faire cette « gracieuseté ».

Le grand triomphateur, ce fut Salomon.

Dès le premier jour, des spectateurs, séduits par la lumière des tableaux exposés dans les halls, demandèrent au contrôle s'ils n'étaient pas à vendre.

L'astucieux Lehmann fit d'abord l'ignorant, parla de « collection particulière », et promit d'en parler au peintre, et à M. Volterra.

Léon consulta Salomon sur les prix qu'il fallait demander. Salomon répondit par un chiffre ridicule, que Léon feignit d'accepter, mais qu'il ordonna à Lehmann de tripler, en prévenant les acheteurs que les toiles ne leur seraient livrées qu'à la fin des représentations.

Le succès fut immédiat, mais Lehmann n'en dit rien au peintre, qui venait chaque jour « faire un petit tour » au théâtre, et voyait avec une grande inquiétude que la collection restait toujours complète... Enfin, un soir, Léon, qui avait le cœur bon, l'appela dans son bureau, et lui tendit un chèque si important que Salomon crut d'abord à une méchante plaisanterie ; mais quand il comprit que c'était un vrai chèque, il ouvrit des yeux énormes, et s'écria :

— Ce coup-ci, je vais me payer quelque chose...

Il reparut le soir dans un costume de golf, avec des chaussures anglaises à semelle épaisse, des bas verts, le pantalon bouffant, et une casquette à carreaux.

— Ho ho ! dit Volterra, tu sais jouer au golf ?

— Non, dit Salomon, et je n'essaierai jamais ; mais le costume me plaît. Il est commode. Il y a de grandes poches... Et puis, j'en avais envie depuis dix ans...

Ce ne fut pas un très grand peintre, mais un vrai peintre, qui a connu de belles réussites. Il m'a montré plus tard, avec une légitime fierté, un numéro d'une revue d'art américaine qui était consacré à son exposition de New York, où il avait eu un très grand succès. Sa peinture est simple et franche, ses couleurs rendent admirablement la Méditerranée et le ciel de Provence, et l'on a toujours plaisir à les regarder.

Vers la 400e, on ne jouait plus à bureaux fermés, sauf le samedi, et parfois le dimanche après-midi.

Cependant, Léon pensait que la pièce avait encore « cent cinquante représentations dans le ventre » ; mais sa carrière fut écourtée par ma faute.

Le succès du film tiré de *Marius*, les merveilleuses ressources que le nouvel art mettait à la disposition de l'auteur, et son extra-ordinaire puissance de diffusion m'avaient ébloui... Le distribu-teur m'annonçait qu'avec deux cents copies *Marius* était joué 150 fois par jour dans les salles de Paris et de province. Pour des gens de théâtre, qui fêtaient alors une centième comme un glorieux événement, c'était un miracle comparable à celui de l'invention de l'imprimerie pour les écrivains : c'est pourquoi j'attendais avec impatience le moment de porter *Fanny* à l'écran, et je voyais avec un coupable plaisir la baisse progressive des recettes du théâtre.

J'avais déjà établi le scénario et les dialogues du film, en ajoutant à la pièce quelques scènes qu'on n'aurait pu réaliser au théâtre.

Ce film, j'avais résolu d'en être le producteur, car la Paramount venait de massacrer *Topaze*. J'en parlai à mon ami Roger Richebé et nous fondâmes une société de production, avec l'intention de tourner en juin, en confiant la mise en scène à Marc Allégret, qui fut l'un des premiers cinéastes à comprendre les richesses de l'art nouveau.

Lorsque j'annonçai – assez timidement – que le film serait réalisé pendant l'été 1932, Volterra se fâcha tout rouge, et m'appela « renégat ».

C'était en effet l'époque où le film parlant semblait devoir ruiner le théâtre en lui prenant ses salles, ses comédiens et son public. Les directeurs de théâtre se plaignaient amèrement de cette invasion, comme font aujourd'hui les exploitants de cinéma, durement touchés par la télévision.

J'expliquai à Léon qu'à mon avis le film tiré de *Fanny* relancerait la pièce, qui allait atteindre sa 400ᵉ, et dont les recettes fléchis-saient. Cette explication ne fit que l'irriter davantage : il m'annonça solennellement qu'il arrêterait les représentations théâtrales le jour même de la sortie du film.

Je savais qu'il le ferait, mais l'entreprise cinématographique me parut beaucoup plus importante que la prolongation de la pièce, et mon manuscrit fut réalisé en 1932 par Marc Allégret avec une sensibilité et une autorité qui eurent une grande part dans le succès de l'ouvrage.

Il me fut assez pénible de reprendre à Baur, à Berval, à Madame Chabert les rôles qu'ils avaient créés sur la scène, pour les rendre sur l'écran aux interprètes du film précédent ; en effet, les distributeurs et les exploitants avaient été formels : l'immense clientèle des cinq mille salles attendait Raimu, Fresnay et Alida, et n'accepterait aucun remplaçant. Leur thèse me fut confirmée plus tard.

Volterra arrêta les représentations pendant que le film était encore au montage : puis il exigea une projection privée, et vit notre ouvrage le premier, sans un mot, et sans un sourire. Enfin, il déclara :

— Moralement, ce film m'appartient. Si tu es honnête, tu vas m'en réserver l'exclusivité à Paris, pour mon cinéma de Marigny.

Ce fut une grande réussite, et Léon me rendit son amitié, c'est-à-dire qu'il renonça à me parler d'un air glacé et les poings dans les poches.

Lorsque j'avais constaté que *Fanny*, sur la scène, n'avait pas eu une réussite égale à celle de *Marius*, j'en avais tiré diverses conclusions. J'avais d'abord pensé que Pierre Brisson avait raison, et qu'une « suite » n'inspirait pas confiance au public ; puis, que le sujet de mon ouvrage était trop banal ; mais les résultats de l'exploitation des films m'ont appris que je me trompais.

Un distributeur statisticien a établi que depuis trente ans, lorsque les trois films passent dans la même salle, à quelques semaines d'intervalle, si la recette de *Marius* est 100, celle de *Fanny* est 108, celle de *César* 95.

J'en conclus donc que l'absence de Raimu, de Fresnay et d'Alida Rouffe a pesé lourdement sur le succès de l'ouvrage au théâtre, malgré l'excellence de leurs remplaçants qui étaient longuement applaudis chaque soir. Le public est fidèle, et il a bonne mémoire.

Dans le film de *Fanny*, Dullac, malade, n'avait pu tenir son rôle d'Escartefigue. Nous l'avions remplacé par Mouriès, qui l'avait longuement joué dans les tournées avec beaucoup de succès : j'ai reçu à ce sujet plus de cent lettres de protestation, et il m'arrive encore d'en recevoir aujourd'hui.

On a tiré deux films étrangers de cet ouvrage, l'un en italien, l'autre en anglais et, à ce propos, voici un petit mystère de linguistique.

Dans le Midi, lorsqu'une équipe de pétanque perd la partie sans marquer un seul point, l'usage veut qu'elle « baise Fanny » avec une certaine solennité.

On va alors chercher au bar voisin, ou au cercle, un assez grand tableau – œuvre d'un amateur du pays – qui représente la partie la plus charnue d'une plantureuse créature. Alors les vaincus s'agenouillent, et baisent tour à tour, fort humblement, ces fesses rebondies.

Or, le mot Fanny, en Amérique, désigne précisément la même chose, et il est considéré comme un mot d'une très choquante grossièreté ; c'est pourquoi, à la sortie du film à New York, un grand critique commença ainsi son article :

« Enfin, il est possible d'imprimer le mot Fanny dans un journal ! »

Cet usage étrange d'un joli prénom nous serait-il venu d'Amérique ? Je crois plutôt qu'il y fut importé, après la guerre de 1914, par quelques boys, qui avaient appris à jouer à la pétanque, et qui eurent sans doute, à leurs débuts, l'occasion de « baiser Fanny ».

Nous avions dîné ensemble, avec Berval, au restaurant de Titin, lorsque vers dix heures un riche négociant marseillais entra, et vint nous saluer, puis il dit au comédien :

— Vous ne jouez donc pas dans *Fanny* ?

— Oui, dit Berval. Mais j'entre en scène au début du dernier acte.

— Vous avez donc accepté de jouer une panne ?

— J'entre en scène à onze heures, dit Berval, mais depuis neuf heures moins dix, M. Harry Baur, Orane Demazis et Charpin parlent de moi... C'est le meilleur rôle de la pièce !

En effet, dès son entrée, le public l'applaudissait avant qu'il eût dit un mot.

Jeunes comédiens, méditez cette parole d'un ancien qui savait son métier, et quand vous serez en état de choisir, n'acceptez jamais un rôle sans entrées ni sorties, et qui n'est pas en situation.

À Orane Demazis,
je dédie cette pièce.

« Elle a été *Fanny* elle-même, tellement *Fanny* que nous ne pourrions pas l'imaginer différente. L'émotion profonde avec laquelle elle a lancé, au dernier tableau, le couplet sur la naissance de l'enfant, a magnifié sa création. Si l'ombre de Réjane erre encore sur le proscenium de ce théâtre, elle a dû frémir de joie. »

René FAUCHOIS

Fanny, *pièce représentée pour la première fois à Paris le 5 décembre 1931,*
sur la scène du Théâtre de Paris.

PERSONNAGES

	Mmes
FANNY	*Orane Demazis*
HONORINE	*Chabert*
CLAUDINE	*Milly Mathis*
LA COMMISE	*Thérésa Renouard*

	MM.
CÉSAR	*Harry Baur*
PANISSE	*Charpin*
MARIUS	*Berval*
ESCARTEFIGUE	*Dullac*
M. BRUN	*Vattier*
LE CHAUFFEUR	*Maupi*
LE FACTEUR	*H. Vilbert*
LE DOCTEUR	*E. Delmont*
MARIUS TARTARIN	*Meret*
RICHARD	*H. Henriot*
L'ANNAMITE	*Marc Derris*
L'ITALIEN	*Vanolli*

ACTE PREMIER

PREMIER TABLEAU

Le décor représente le bar de César.

Il est deux heures de l'après-midi, au mois d'août. Au-dehors, le soleil écrasant sur le port.

À gauche, au premier plan, M. Brun, Panisse et Escartefigue sont assis. M. Brun boit un café crème. Panisse et Escartefigue boivent du vin blanc qu'ils versent dans un entonnoir rempli de glace.

Au comptoir, le chauffeur d'Escartefigue, déguisé en garçon de café, rince des verres.

César, debout, l'air sombre, les cheveux plus blancs qu'autrefois, se promène, sort et rentre. Il porte à la main une petite raquette en toile métallique, pour tuer les mouches. De temps à autre, il frappe brusquement sur le comptoir ou sur une table.

Scène I

CÉSAR, M. BRUN, PANISSE, ESCARTEFIGUE, LE CHAUFFEUR

PANISSE. — Moi, monsieur Brun, si j'étais Napoléon – pas Napoléon Barbichette, je veux dire le vrai Napoléon –, si j'étais Napoléon...

CÉSAR *(brusquement)*. — Il est mort.

PANISSE *(interloqué)*. — Oui, je sais. Mais je dis simplement : « Moi, si j'étais Napoléon... »

CÉSAR *(avec force)*. — Il est mort. On te dit qu'il est mort !...

M. BRUN *(aimable)*. — Oui, nous savons qu'il est mort. Mais vous voulez dire : « Si j'avais été Napoléon pendant que Napoléon vivait encore... »

PANISSE *(ravi)*. — C'est ça ; si j'avais été Napoléon pendant que Napoléon vivait encore... Eh bien ! moi, j'aurais... *(Il cherche ce qu'il allait dire.)*

CÉSAR *(précis)*. — Qu'est-ce que tu aurais ?...

PANISSE. — J'aurais... j'aurais... *(Découragé.)* Ça y est... Tu m'as fait oublier ce que j'allais dire...

M. BRUN. — Quel dommage !

CÉSAR *(en sortant)*. — Gâteux ! Simplement gâteux !

ESCARTEFIGUE (*à voix basse*). — Ça y est ! Tu as ton paquet. Ça recommence ! Depuis un mois que son fils est parti, on ne sait plus par quel bout le prendre ! Il n'est plus possible de venir dans ce bar sans se faire…

César est entré, et il fait le tour de la salle.

PANISSE (*à voix basse*). — Attention ! Le voilà !

M. BRUN (*à haute voix*). — Alors capitaine, vous ne travaillez pas aujourd'hui ?

PANISSE. — Nous sommes du jury. Nous attendons le président, M. Gadagne, qui va venir nous chercher.

CÉSAR (*avec pitié*). — Du jury ! On aura tout vu !

M. BRUN (*admiratif*). — Du jury ! Fichtre !

ESCARTEFIGUE (*modeste*). — Eh ! oui, fichtre !

M. BRUN. — Mais votre ferry-boat ? Est-ce que vous ne devez pas faire vingt-quatre traversées par jour ?

ESCARTEFIGUE. — Eh ! oui, je dois les faire puisque je suis payé pour ça. Mais chaque année, au moment du concours, mon bateau a besoin de passer au radoub, pour rafraîchir la peinture sous-marine. Et ça dure quatre jours.

M. BRUN. — Exactement comme le concours !

ESCARTEFIGUE (*clin d'œil*). — Étrange coïncidence ! Exactement comme le concours. Et voilà pourquoi pendant ce temps, mon chauffeur fait des extras ! (*Il montre le chauffeur au comptoir.*)

M. BRUN (*au chauffeur*). — Tiens, petit, donne-moi encore un croissant.

LE CHAUFFEUR. — Voilà, monsieur Brun.

César s'approche.

CÉSAR. — Félix, tu as l'heure juste ?

ESCARTEFIGUE. — Mais je crois que ta pendule va bien. Il est huit heures précises.

CÉSAR. — Si ma pendule marchait bien, je ne te demanderais pas l'heure qu'il est. Et si ça te fait peine de tirer ta montre, merci quand même !

ESCARTEFIGUE *(serviable)*. — Oh ! mais je la tire, la montre ! Je la tire ! Eh bien, il est huit heures précises, exactement comme ta pendule !

CÉSAR *(sèchement)*. — Merci !

ESCARTEFIGUE. — D'ailleurs, ce n'est pas étonnant : c'est sur ta pendule que je l'ai réglée ce matin.

CÉSAR *(les bras au ciel)*. — Ô bougre d'emplâtre ! Mais où vas-tu les chercher, dis jobastre !

ESCARTEFIGUE. — Jobastre ? Mais je ne vois pas pourquoi tu m'insultes quand je me donne un mal de chien pour te faire plaisir.

M. BRUN *(il tire sa montre)*. — Tenez, César. Il est exactement huit heures quatre à l'horloge des docks.

CÉSAR. — Merci, monsieur Brun. Ça, c'est un renseignement. Huit heures quatre. J'aurais dû savoir qu'il ne faut rien demander d'intelligent à M. Escartefigue, amiral de banquettes de café, commodore de la moleskine !

Il sort.

Scène II

PANISSE, ESCARTEFIGUE,
M. BRUN, LE CHAUFFEUR

PANISSE *(avec bonne humeur)*. — Eh bien, dis donc, tu l'as toi aussi, ton paquet !

ESCARTEFIGUE. — Mais qu'est-ce qu'il a besoin de savoir l'heure astronomique ? Est-ce qu'il veut faire le point ?

PANISSE. — Tu ne vois pas qu'il attend le facteur ?

M. BRUN. — Comme tous les matins !

LE CHAUFFEUR *(en grand secret)*. — Et comme tous les soirs. Il l'attend tout le temps.

ESCARTEFIGUE *(éclairé)*. — C'est donc ça ! Son fils lui envoie une lettre tous les jours ! Et alors, peuchère, il se languit de l'avoir !

PANISSE. — Moi, je crois plutôt qu'il se languit d'avoir la première et que son fils ne lui a pas encore écrit.

LE CHAUFFEUR *(confidentiel)*. — Tout juste ! Et chaque fois que le facteur passe là-devant sans s'arrêter, c'est une scène de tragédie. Oui, monsieur Brun, de la tragédie. Il devient pâle comme la mort. Et quand il n'y a personne dans le bar, il vient regarder ce chapeau.

Il montre un chapeau de paille accroché dans un coin.

PANISSE. — Oui, le chapeau de Marius.

LE CHAUFFEUR. — Il est resté là depuis le départ. Il lui parle, il lui dit des choses que ça vous met les larmes aux yeux. C'est vrai que moi je suis beaucoup sensible…

PANISSE. — Peuchère ! Et la petite Fanny, c'est la même chose !

LE CHAUFFEUR. — Oh ! elle, elle va sûrement mourir d'estransi. Té, ils vont mourir tous les deux !

ESCARTEFIGUE *(indigné)*. — C'est curieux tout de même que son fils ne lui ait pas encore écrit.

M. BRUN. — Mais non, capitaine, c'est tout à fait naturel. Il est parti sur un voilier, et leur première escale c'est Port-Saïd. Il est donc logique de penser que sa première lettre…

LE CHAUFFEUR. — Attention, le voilà…

César fait le tour du bar, dans un grand silence, et sort de nouveau.

M. BRUN. — Cet homme-là va peut-être mourir de chagrin.

PANISSE. — Écoutez, monsieur Brun, il ne mourra pas, non. Mais si cette lettre tarde encore quinze jours, il deviendra fada. *(À Escartefigue.)* Tu verras ce que je te dis.

ESCARTEFIGUE *(tristement)*. — Oh ! je le crois ! il va de plus pire en plus pire. *(Scientifique.)* Moi, j'en ai connu un comme ça, que son cerveau se ramollissait... Ça se fondait tout, là-dedans... Et à la fin, quand il remuait la tête, pour dire « non », eh bien, on entendait « flic-flac... flic-flac ». Ça clapotait.

M. BRUN *(sceptique)*. — Voilà un cas extrêmement curieux.

PANISSE *(sceptique)*. — Oui, c'est bien curieux.

ESCARTEFIGUE. — Tu ne me crois pas ?

PANISSE *(grave)*. — Oh ! que si, je te crois ! Parce que moi j'en ai connu un encore plus bizarre ; au lieu de se ramollir, comme le tien, eh bien le mien, son cerveau se desséchait.

ESCARTEFIGUE *(stupéfait)*. — Par exemple !

PANISSE *(lugubre)*. — Ce pauvre cerveau, petit à petit, il est devenu comme un pois chiche. Et alors, peuchère, quand il marchait dans la rue, ce petit cerveau lui sautait dans sa grande tête – et ça sonnait comme un grelot de bicyclette.

ESCARTEFIGUE *(horrifié)*. — Drelin ! Drelin !

PANISSE. — Surtout quand il marchait sur des pavés !...

Escartefigue reste béant de stupeur et d'horreur. Mais M. Brun éclate de rire. Alors, Escartefigue, un peu vexé, se tourne vers Panisse, qui rit lui aussi.

ESCARTEFIGUE. — Tais-toi, va, fada. Tu vois bien que c'est incroyable, ton histoire !

PANISSE. — Elle est certainement aussi vraie que la tienne !

ESCARTEFIGUE *(il se lève, digne)*. — Honoré, si tu es un homme, dis-moi tout de suite, et devant tout le monde que tu me prends pour un menteur.

PANISSE *(calme et souriant)*. — Mais naturellement, que je te prends pour un menteur.

ESCARTEFIGUE. — Bien. Dans ce cas, c'est tout différent.

Il se rassied, et allume un ninas. César, sur la porte, tourne le dos au public.

Scène III
CÉSAR, HONORINE, PANISSE, ESCARTEFIGUE, M. BRUN

CÉSAR. — Bonjour, Norine.

HONORINE *(elle entre, renfrognée, l'œil mauvais).* — Bonjour.

CÉSAR. — Vous venez commencer la vente ?

HONORINE *(sèchement).* — Comme vous voyez.

PANISSE. — Alors, la petite est encore fatiguée ?

HONORINE. — Ah ! ne m'en parlez pas, vé ! Elle a une mine de papier mâché. Alors, je suis venue faire l'ouverture, et elle viendra me remplacer dans une heure. *(Au chauffeur, qui lui fait passer ses paniers.)* Merci, petit.

ESCARTEFIGUE. — Fanny est malade ?

CÉSAR. — Oui. Elle a pris un froid sur l'estomac.

PANISSE. — Tu n'as donc pas remarqué qu'elle n'est pas venue hier, et que c'est Norine qui a vendu ?

ESCARTEFIGUE. — Non, tiens. J'avais pas remarqué.

M. BRUN. — J'espère que ce n'est pas grave ?

CÉSAR. — Mais non, mais non. C'est un peu de grippe. Une attaque de grippe…

HONORINE *(sarcastique).* — Oui, une attaque de grippe. Et puis, il faut dire aussi que, à cause de certain petit voyou de navigateur, la petite a le cœur brisé – elle a le cœur brisé, la petite. Elle a le cœur brisé, elle en mourra. – Et voilà le père de l'assassin ! Assassin !

César hausse les épaules tristement et sort. En scène, tandis qu'Honorine prépare les paniers de coquillages qu'elle va mettre à l'éventaire, Panisse, Escartefigue et M. Brun l'entourent pour la consoler à voix basse.

PANISSE. — Mais non, Norine. Elle n'en mourra pas... Le temps arrange tout, vous savez...

ESCARTEFIGUE. — Et puis, il ne faut pas en vouloir à César, Norine. Il est encore plus malade que la petite. Nous le disions tout à l'heure encore : nous le voyons déjà parti du ciboulot !

HONORINE *(violente)*. — Oh ! ça, c'est sûr, et ça sera bien fait.

M. BRUN. — Mais non, mais non. Il ne faut rien dramatiser. Fanny est charmante, elle ne manque pas de prétendants... Elle finira par se consoler...

HONORINE. — Mais elle ne mange plus rien ; elle est pâle comme une bougie.

PANISSE. — Et vaï, la jeunesse triomphe de tout !

M. BRUN. — Allez, on ne meurt pas d'amour, Norine. Quelquefois, on meurt de l'amour de l'autre, quand il achète un revolver – mais quand on ne voit pas les gens, on les oublie...

HONORINE *(en sortant, ses paniers dans les bras)*. — On ne les oublie pas toujours, monsieur Brun. J'en ai connu au moins deux qui sont mortes d'amour. Par pudeur, pardi, elles ont fait semblant de mourir de maladie, mais c'était d'amour ! *(Elle sort sur la terrasse, on la voit regarder vers la rue, et dire :)* Déjà ?

Scène IV

FANNY, CÉSAR HONORINE, PANISSE, M. BRUN, ESCARTEFIGUE

FANNY *(paraît)*. — Je m'ennuyais à la maison. Bonjour, César.

CÉSAR. — Bonjour, petite... Tu te sens mieux ?

FANNY. — Mais oui, je me sens très bien... Bonjour, messieurs !

HONORINE. — Pourquoi tu n'es pas restée couchée une demi-heure de plus ?

FANNY. — Mais parce que je me sens très bien, maman. C'est toi qui me crois malade, mais je n'ai rien du tout !

PANISSE. — À la bonne heure !

HONORINE *(grommelant)*. — Rien du tout ! rien du tout !

M. BRUN. — Votre mère vous croyait déjà morte !

FANNY. — Oh ! vous savez, maman exagère toujours ! Les huîtres sont arrivées ?

HONORINE. — Oui. Tu as ici les deux paniers de Bordeaux, et une caisse de moules de Toulon.

FANNY. — Bon.

HONORINE. — Alors, je peux aller à la poissonnerie ?

FANNY. — Mais bien sûr, voyons !

PANISSE. — Nous vous la gardons, Norine !

HONORINE. — Bon. Alors, j'y vais... Mais si la fièvre te reprend, tu fermes la baraque et tu rentres te coucher ?

FANNY. — Oui, si la fièvre me reprend. Mais je te dis que c'est fini !

HONORINE. — Fini, fini... Enfin, ça va bien. *(Elle prend sa balance, et sort. Elle revient.)* Tu as bu le café au lait que je t'avais mis sur la table de nuit ?

FANNY. — Mais oui !

HONORINE. — Bon, bon... Alors, je peux y aller ?

ESCARTEFIGUE. — Mais oui, vous pouvez y aller. Vous ne l'abandonnez pas en pleine mer !

HONORINE. — Bon. Alors, j'y vais. J'y vais. À tout à l'heure. César s'approche de Fanny et caresse ses cheveux.

Scène V

CÉSAR, FANNY, PANISSE

CÉSAR. — C'est vrai que tu te sens mieux ?

FANNY. — Mais oui, c'est vrai. Vous ne le croyez pas ?

CÉSAR. — Oui, tu es peut-être mieux, mais tu n'es pas encore bien brillante ! Ah non !… Ah non !

FANNY. — Et vous, César, ça va bien ?

CÉSAR *(avec force)*. — Ça va très bien. Ça va le mieux du monde. J'ai dormi comme un prince. Comme un prince !

PANISSE *(bas)*. — Peuchère ! Il en a tout l'air !

À ce moment, un gros homme s'approche de l'éventaire de Fanny. Il est vêtu du costume classique de Marius : guêtres de cuir, casque colonial. Il est ventru et porte la barbe à deux pointes. Il parle avec un extraordinaire accent de Marseille.

Scène VI

LE GROS HOMME, FANNY

LE GROS HOMME. — Hé biengue, mademoiselle Fanylle, est-ce que votre mère n'est pas ici ?

FANNY. — Non, monsieur. Elle vient de partir à la poissonnerie.

LE GROS HOMME. — À la poissonnerille ? Ô bagasse tron de l'air ! Tron de l'air de bagasse ! Vous seriez bien aimable de lui dire qu'elle n'oublille pas ma bouillabaisse de chaque jour, ni mes coquillages, bagasse ! Moi, c'est mon régime : le matin, des coquillages. À midi, la bouillabaisse. Le soir, l'aïoli. N'oubliez pas, mademoiselle Fanylle !

FANNY. — Je n'oublierai pas de le lui dire. Mais à qui faut-il l'envoyer ?

LE GROS HOMME. — À moi-même : M. Mariusse, 6, rue Cannebière, chez M. Olive.

FANNY. — Bon.

LE GROS HOMME. — Et n'oubliez pas, ô bagasse ! Tron de l'air de mille bagasse ! Ô bagasse !

Il sort. Tous se regardent, ahuris.

Scène VII
ESCARTEFIGUE, CÉSAR, FANNY, PANISSE, M. BRUN

ESCARTEFIGUE. — Mais qu'est-ce que c'est que ce fada ?

CÉSAR. — C'est un Parisien, peuchère. Je crois qu'il veut se présenter aux élections.

ESCARTEFIGUE. — Mais pourquoi il dit ce mot extraordinaire : bagasse ?

FANNY. — Il le répète tout le temps.

PANISSE. — Tu sais ce que ça veut dire, toi ?

FANNY. — Je ne sais pas, moi, je suis jamais allée à Paris. Nous aussi nous avons des mots qu'un Parisien ne comprendrait pas.

CÉSAR. — Bagasse ? Pour moi, c'est le seul mot d'anglais qu'il connaisse, alors, il le dit tout le temps pour étonner le monde.

M. BRUN. — Eh bien, c'est bizarre, mais je le croyais Marseillais.

CÉSAR. — Marseillais ?

PANISSE. — Oh ! dites, vous êtes pas fada ?

M. BRUN. — Dans le monde entier, mon cher Panisse, tout le monde croit que les Marseillais ont le casque et la barbe à deux pointes, comme Tartarin et qu'ils se nourrissent de bouillabaisse et d'aïoli, en disant « bagasse » toute la journée.

M. CÉSAR *(brusquement)*. — Eh bien, monsieur Brun, à Marseille, on ne dit jamais bagasse, on ne porte pas la barbe à deux pointes, on ne mange pas très souvent d'aïoli et on laisse les casques pour les explorateurs – et on fait le tunnel du Rove, et on construit vingt kilomètres de quai, pour nourrir toute l'Europe avec la force de l'Afrique. Et en plus, monsieur Brun, en plus, on emmerde tout l'univers. L'univers tout entier, monsieur Brun. De haut en bas, de long en large, à pied, à cheval, en voiture, en bateau et vice versa. Salutations. Vous avez bien le bonjour, Gnafron.

Il sort.

Scène VIII

M. BRUN, PANISSE, ESCARTEFIGUE

M. BRUN. — C'est pour moi, tout l'univers ?

PANISSE. — Ce n'est pas spécialement pour vous – mais tout de même, vous en faites partie.

M. BRUN. — Et Gnafron, c'est dur.

ESCARTEFIGUE. — On ne peut plus venir dans ce café sans se faire insulter.

PANISSE. — Tu vois bien que c'est un homme qui souffre. Va, sûrement, le chauffeur a raison, son fils ne lui a pas écrit.

M. BRUN. — Et ce qui lui fait le plus de mal, c'est qu'il ne veut pas l'avouer à personne : voilà le pire.

PANISSE. — Naturellement. Il se garde tout son chagrin sur l'estomac, alors, ça fermente, ça se gonfle, et ça l'étouffe.

ESCARTEFIGUE *(sentencieux)*. — Au fond, voyez-vous, le chagrin, c'est comme le ver solitaire ; le tout, c'est de le faire sortir.

PANISSE. — Tu as raison, Félix. Mais nous, nous n'allons pas le laisser mourir sur place parce qu'il ne veut pas parler. Il faut le sauver.

ESCARTEFIGUE. — Et comment tu veux faire ? Tu ne peux pas lui rendre son fils ?

PANISSE. — Non. Mais il faut provoquer ses confidences. Habilement, comme tu penses. Moi, je suis sûr que s'il nous en parle, ça le soulagera, ça lui dégagera le cerveau.

M. BRUN. — Fort bien raisonné.

ESCARTEFIGUE. — En somme, tu veux lui ouvrir la soupape pour lâcher un peu de vapeur et diminuer la pression ?

PANISSE. — C'est ça.

M. BRUN. — Ce ne sera pas facile, mais on peut toujours essayer.

ESCARTEFIGUE. — Après tout, il ne nous mangera pas.

PANISSE. — Non, mais peut-être il va nous lancer le siphon à la figure.

M. BRUN. — Non, moi, je ne crois pas. Il va tout simplement gueuler.

ESCARTEFIGUE. — Oh ! ça, cocagne !

PANISSE. — Monsieur Brun, vous ne le connaissez pas. Il est violent, vous savez...

ESCARTEFIGUE. — Oui, quand il s'y met, c'est terrible.

PANISSE. — Écoute, Félix, la situation est grave. Dans huit jours, ça sera trop tard.

ESCARTEFIGUE. — Honoré, tu as raison. Il va gueuler, il va faire un scandale, il va peut-être tout casser, mais tant pis. Hésiter une seconde, ça serait une lâcheté. Nous devons le faire, nous allons le faire. Vas-y, Honoré.

PANISSE. — Moi ?

M. BRUN. — Pourquoi pas ?

PANISSE. — Bon. J'y vais. Tu me soutiendras ?

ESCARTEFIGUE *(stratégique)*. — Compte sur moi – je suis la deuxième escadre sous-marine. Je te suis… de loin, et pendant qu'il répond à ta bordée, moi, je plonge… et pan ! je le torpille !…

PANISSE. — Alors, on y va… Qué, monsieur Brun ?

M. BRUN. — Ne craignez rien, j'interviendrai.

PANISSE. — Allons-y.

ESCARTEFIGUE. — Fais-y l'attaque.

Panisse tousse, affermit sa voix, se lève et se dirige vers César.

Scène IX

PANISSE, CÉSAR, M. BRUN, ESCARTEFIGUE, L'ANNAMITE

PANISSE. — César, tu attends quelqu'un ?

CÉSAR *(brusquement)*. — Moi ? Pourquoi veux-tu que j'attende quelqu'un ?

PANISSE. — Je ne sais pas, moi. Depuis une heure, tu es là à t'agiter, à regarder la pendule…

CÉSAR. — Moi ? J'ai regardé la pendule ?

PANISSE. — Eh bien ! il m'a semblé que tout à l'heure…

CÉSAR *(doucement)*. — Monsieur Panisse, pourquoi m'espionnes-tu ? Par qui es-tu payé ? À quoi ça te sert ?

PANISSE. — Monsieur César, je ne t'espionne pas.

CÉSAR. — Pourquoi viens-tu avec des yeux luisants de policier me demander si j'attends quelqu'un ?

PANISSE. — Mais, César, dans le fond, que tu attendes quelqu'un, ou que tu n'attendes personne, j'ai l'honneur de vous informer que je m'en fous complètement.

CÉSAR. — Je ne te demande rien d'autre.

PANISSE. — Eh bien ! tu es servi.

CÉSAR. — Je pourrais, à la rigueur, te prier de ne pas employer, quand tu me parles, des mots aussi grossiers que « je m'en fous ». Mais enfin, comme ta délicatesse naturelle n'est pas assez grande pour te faire sentir les nuances, passons là-dessus. Passons.

Il sort sur la terrasse.

PANISSE *(à Escartefigue)*. — Et la torpille ?

ESCARTEFIGUE. — Attends, attends. Toi, tu t'es échoué du premier coup. Mais moi, je vais y aller de face.

PANISSE. — Ça m'étonnerait.

M. BRUN. — Moi aussi.

ESCARTEFIGUE. — Bon. Regardez et écoutez... Soutiens-moi. Pan, je le torpille ! César !... *(César se retourne.)* Dis donc, César, moi j'ai comme l'impression que tu attends le facteur ?

CÉSAR *(glacé)*. — Moi, j'attends le facteur ? Et pourquoi j'attendrais le facteur ?

ESCARTEFIGUE *(avenant et souriant)*. — Je ne sais pas, moi... Peut-être pour voir s'il ne t'apporte pas une lettre de ton fils ? Pas vrai, Panisse ?

CÉSAR. — Halte-là, Félix ! Je te défends de te mêler de mes affaires de famille.

ESCARTEFIGUE. — Tu sais, je n'ai pas voulu...

CÉSAR. — Moi, par exemple, je ne te demande pas si c'est vrai que ta femme te trompe avec le président des Peseurs-Jurés, n'est-ce pas ? Est-ce que je te le demande ?

ESCARTEFIGUE. — Tu ne me le demandes pas, mais tu me l'apprends ! Ô coquin de sort !

Il tombe sur une chaise.

PANISSE. — Ô Félix ! la torpille t'a pété dans la main ! Pan !... Mais non, ce n'est pas vrai, Félix !

ESCARTEFIGUE *(inquiet).* —Vous l'avez entendu dire, monsieur Brun ?

M. BRUN. — Mais jamais de la vie ! Et je suis bien sûr que ce n'est pas vrai !

CÉSAR *(doucement).* — Que ça soit vrai ou pas vrai, ça ne nous regarde pas. C'est une affaire personnelle entre M. Escartefigue, capitaine du feriboite, et Mme Fortunette Escartefigue, son épouse, et aussi M. le président des Peseurs-Jurés, celui qui a la belle barbe rousse. Moi, je ne veux rien en savoir.

ESCARTEFIGUE. — Coquin de sort !

CÉSAR. — Eh bien ! toi, Félix, imite ma discrétion. Pas de questions sur Marius. *(À Panisse.)* Et toi, beau masque, prends-en de la graine.

PANISSE. — Moi, je ne t'ai rien demandé.

M. BRUN. — Ni moi non plus.

CÉSAR. —Vous ne me demandez rien, mais vous avez une façon de dire : « Je ne t'ai rien demandé » qui signifie : « Nous voulons absolument savoir. » Et vous essayez de me forcer à vous faire des confidences !

M. BRUN. — Oh ! mais pas du tout, César !

CÉSAR. — Il y a longtemps que ça dure, c'est une véritable conspiration ! Vous voulez tout savoir ? Vous ne saurez rien.

PANISSE. — Je t'assure que, pour moi, je ne veux rien savoir du tout.

CÉSAR. —Tu ne veux rien savoir du tout ?

PANISSE. — Je ne veux pas me mêler de tes affaires de famille.

CÉSAR. — C'est-à-dire qu'après une amitié de trente ans, tu te fous complètement de tout ce qui peut m'arriver ?

PANISSE. — Mais non, César… Mais non…

CÉSAR. — Mais oui, Honoré, mais oui ! Ce sont les propres mots que tu as dits tout à l'heure. Tu as dit : « Je m'en fous complètement. »

PANISSE. — Mais j'ai dit ça pour te faire plaisir ! Si tu ne veux rien nous dire, ne dis rien, et si tu veux nous dire quelque chose, eh bien, parle !

CÉSAR *(triomphant)*. — Et voilà ! « Eh bien, parle ! » Je savais bien que vous finiriez par me questionner, j'en étais sûr ! Eh bien ! puisqu'on me force à parler, je vais te répondre.

PANISSE. — Non, César, non. On ne te force pas.

CÉSAR. — Mais si, mais si. On me force.

M. BRUN. — Mais dans le fond…

CÉSAR. — Ah ! non ! Taisez-vous, maintenant. Puisqu'on me *force* à parler, au moins qu'on me laisse la parole !

ESCARTEFIGUE. — C'est ça, parle, César. Parle.

CÉSAR. — Bon. Donc, je vois dans vos yeux et dans ceux de tout le monde – même dans les yeux des passants – que vous avez pitié de moi. Je sais très bien ce que vous devez dire quand je ne suis pas là. Vous dites : « Il doit pleurer, la nuit, tout seul, dans cette grande maison vide… il ne s'occupe plus du bar, il attend des nouvelles de son fils, qui ne lui écrit jamais, et ça brise le cœur de cet homme. » Eh bien ! puisque vous pensez des choses pareilles, puisque vous attachez de l'importance à une histoire qui n'en a pas, et à laquelle je ne pense jamais, il faut que je m'explique une fois pour toutes.

M. BRUN. — C'est ça, expliquez-vous. Ça mettra tout au point.

CÉSAR *(à Escartefigue)*. — Tout à l'heure, tu m'as demandé si j'attendais le facteur ! Eh bien, non, je n'attends pas le facteur. D'abord, quand un garçon a eu le courage d'abandonner son vieux père, et de ne pas lui écrire une seule fois depuis cinquante-neuf jours – il n'y a guère d'espoir qu'il lui écrive le soixantième.

PANISSE. — D'abord, il ne pouvait pas t'écrire avant sa première escale, et sa première escale, c'est Port-Saïd.

CÉSAR. — Eh bien ? D'après les journaux, *La Malaisie* a touché Port-Saïd, le 7 août. Il y a douze jours.

ESCARTEFIGUE. — Pour que la lettre te revienne, il faut presque deux semaines.

CÉSAR. — Allons donc ! Il y a un courrier qui fait le voyage en neuf jours !

M. BRUN. — Mais il ne le fait pas tous les jours !

Un temps.

CÉSAR *(qui change de visage).* — Ah ? Vous croyez ?

M. BRUN. — Mais naturellement, j'en suis sûr !

CÉSAR. — Et puis, d'ailleurs, pourquoi perdre son temps à parler de ces choses ? Ça ne m'intéresse absolument pas !

Entre un petit bonhomme d'Annamite vêtu à la mode de son pays. Il est chargé de fleurs en papier, de poupées en papier, de moulinets en papier de couleur piqués autour de son chapeau. Il va vers le comptoir. César passe derrière pour le servir.

L'ANNAMITE. — Café, bon café, chaud ! Chaud !

César prend la « verse », après avoir jeté une tasse et du sucre sur le comptoir. Il va remplir la tasse lorsque Panisse parle.

PANISSE. — Allons, César, ça ne t'intéresse absolument pas ?

Il fait mine de remplir la tasse. L'Annamite attend d'un air impatient et ravi.

CÉSAR. — Absolument pas.

ESCARTEFIGUE. — Allez, vaï !

CÉSAR. — Comment « allez vaï » ? Pourquoi dis-tu « allez, vaï » ? *(Il dépose la « verse ».)* Ah ! vous me croyez faible ? Vous me prenez pour un molasson ! *(Il reprend la verse.)* Vous croyez qu'on peut me tromper, me bafouer, m'abandonner ? Je vous ferai voir qui je suis ! *(Il verse un gros jet de café bouillant sur le pied nu de l'Annamite, qui bondit en arrière et gazouille d'incompréhensibles injures. César le regarde avec fureur.)* Tu n'es pas content, dis jaunâtre ? *(L'Annamite invoque les dieux et profère des malédictions véhémentes.)* **Allez,** **ouste ! Fous-moi le camp !** *(Il a saisi une matraque. L'Annamite* *s'enfuit, entouré du tourbillon de ses moulinets de papier.)*

PANISSE. — Alors, César, ça ne t'intéresse absolument pas !

ESCARTEFIGUE. — Allez ! vaï !

CÉSAR. — Tenez, une supposition que ce garçon ait eu l'idée d'écrire tous les jours une petite lettre à son père, un petit mot, pour dire : « Je me porte bien, je pense à toi, je me figure ton chagrin... etc. » Une supposition que chaque soir il ait mis sa petite lettre de côté, et que la semaine dernière, en arrivant à Port-Saïd, il les ait toutes mises à la poste d'un seul coup : enfin, une supposition que le facteur se présente à l'instant dans ce bar et qu'il dise : « Voilà pour vous, monsieur César » ? Et qu'il me donne un paquet de lettres de trois kilos – de quoi lire toute la nuit, en les lisant trois fois chacune –, eh bien, je prendrais le paquet, et je le foutrais sous le comptoir, et je ne l'ouvrirais même pas, parce que **ça ne** m'intéresse pas !

ESCARTEFIGUE. — Allez, vaï !

PANISSE. — Allez, vaï ! Tu ne nous feras pas croire que tu n'aimais pas ton fils !

CÉSAR. — Je ne dis pas ça, au contraire. C'est vrai, je l'aimais beaucoup, cet enfant. Mais après ce qu'il m'a fait, c'est fini.

M. BRUN *(nettement)*. — Mais en somme, qu'est-ce qu'il vous a fait ?

PANISSE. — Oui, en somme ?

ESCARTEFIGUE. — En somme ?

CÉSAR *(au comble de la stupeur et de l'indignation)*. — En somme ! En somme ! Ô coquin de pas Dieu ! En somme ! ! !

M. BRUN *(doucement)*. — Mais oui, en somme, que vous a-t-il fait ?

CÉSAR *(rugissant)*. — Il m'a fait qu'il est parti !

M. BRUN. — Eh bien ! À vingt ans ce garçon n'avait pas le droit de partir ?

CÉSAR. — Il n'avait pas le droit de partir sans me le dire.

ESCARTEFIGUE. — Ça, c'est vrai. Ce qu'il a fait là, ce n'est guère poli.

PANISSE. — Mais s'il te l'avait dit, qu'est-ce que tu aurais fait ?

CÉSAR. — Je lui aurais expliqué qu'il n'avait pas le droit.

PANISSE. — Et même, au besoin, tu le lui aurais expliqué à grands coups de pied au cul ?

CÉSAR. — Naturellement. Je te garantis bien qu'en moins d'un quart d'heure, je lui aurais fait passer le goût de la marine !

M. BRUN. —Vous voyez donc qu'il a *bien fait* de ne rien vous dire.

CÉSAR *(il rugit)*. — Il a bien fait ! C'est ça, vous approuvez le révolté, vous félicitez l'ingrat ! Encore un bolchevik qui veut détruire la famille ! Et il faut entendre dire ça dans mon bar ! C'est inouï !

M. BRUN. — Mais enfin, César, après tout, si cet homme veut naviguer ?

CÉSAR *(sincère)*. — Cet homme ? Quel homme ?

M. BRUN. — Marius est un homme.

CÉSAR *(éclatant de rire)*. — Un homme ! Un homme ! Marius !!!

M. BRUN. — Il a vingt-trois ans. À cet âge, vous étiez déjà marié ?

CÉSAR. — Moi, oui.

M. BRUN. —Vous étiez un homme ?

CÉSAR. — Moi, oui.

M. BRUN. — Alors, ce qui était vrai pour vous, n'est pas vrai pour lui ?

CÉSAR *(avec force)*. — Non.

M. BRUN. — Et pourquoi ?

CÉSAR. — Pour moi, j'ai toujours raisonné différemment, parce que moi, je n'étais pas mon fils.

M. BRUN. — Eh bien, César, permettez-moi de vous dire, avec tout le respect que je vous dois, que vous êtes un grand égoïste.

PANISSE. — En voilà un qui ne te l'envoie pas dire.

ESCARTEFIGUE. — Et il parle bien, sas !

M. BRUN. — Si cet homme veut naviguer, vous n'avez pas le droit de l'en empêcher !

CÉSAR. — Mais s'il veut naviguer, qu'il navigue, bon Dieu ! Qu'il navigue où il voudra, mais pas sur l'eau !

ESCARTEFIGUE *(ahuri)*. — Mais alors, où veux-tu qu'il navigue ?

CÉSAR. — Je veux dire : pas sur la mer. Qu'il navigue comme toi, tiens ! sur le Vieux-Port. Ou sur les rivières, ou sur les étangs, ou... et puis nulle part, sacré nom de Dieu ! Est-ce qu'on a besoin de naviguer pour vivre ? Est-ce que M. Panisse navigue ? Non, pas si bête ! Il fait les voiles, lui ! Il fait les voiles, pour que le vent emporte les enfants des autres !

Scène X

LE FACTEUR, FANNY, PANISSE, ESCARTEFIGUE

Le facteur paraît sur la porte. Il tend à César une lettre épaisse et un journal. Fanny, qui l'a suivi des yeux, fait un pas vers lui.

LE FACTEUR. — Monsieur César, voilà pour vous !

César prend la lettre et le journal et ne bouge plus.

FANNY *(au facteur)*. — Vous n'avez rien pour moi ? Fanny Cabanis ?

LE FACTEUR. — Oh ! mais je vous connais, mademoiselle ! Non, je n'ai rien pour vous.

FANNY. — Vous m'avez peut-être laissé une lettre chez moi, au 39, quai du Port ?

LE FACTEUR. — Ah ! si ! J'ai laissé un prospectus des Nouvelles Galeries.

FANNY. — Rien d'autre ?

LE FACTEUR. — Rien d'autre pour aujourd'hui. Ce n'est pas ma faute, vous savez… Moi, je les porte, les lettres. Mais ce n'est pas moi qui les écris !

Il sort une lettre de sa boîte et s'adresse à toutes les personnes présentes.

LE FACTEUR. — Est-ce que quelqu'un connaît señor Miraflor y Gonzalès y Cordoba, 41, quai du Port ?

PANISSE. — C'est Tripette, le tondeur de chiens.

LE FACTEUR. — Tripette s'appelle comme ça ?

PANISSE. — À ce qu'il paraît.

LE FACTEUR. — Et il habite au 41 ?

ESCARTEFIGUE. — Non, peuchère ! Il habite nulle part. Mais comme il est toujours assis sur la porte du 41, il donne cette adresse, té, pour de dire d'en avoir une.

LE FACTEUR. — Ah ? C'est Tripette ? Merci. *(Il sort.)* Ô Tripette ! Ô Tripette ! Ô Tripette !

César pose la lettre sur le comptoir, d'un geste décidé. Il garde le journal, et va s'asseoir sur la banquette pour le lire. Fanny va lentement au comptoir, regarde la lettre et pâlit.

Scène XI

FANNY, CÉSAR, PANISSE,
ESCARTEFIGUE, M. BRUN

FANNY. — Une lettre de Port-Saïd !... César, elle est lourde...

César sourcille du coin de l'œil.

CÉSAR. — Et après ?

FANNY. — César, c'est de lui, c'est de Marius. C'est écrit derrière...

CÉSAR. — Et après ?

FANNY. — César, lisez-la... Vite, lisez-la.

CÉSAR. — Laisse ça, je te prie.

FANNY. — Lisez-la.

CÉSAR. — Je préfère mieux lire mon journal. Le *Journal des Limonadiers.*

PANISSE *(avec douceur).* — Allons, César.

CÉSAR. — Quoi, allons César ?

PANISSE. — Si tu veux lire cette lettre, nous te chinerons pas.

ESCARTEFIGUE *(bon enfant).* — On sait bien que ce que tu as dit, c'était pour parler.

PANISSE. — César, je me mets très bien à ta place : tu as envie de lire cette lettre, et tu luttes contre cette envie à cause de nous, parce que nous sommes là ; permets à ton vieil ami de te dire que c'est de l'amour-propre mal placé.

CÉSAR. — Quoi ?

ESCARTEFIGUE. — Je te dirai, César – et pourtant, il faut du courage – mais je te dirai... puisque c'est mon devoir, je te dirai... exactement comme Panisse, qui l'a dit le premier : c'est de l'amour-propre mal placé.

CÉSAR. — Les observations d'un ancien cocu et d'un cocu de l'active n'ont sur moi aucune influence.

PANISSE *(vexé)*. — À qui fait-il allusion ?

ESCARTEFIGUE *(perplexe)*. — Je me le demande.

CÉSAR *(il lit son journal)*. — Le *Journal des Limonadiers*. Té, on nous augmente le Picon. Seize sous par bouteille. Naturellement. *(Il calcule.)* Dans une bouteille, il y a seize verres. Ça va faire, pour les clients, quatre sous par verre. Et l'anisette, même romance. Enfin, tant pis. Que faire ? Nous sommes bien forcés d'accepter. N'est-ce pas ? Tiens, il y aura le Congrès des Limonadiers au mois de février, à Toulon. Ça, je ne le manquerai pas.

PANISSE. — Allons, César !

CÉSAR. — Quoi, allons César ! Parfaitement, j'irai au Congrès des Limonadiers ? Ce n'est pas toi qui vas m'en empêcher, peut-être ?

PANISSE. — Non certainement. Mais enfin, tu as là des nouvelles de ton fils, et tu devrais bien...

FANNY *(doucement suppliante)*. — César, ouvrez la lettre.

PANISSE. — Pour faire plaisir à la petite !

CÉSAR *(à Fanny)*. — Ça t'intéresse donc tant que ça, d'avoir des nouvelles de ce navigateur dénaturé ? Moi, non.

M. BRUN *(il prend la lettre)*. — Voyons, César ? Si vous ne l'ouvrez pas, je vais l'ouvrir !

CÉSAR. — Oh ! nom de Dieu ! Vous allez tous m'empoisonner avec cette lettre ! Eh bien, té, moi, je m'en vais la mettre à l'abri.

Il prend la lettre que lui tend M. Brun et s'enfuit dans la cuisine. Fanny veut le suivre, mais on l'entend fermer la porte à clef.

M. BRUN. — Il va la lire dans la cuisine !

PANISSE. — Oh ! ça, certainement.

M. BRUN. — Et nous, vous ne savez pas ce que nous devrions faire, maintenant ?

ESCARTEFIGUE. — Non ?

M. BRUN. — Eh bien, nous devrions nous en aller, discrètement, pour ne pas gêner sa rentrée.

PANISSE. — Bonne idée.

M. BRUN. — Nous sommes d'accord ?

ESCARTEFIGUE *(il s'assoit)*. — Oui, nous sommes d'accord !

M. BRUN *(sarcastique)*. — Nous sommes d'accord, mais vous vous asseyez ! Vous voulez tout voir. Eh bien, monsieur Escartefigue, j'ai entendu dans ce bar assez de calomnies contre les Lyonnais pour avoir le droit de formuler ceci : à Lyon, on sait ce que c'est que la pudeur et la discrétion. Au revoir, messieurs.

Il sort.

Scène XII
ESCARTEFIGUE, PANISSE

ESCARTEFIGUE *(stupéfait)*. — Qué pudeur ? Pudeur ?...

PANISSE. — Dis donc, Félix, tu devrais aller voir si Cadagne est réveillé.

ESCARTEFIGUE. — Tu crois qu'il faut que j'y aille ?

PANISSE. — Les premières parties commencent à neuf heures. Quand on est du Jury, il faut avoir la politesse des rois. Va chercher Cadagne, va.

ESCARTEFIGUE *(tristement)*. — Alors, j'y vais. J'y vais.

PANISSE. — Ce n'est pas tellement loin, il y a quarante mètres.

ESCARTEFIGUE. — Il y a quarante mètres en passant par là-devant. Mais en passant par la place de Lenche, il y a au moins deux cents mètres.

PANISSE. — Et pourquoi tu irais faire le tour ?

ESCARTEFIGUE. — Eh ! couillon, en faisant le grand tour, je reste à l'ombre.

Il sort.

Scène XIII

PANISSE, FANNY, ESCARTEFIGUE

PANISSE. — Fanny ! *(Elle s'approche de lui, elle sourit, toute pâle.)* Ne tremble pas comme ça ! Il y a sûrement beaucoup de choses pour toi, dans cette lettre.

FANNY. — Oh ! non, Panisse... Je ne crois pas...

PANISSE *(avec douceur).* — Tu ne le crois pas, mais tu l'espères. C'est bête l'amour, tout de même.

FANNY. — Ce n'est pas bête, mais c'est mauvais.

PANISSE. — Je sais bien que c'est surtout de l'imagination, mais ça peut faire souffrir quand même... Tu es bien pâlotte, Fanny... Tu devrais bien voir le docteur.

FANNY. — Bah ! Pourquoi ?

PANISSE. — Mais parce qu'un docteur te renseignera. Il te dira si tu n'as pas de l'anémie, il te marquera des choses pour te donner de l'appétit, *exétéra*...

FANNY. — Vous connaissez ma mère. Si je parle d'aller au docteur, elle me croira perdue.

PANISSE. — Eh bien, qui t'empêche d'y aller toute seule ? Va chez le docteur Venelle. Il habite dans ma maison, c'est un bon papa... Vas-y une après-midi... Si tu veux, je te donnerai les sous...

FANNY. — Oh ! non, merci. J'en ai…

Paraît Escartefigue.

ESCARTEFIGUE. — Il est réveillé. Il est même tout prêt à partir.

PANISSE. — Il n'est pas saoul, au moins ?

ESCARTEFIGUE. — Oh ! non ! Il s'est mis le col et la redingote, et il s'est ciré les souliers que je te dis que ça… Il nous attend.

PANISSE. — Alors, on y va. *(Il se lève.)* Ne sois pas inquiète pour la lettre, Fanny. Aie patience quelques minutes. Dans un quart d'heure, il va te la lire et avant ce soir il va la réciter à tout Marseille.

ESCARTEFIGUE. — Allez, Honoré, tu viens ?

Panisse sort.

Scène XIV

CÉSAR, L'ITALIEN, FANNY, HIPPOLITRE

À ce moment, la porte de la cuisine s'ouvre et César paraît, illuminé. Il tient la lettre à la main.

CÉSAR. — Fanny ! Il est bien ! Il se porte bien ! Viens ici, viens. Assieds-toi là. Tu vas me relire la lettre, bien comme il faut. Tiens.

Il lui donne la lettre. Il va s'asseoir pour écouter la lecture. À ce moment, paraît sur le seuil un client. C'est un Italien. César va vers lui.

CÉSAR. — Non, non. On n'entre pas… On ne sert pas…

L'ITALIEN. — Perché ?

CÉSAR *(il montre les bouteilles)*. — Mauvais ! Les bouteilles empoisonnées !

L'ITALIEN. — Ma qué ? Ma qué ?

CÉSAR. — Empoisonnato ! La colica frénética et la morte ! Allez chez Mostégui, au coin. Excellentissimo ! Graziossimo minestrone !

L'ITALIEN. — Esta pa un poco mato ?

CÉSAR. — Si, si. Completemente fada ! absoloutamente ! *(L'Italien hausse les épaules et s'en va.) (Au chauffeur.)* Frise-poulet ! Sers tout ce qu'on voudra sur la terrasse, mais ne laisse entrer personne !

César va s'installer sur la banquette. Fanny s'assied en face de lui, et elle commence la lecture à mi-voix.

FANNY *(elle lit)*. — « *Mon cher Papa, pardonne-moi mon cher papa, la peine que j'ai pu te faire : je sais bien comme tu dois être triste depuis que je suis parti, et je pense à toi tous les soirs…* »

CÉSAR *(il parle au chapeau de paille)*. — Bon. Il pense à moi tous les soirs, mais moi, grand imbécile, je pense à toi toute la journée ! Enfin, continue.

FANNY. — « *Pour dire de t'expliquer toute la chose et de quelle façon j'avais cette envie, je ne saurais pas te l'écrire. Mais tu n'as qu'à demander à Fanny : elle a connu toute ma folie.* »

CÉSAR *(il parle au chapeau)*. — Folie, c'est le mot. Ça me fait plaisir de voir que tu te rends compte !

FANNY. — « *Maintenant, laisse-moi te raconter ma vie… Quand je suis parti, on m'avait mis aide-cuisinier.* »

CÉSAR. — Aide-cuisinier ! Ils ont dû bien manger sur ce bateau ! Au bout d'un mois il n'y aura plus que des squelettes à bord. Ça va être le bateau-fantôme.

FANNY. — « *Mais au bout de quelques jours, ils m'ont remplacé par un autre homme de l'équipage qui s'était blessé à la jambe en tombant dans la cale, et moi, j'ai pris sa place sur le pont.* »

CÉSAR. — Bon. Maintenant, attention, ça va devenir terrible !

FANNY. — « *Je ne t'ai pas écrit plus tôt parce que en arrivant à Port-Saïd, nous avons eu de gros ennuis. Comme un matelot du bord était mort d'une sale maladie, les autorités ont cru que peut-être c'était la peste, et on nous a mis en quarantaine.* »

CÉSAR *(exorbité)*. — La Peste ! Tu entends, la peste ! Coquin de sort ! La peste sur son bateau ! Et dire que quand un de ses camarades de l'école communale attrapait les oreillons, je gardais M. Marius à la maison pendant un mois, pour le préserver ! Et maintenant il s'en va nager dans la peste ! De la peste jusqu'au cou !

FANNY. — Mais il ne l'a pas eue, lui, puisqu'il vous écrit.

CÉSAR. — Il ne l'a pas eue, mais il a bien failli l'avoir ! Et puis ça n'empêche pas que c'est une maladie terrible. La peste, le cou gonflé, la bouche ouverte, la langue comme une langue de bœuf ! Et le corps couvert de pustules et l'estomac en pourriture et le nombril tout gonflé et noir comme un oursin ! Ah ! coquin de sort ! Ah ! Marius ! tu n'as pas fini de nous faire faire du mauvais sang ! Va, continue !

FANNY. — « *Mais les docteurs du Port ont tout démantibulé le pauvre mort pour voir ce qu'il avait, et ils ont dit que ce n'était pas la peste.* »

CÉSAR. — Tant mieux !

FANNY. — « *Maintenant, nous voilà délivrés, et nous allons repartir pour Aden. Ce voyage est merveilleux ; si je voulais te raconter tout ce que je vois, je n'en finirais pas de te le raconter. Mais malheureusement, on ne s'est pas arrêté en route, ce qui est bien regrettable, surtout que nous sommes passés au large de plusieurs îles, où se trouve la célèbre ville grecque d'Athènes, qui était autrefois la grande forteresse des Romains.* »

CÉSAR *(fier)*. — Ça se voit qu'il est avec des savants.

FANNY. — « *Enfin, tout va très bien, et ma nouvelle vie me plaît beaucoup. Je suis maintenant au service des appareils océanographiques.* »

CÉSAR. — Ah ! celui-là, je n'avais pas pu le lire !

FANNY. — « *Nous allons nous en servir bientôt pour mesurer les fonds de l'océan Indien.* »

CÉSAR *(ravi)*. — Tu t'imagines ce petit qui faisait semblant de ne pas savoir mesurer un Picon-grenadine et qui va mesurer le fond de la mer ! Qu'est-ce que je dis, la mer ? L'Océan ! Le fond de l'Océan, et Indien !

FANNY. — « *Tous ces messieurs les savants sont très gentils avec moi. Celui des appareils m'a pris en amitié, je lui ai raconté toute mon histoire : il dit que cette envie de naviguer, ça ne l'étonne pas, parce que, comme je suis Marseillais, je suis sûrement le fils de Phénicien.* »

CÉSAR *(inquiet)*. — Félicien ? Où ? Où ? Qu'est-ce que ça veut dire ?

FANNY. — Il y a bien : le fils de Phénicien.

CÉSAR. — Le fils de Félicien ? Et moi, alors, je ne serais pas son père ? *(Brusquement.)* Ah ! je comprends ! je t'expliquerai. Continue, il y a quelque chose pour toi un peu plus loin...

FANNY. — « *Enfin, tout ça va très bien et j'espère que ma lettre te trouvera de même, ainsi que Fanny.* »

CÉSAR *(affectueux)*. — Ainsi que Fanny ! Tu vois qu'il pense toujours à toi.

FANNY. — « *Donne-moi un peu des nouvelles de sa santé et de son mariage avec ce brave homme de Panisse. Elle sera sûrement très heureuse avec lui, dis-le-lui bien de ma part.* »

CÉSAR *(gêné)*. — Tu vois, dis-le-lui de ma part. Tu vois, il pense à toi.

FANNY. — « *Écris-moi à mon nom : bord de* La Malaisie. *À Aden. Nous y serons le 15 septembre. Je t'embrasse de tout mon cœur. Ton fils, Marius.* »

CÉSAR *(avec émotion)*. — Ton fils, Marius.

FANNY. — En dessous, il y a : « *Ne te fais pas de mauvais sang, je suis heureux comme un poisson dans l'eau.* »

CÉSAR *(mélancolique)*. — Eh ! oui, il est heureux... Il nous a laissés tous les deux et pourtant, il est ravi... *(Fanny pleure. César se rapproche d'elle.)* Que veux-tu, ma petite Fanny, il est comme ça... et puis, il faut se rendre compte qu'il ne doit pas avoir beaucoup de temps pour écrire, et puis sur un bateau, c'est difficile ; ça remue tout le temps, tu comprends... Évidemment, il aurait pu mettre quelque chose de plus affectueux pour moi – et surtout pour toi.. Mais peut-être que juste au moment où il allait écrire une longue phrase exprès pour toi, une phrase bien sentimentale, peut-être qu'à ce moment-là, on est venu l'appeler pour mesurer l'océanographique ? Moi, c'est comme ça que je me l'explique... Et puis, c'est la première lettre... Il y en aura d'autres ! Té, maintenant, nous allons lui répondre. Et comme je n'écris pas très bien, parce que j'ai la main un peu grosse pour le porte-plume, tu vas écrire la lettre pour moi, tiens, cherche un sous-main et du papier, pendant que je mets le guichet, comme ça nous serons plus tranquilles.

Il va verrouiller la porte. Fanny apporte un encrier, des plumes et du papier. Il s'assoit et il dicte.

  « *Mon cher enfant,*
  « *Enfin, je reçois ta première lettre. Elle n'est pas bien longue... et j'espère que la prochaine durera au moins dix pages ou même vingt. Ce que tu me dis sur ton voyage est tout à fait intéressant et tes savants ne sont pas bêtes, surtout celui qui t'a dit que tu dois être le fils de Félicien, il ne s'est pas trompé de beaucoup, puisque Félicien, c'était le père de ta mère et par conséquent, tu as un peu de son sang.* » Regarde un peu ce que c'est, ces savants, rien qu'à le voir, ils sont allés deviner le nom de son grand-père !

On frappe à la porte.

UNE VOIX. — Oou ! Il n'y a personne ?

CÉSAR. — C'est Hippolitre ! Ô Hippolitre !

HIPPOLITRE. — Pourquoi tu es fermé ?

CÉSAR. — Si tu veux boire, reviens dans une heure !

HIPPOLITRE (*doucement, insistant*). — Mais pourquoi tu es fermé ?

CÉSAR. — Fermé pour cause de correspondance !

On entend Hippolitre éclater de rire.

HIPPOLITRE. — Oyayaï ! Oyayaï !

CÉSAR. — Voilà ce que c'est qu'un illettré ! Où j'en étais-je ? Continuons, attention : « *Quand tu vas commencer à mesurer le fond de la mer, fais bien attention de ne pas trop te pencher, et de ne pas tomber par-dessus bord – et là où ça sera trop profond, laisse un peu mesurer les autres.* » Je le connais, moi, M. Marius ; quand il avait quatre ans, un jour que je l'avais mené à la pêche sur la barquette de Panisse, il se penche pour regarder sa ligne – et pouf – un homme à la mer ! C'est vrai qu'à ce moment-là, il avait la tête plus lourde que le derrière, et que depuis ça s'est arrangé. Relis-moi la dernière phrase.

FANNY. — « *Laisse un peu mesurer les autres.* »

CÉSAR. — Souligne *les autres*. Bien épais. Bon. « *Et si quelqu'un… à bord, avait la peste, ne lui parle que de loin et ne le fréquente plus, même si c'était ton meilleur ami. L'amitié est une chose admirable, mais la peste, c'est la fin du monde.*

« *Ici, tout va bien et je me porte bien, sauf une colère terrible qui m'a pris quand tu es parti, et qui n'est pas encore arrêtée.*

« *La petite Fanny ne va pas bien. Elle ne mange pour ainsi dire plus rien et elle est toute pâlotte.* (Fanny s'est arrêtée d'écrire.) *Tout le monde le remarque et dans tout le quartier les gens répètent toute la journée : "La petite s'en ira de la caisse, et César partira du ciboulot." Aussi, Honorine me fait des regards sanglants, et chaque fois qu'elle me regarde, je me demande si elle ne va pas me tirer des coups de revolver, et j'en ai le frisson de la mort.* » Pourquoi tu n'écris pas ?

FANNY. — Écoutez, César, ça, je ne crois pas que ce soit nécessaire de le mettre – parce que ça va lui faire de la peine.

CÉSAR *(hargneux)*. — Eh bien ? Il ne nous en a pas fait, à nous de la peine ?

FANNY. — Oui, mais ça ne sert à rien de la lui rendre.

CÉSAR. — Au fond, c'est vrai, ça ne sert à rien… Alors, qu'est-ce que nous mettrons à la place ?

FANNY. — Attendez : je vais vous l'écrire.

CÉSAR. — Non, non, ne l'écris pas. Dis-le-moi d'abord.

FANNY. — Nous mettrons : la petite Fanny est comme d'habitude. Pour son mariage avec Panisse, je crois bien que rien n'est encore fait, mais peut-être, je ne sais pas tout.

CÉSAR. — Excellent.

FANNY. — De temps en temps, nous parlons de toi gentiment, sur la terrasse du café – et quelquefois, le soir, quand tout est calme, pendant qu'Escartefigue fait la conversation avec Panisse et M. Brun, il nous semble réellement que tu n'es pas parti si loin, que tu es tout juste monté à la gare pour lui descendre ses paniers d'huîtres et que tu vas paraître sur la porte avec ton chapeau de paille et ton petit mouchoir autour du cou...

Elle pleure. César se lève, lui tourne le dos et se mouche horriblement.

RIDEAU

DEUXIÈME TABLEAU

Le décor représente la cuisine d'Honorine, éclairée par des cuivres et des carreaux rouges.

Au milieu, Claudine est assise. C'est une belle commère de trente-cinq ans. Elle a une robe verte, par-dessus laquelle elle a mis un tablier. Et tout en parlant avec sa sœur, elle tourne vigoureusement l'aïoli dans un mortier qu'elle serre entre ses genoux.

Honorine s'occupe de la marmite en bougonnant.

Scène I

HONORINE, CLAUDINE

HONORINE. — Et comment ça se fait qu'elle n'est pas à son éventaire, ce matin ? Elle s'est encore fait remplacer par la femme d'Escartefigue.

CLAUDINE. — Oh ! écoute, ma sœur, quand elle veut aller travailler, c'est toi qui lui dis de rester couchée ou d'aller se promener ; et si par hasard, elle a envie de faire une petite promenade, alors, tu protestes. Ce n'est pas juste. Tu as peur qu'elle soit allée avec un galant ?

HONORINE. — Malheureusement, ce n'est pas ça qui m'inquiète ! Si elle pouvait prendre un galant et se marier, le plus tôt possible ! Qu'elle épouse un singe, si elle veut, mais qu'elle se marie !

CLAUDINE. — Moi, je trouve qu'il n'y a pas le feu à la maison. Après tout, elle a dix-neuf ans et s'il faut qu'elle attende son fiancé pendant deux ans, il n'y a pas de quoi s'arracher les cheveux !

HONORINE *(sèchement)*. — Ce monsieur-là n'est pas son fiancé. Et elle ne peut pas attendre deux ans.

CLAUDINE. — Et pourquoi ?

HONORINE. — Parce qu'elle est déshonorée. Il n'y a qu'un mariage pour lui rendre sa réputation. Tout le monde sait qu'elle a été la maîtresse de ce petit mastroquet. Tout le quartier ne parle que de ça.

CLAUDINE *(innocente)*. — Mais qu'est-ce qu'ils peuvent savoir ?

HONORINE *(rageuse)*. — Que le soir à dix heures, Marius entrait ici avec elle et qu'il en sortait vers les sept heures du matin.

CLAUDINE. — Et qu'est-ce que ça prouve ? Quand deux personnes sont toutes seules dans une chambre, va-t'en un peu savoir ce qu'ils font !

HONORINE *(avec mépris)*. — Tais-toi, vaï, tais-toi !

CLAUDINE. — Moi, je n'ai pas le mauvais esprit et je me dis : peut-être ils se parlaient tendrement, peut-être, ils faisaient des projets ou peut-être, ils se disputaient.

HONORINE. — Ou peut-être ils jouaient aux cartes ! Tais-toi, va, tu n'es qu'une grosse bête !

CLAUDINE *(désespérée)*. — Ça, il y avait longtemps que tu ne me l'avais pas dit ! Et toujours il faudra que j'entende ça ! La pauvre maman, elle, m'appelait coucourde ! À l'école, quand je me trompais, la maîtresse disait : « Ne riez pas, soyez charitables, et ce n'est pas de sa faute si elle est bête ! » J'en ai assez moi, à la fin ! Tu crois que ça ne me ferait pas plaisir d'être intelligente comme toi ?

HONORINE. — Ne te fâche pas, va, ma belle Claudine !

CLAUDINE *(en larmes)*. — Laisse-moi, laisse-moi. C'est bien possible que je sois bête, mais tout ce que je fais, je le fais de bon cœur.
On entend sonner le timbre de la porte d'entrée. Honorine tire le cordon.

Scène II

LE FACTEUR, HONORINE, CLAUDINE

On entend dans le corridor une voix sonore.

LE FACTEUR. — Madame Cabanis.

HONORINE. — C'est le facteur.

Honorine ouvre la porte. Le facteur paraît.

LE FACTEUR. — Une lettre recommandée, et ça vient de Toulon.

HONORINE. — C'est de mon fournisseur de moules. *(Elle prend le petit carnet.)* Où c'est que je signe ?

LE FACTEUR. — Là. *(Pendant qu'Honorine signe, le facteur se tourne galamment vers Claudine.)* Alors, madame Claudine, vous êtes un peu Marseillaise, aujourd'hui ?

CLAUDINE. — Eh oui ! Je viens passer la journée chez ma sœur.

LE FACTEUR. — Elle est si brave votre sœur !

CLAUDINE. — Ah oui ! qu'elle est brave !

LE FACTEUR *(machiavélique)*. — Moi, vous savez comment je le sais qu'elle est brave ?

CLAUDINE. — Non, je ne sais pas.

LE FACTEUR. — Eh bien, je le sais, parce que chaque fois que je lui apporte une lettre recommandée, c'est rare si elle m'offre pas un verre de petit vin blanc ?

HONORINE. — Mais c'est tout naturel ! et aujourd'hui, ça sera comme les autres fois !

LE FACTEUR *(digne)*. — Ah ! non, pas aujourd'hui.

HONORINE. — Et pourquoi ?

CLAUDINE. — Vous êtes malade ?

LE FACTEUR. — Oh ! non, pas du tout, seulement après ce que je viens de dire, vous pourriez vous imaginer que je l'ai demandé. Ça ne serait pas délicat.

HONORINE. — Qué, délicat ! Tenez, c'est du bon petit vin de Cassis !

Elle verse un verre de vin.

LE FACTEUR. — Parce que les choses qu'on vous offre, ça fait toujours plaisir. Mais s'il faut les demander, eh bien, moi, ce n'est pas mon genre. À la vôtre.

Il boit.

CLAUDINE *(à voix basse, à Honorine)*. — Demande-z'y !

HONORINE. — Quoi ?

CLAUDINE. — Ce que tu me disais tout à l'heure, il le sait, lui.

HONORINE. — C'est vrai. *(Elle s'approche du facteur.)* Dites, facteur, il faudrait que je vous demande un renseignement.

LE FACTEUR *(il se verse un verre de vin blanc)*. — Bon. Allez-y, Norine.

HONORINE. — Est-ce que ma fille reçoit des lettres du fils de César ?

LE FACTEUR *(digne)*. — Ah ! permettez. Cette question, je n'ai pas le droit d'y répondre.

CLAUDINE. — Et pourquoi ?

LE FACTEUR. — Et le secret professionnel ? Qu'est-ce que vous en faites ? Vous savez ce que c'est, vous, le secret professionnel ? Non. Moi je le sais.

HONORINE. — Écoutez, il s'agit de ma fille. Il s'agit de choses très importantes pour moi. Dites-moi seulement oui ou non.

LE FACTEUR *(solennel)*. — Honorine, malgré toute mon amitié pour vous, et malgré mon respect pour votre vin blanc, je ne peux rien vous dire. Impossible. Je voudrais parler, mais je ne peux pas. Figurez-vous que j'ai sur la bouche un de ces gros cachets de cire rouge qu'on met sur les lettres chargées. Simplement. Alors, je voudrais parler, j'essaie, mais je ne peux pas.

HONORINE. — Allez ! vaï !

CLAUDINE. — Ce n'est pourtant pas difficile de dire oui ou non.

LE FACTEUR. — Mais malheureuse, réfléchissez une demi-seconde. Dans cette boîte, il y a chaque matin les secrets de toutes les familles du quai de Rive Neuve. Si j'allais dire, même à ma femme, même dans l'obscurité, même à voix basse, que M. Lèbre reçoit *à son bureau* de petites lettres roses comme celle-ci. *(Il brandit une lettre.)* Elle vient d'Antibes, du Casino où chante Mlle Félicia. Si j'allais dire que cette lettre *(il brandit une autre lettre)* adressée à Mme Cadolive, vient de la prison d'Aix où son fils aîné finit ses trois ans, pour cambriolage... Qu'est-ce que vous penseriez de moi ? Non, non, ça c'est le secret professionnel ! et celui qui ne le respecte pas, c'est un mauvais facteur qui mérite d'aller en galère. Aussi, moi je ne lis même pas les cartes postales ; je ne lis que l'adresse, de l'œil droit.

CLAUDINE *(elle lui verse un autre verre de vin).* — Mais ce que ma sœur vous demande, ça ne risque pas de faire un drame.

HONORINE. — Si vous me le dites, vous me donnez un renseignement bien précieux pour le bonheur de ma petite. Allez, vaï ! soyez brave ! dites-le-moi !

LE FACTEUR *(digne).* — Revêtu de cet uniforme, je suis l'esclave du devoir, Honorine, esclave. Mais peut-être qu'avec un peu d'intelligence, nous pourrions nous arranger. Fermez la fenêtre. Attention ? Regardez-moi bien. Et posez-moi votre question.

HONORINE. — Est-ce que Fanny reçoit des lettres de Marius ?

LE FACTEUR. — Attention au mouvement. *(De la tête, il dit non.)*

HONORINE. — Vous êtes sûr qu'elle n'en reçoit pas ?

LE FACTEUR. — Attention. Regardez-moi bien. *(De la tête, il dit oui.)*

CLAUDINE. — Vous en êtes sûr qu'elle n'en a jamais reçu ?

LE FACTEUR. — Regardez-moi bien. *(De la tête, il dit oui.)*

HONORINE. — Mais si jamais elle en reçoit une, vous me préviendrez ?

LE FACTEUR *(indigné)*. — Mais non, mais non, je n'ai pas le droit. Je ne vous préviendrai pas.

CLAUDINE. — Allez, vous n'êtes pas gentil.

LE FACTEUR. — Tant pis ! Moi, je ne tiens pas à être gentil. Je fais mon devoir, voilà tout ! Si Marius lui écrit et que je le voie par les tampons sur l'enveloppe, je ne vous le dirai pas. Seulement, n'est-ce pas, elle a le même nom que vous. Alors, il pourrait arriver par hasard que je me trompe et que je vous donne la lettre à vous ! Mais ça ne serait pas de ma faute.

HONORINE. — Ah ! ça serait parfait !

LE FACTEUR. — Ce serait parfait si ça arrivait. Alors, au revoir, Norine. Et excusez-moi.

HONORINE. — De quoi ?

LE FACTEUR. — De n'avoir pu vous donner le renseignement. Si j'avais pu, ça aurait été avec plaisir. Mais qu'est-ce que vous voulez, je n'ai pas le droit. C'est le secret professionnel.

Il sort.

Scène III

CLAUDINE, HONORINE

CLAUDINE. — Eh bien, tant mieux, qu'il ne lui écrive pas. Parce que, comme ça, ça va lui passer. Elle l'oubliera.

HONORINE. — Oui, elle l'oubliera ou bien elle va mourir de mauvais sang.

CLAUDINE *(rêveuse)*. — Tu crois ? Mais alors, ça serait un amour comme au cinéma. Une passion. C'est terrible, mais quand même c'est beau.

HONORINE. — Ah ! tu trouves que c'est beau, toi ? Ça te paraît beau ma situation ? Elle est désespérée, ma situation. Je ne dors plus, je ne mange plus, je n'ose plus regarder mes amies.

CLAUDINE. —Va, n'exagère pas, Honorine. Moi, dans ma petite jugeote, je ne m'effrayais pas trop jusqu'à maintenant. Je me pensais ; petit à petit, elle va l'oublier et à la fin des fins, si elle n'en trouve pas un qui soit mieux, elle épousera maître Panisse.

HONORINE. — Ah ! moi aussi, je l'espérais !

CLAUDINE. — Eh bien, tu vois que je ne suis pas si bête que ça, puisque je pensais comme toi.

HONORINE. — Eh oui, mais moi, quand je pensais ça, j'étais aussi bête que toi. Parce que maintenant, même si elle reprend le dessus, même si elle accepte maître Panisse, eh bien, ça ne se fera pas, parce que c'est Panisse qui ne voudra plus.

CLAUDINE. — Et pourquoi il ne voudrait plus ?

HONORINE. — Mais à cause de toute la comédie, parbleu ! Tu crois que c'est rassurant pour un homme de cinquante ans, d'épouser une jeune fille qui meurt d'amour en public, pour un autre ?

CLAUDINE *(inquiète)*. — Il te l'a dit ?

HONORINE. — Mais non, il ne me l'a pas dit, mais quand je le rencontre, il ne me dit plus rien.

CLAUDINE *(même jeu)*. — Il ne te parle plus ?

HONORINE. — Il me parle de la pluie et du beau temps, mais de la petite plus un mot ! *(Le timbre de la porte d'entrée retentit. Honorine se lève en disant :)* Qu'est-ce que c'est ? *(Puis elle va tirer sur le levier qui ouvre la porte. Enfin, elle ouvre la porte de la salle à manger, regarde dans le corridor et dit avec étonnement.)* C'est un monsieur avec un chapeau gibus.

CLAUDINE *(effrayée)*. — Moun Diou ! C'est peut-être un huissier !

HONORINE *(indignée)*. — Mais pourquoi ce serait un huissier ? Moi, je dois rien à personne !

La porte s'ouvre, entre Panisse en habit et chapeau gibus et gants blancs.

Scène IV
HONORINE, PANISSE, CLAUDINE,
LE CHAUFFEUR

HONORINE. — Mon Dieu, c'est vous, Panisse ?

PANISSE *(souriant)*. — Eh oui, c'est moi. Bonjour, mesdames.

CLAUDINE *(coquette)*. — Bonjour, maître Panisse, et comment ça va ?

PANISSE. — Mais ça va très bien, chère madame Claudine, et vous-même ?

CLAUDINE. — Comme vous voyez, ça ne va pas mal !

PANISSE *(galant)*. — Moi, je vous trouve très en beauté.

HONORINE. — C'est vous qui êtes beau. Quand je vous ai vu dans le couloir, vous m'avez fait peur.

PANISSE. — C'est-à-dire que je viens du mariage d'un vieil ami, Ulysse Pijeautard, le gantier de la rue Paradis. Et voilà pourquoi je suis en habit.

CLAUDINE *(admirative)*. — Et gants blancs.

PANISSE *(charmé)*. — Et gants blancs, comme vous voyez.

CLAUDINE. — Ça vous va bien, vous savez ?

PANISSE *(désinvolte)*. — Oui, l'habit ça flatte toujours ; et ce n'est pas moi qui suis élégant, c'est mon costume.

CLAUDINE *(flatteuse)*. — Ah ! ne dites pas ça, maître Panisse ! Il faut savoir le porter ! Et vous, vous le portez bien. Pas vrai, Norine ?

Les deux sœurs ont échangé un coup d'œil d'intelligence.

HONORINE. — Ah ! oui, pour ça, il le porte bien. Mais comment ça se fait que vous ne soyez pas resté au banquet de la noce ?

PANISSE. — Parce qu'aujourd'hui, c'était le mariage à la mairie. Le banquet ça sera demain et d'abord, ça ne sera pas un banquet. Ça sera un « lonche ». C'est un mot anglais. Ça veut dire banquet d'ailleurs, mais c'est beaucoup plus distingué.

HONORINE. — Et c'était joli, cette noce ?

PANISSE. — C'était charmant. C'était même émouvant. Pour moi, surtout. Pijeautard était veuf comme moi. Et à peu près de mon âge, comme moi. Et il a épousé une jeune fille ravissante. Oui, sa caissière. Toute jeune.

CLAUDINE *(enthousiaste)*. — Il a bien fait.

PANISSE *(machiavélique)*. — Il y avait deux ou trois personnes à la sortie de la mairie qui ont eu un peu l'air de se foutre de lui. Moi, il me semble que ces personnes n'ont pas eu raison. Et vous, qu'est-ce que vous en pensez ?

CLAUDINE. — C'est des jaloux, voilà ce que c'est !

PANISSE. — Qu'est-ce que vous en pensez, vous, Honorine ?

HONORINE. — Si ça fait plaisir à cette petite, tout est pour le mieux !

CLAUDINE. — Quand un homme de cinquante ans a envie de se marier, et quand sa situation lui permet de s'offrir une jeunesse, pourquoi voulez-vous qu'il aille chercher une femme vieille et laide, qui dépense vingt sous par jour de tabac à priser ?

PANISSE. — Alors, vous, vous approuvez Pijeautard ?

CLAUDINE *(rayonnante)*. — Moi, je le félicite.

PANISSE. — Parfaitement raisonné. Ma chère Claudine vous avez toujours eu du bon sens ; et vous, Norine ? Est-ce que vous le blâmez ce cher, ce bon, ce sympathique Pijeautard ?

HONORINE. — Ma foi, non, je ne le blâme pas s'il la rend heureuse, et s'il lui a donné toutes les garanties de bonheur et de fortune.

PANISSE. — Mais, naturellement qu'il les lui a données et même, il est tout prêt à lui en donner d'autres si elle l'exige ou si ça peut faire plaisir à sa mère ! C'est la moindre des choses. Donc, nous sommes tous d'accord, n'est-ce pas ? Nous approuvons hautement ce mariage et nous félicitons Pijeautard ?

CLAUDINE. — Té, s'il était là, je l'embrasserais.

PANISSE. — Eh bien, ma chère Honorine, puisque je vois qu'ici le bon sens règne désormais, je pense que l'occasion est bien choisie pour renouveler aujourd'hui une démarche dont le résultat aura, sur tout mon avenir, une importance capitale. Je pensais vous trouver seule ; mais Mme Claudine est de la famille, elle ne me gêne pas, au contraire.

CLAUDINE *(à Honorine)*. — Hum !

HONORINE. — Attendez une seconde, Panisse. Donnez-moi le temps d'enlever mon tablier. *(Elle enlève son tablier, tandis que Panisse attend appuyé sur sa canne et le chapeau à la main. Puis il ôte ses gants et les jette au fond de son chapeau. Honorine se rassoit.)* Allez-y !

PANISSE. — Je veux épouser votre fille. Vous le savez très bien, puisque je vous l'ai déjà demandée. Et aujourd'hui j'ai profité de l'habit, pour renouveler ma demande. Vous me la donnez ou vous ne me la donnez pas ?

CLAUDINE *(enthousiaste)*. — Mais oui, on vous la donne !

HONORINE. — De quoi tu te mêles, toi, grosse bête ? *(Un temps.)* Mon cher Panisse, il ne serait guère convenable que je vous donne une réponse si brusquement... Il faut me laisser au moins un jour pour réfléchir... Et d'ailleurs, avant de commencer à réfléchir, il faut que je vous pose des conditions. Oh ! Pas la question d'argent, puisque nous l'avons déjà discutée.

PANISSE. — Ben, je comprends ! Vous êtes même venue au magasin pour regarder ma comptabilité ! Alors, à propos de quoi, ces conditions ?

HONORINE. — Vous savez ce qui s'est passé depuis notre dernière conversation à ce sujet ?

PANISSE. — Depuis ces six mois, il s'est passé beaucoup de choses. Le maire a démissionné, Pitoffi a gagné le concours de boules du *Petit Provençal*, il y a eu le tremblement de terre au Mexique, Piquoiseau s'est cassé la jambe, et j'ai fait repeindre mon magasin. Tout ça, c'est du passé, ça n'existe plus, et ce qui m'intéresse, moi, c'est l'avenir.

HONORINE. — Eh bien, c'est justement à cause de l'avenir qu'il faut que je vous dise un mot de... *(à voix basse)* Marius.

PANISSE. — Il est parti, n'en parlons plus.

HONORINE. — Il faut quand même que vous sachiez...

PANISSE *(gêné)*. — Oui, oui, je sais, je sais.

CLAUDINE. — N'insiste pas, Norine. Il te dit qu'il sait.

HONORINE. — Mais peut-être vous ne savez pas tout.

PANISSE *(impatient)*. — Mais oui, Norine, je sais tout ce que j'ai à savoir !

HONORINE. — Tout ? Panisse ? Tout ?

PANISSE *(brusquement)*. — Écoutez, Norine, Marius c'est un sujet de conversation que je n'aime pas beaucoup. Parlez-moi de la pluie, du beau temps, de la vie chère, ou même des impôts, mais ne me parlez pas de Marius.

HONORINE. — Et moi, vous croyez que ça me plaît de parler de lui ? Moi, c'est par honnêteté que je fais allusion au fait que j'ai trouvé ma fille couchée avec lui.

PANISSE *(désespéré)*. — Ô Bonne Mère ! Il a fallu qu'elle le dise !

CLAUDINE. — Ne la croyez pas ! Elle s'imagine...

HONORINE. — Je m'imagine que ça s'est passé dans sa chambre, devant le portrait de sa grand-mère.

CLAUDINE. — Mon Dieu !

PANISSE. — Vous ne pouvez pas la tenir, votre langue ?

HONORINE. — Ma langue, je la tiens, quand je veux. Mais je voulais vous le dire pour que, ensuite, vous n'alliez pas nous faire des scènes en disant qu'on vous l'avait caché. Et maintenant, j'irai plus loin. Comme il s'agit d'une affaire très grave, je vais être franche jusqu'au bout. Ce que je vais vous dire, je ne l'ai jamais dit à personne, et il ne faut pas que vous le répétiez jamais.

PANISSE. — Bon. Jamais.

HONORINE. — Jurez-le-moi.

PANISSE. — Je vous le jure.

HONORINE. — Sur qui ?

PANISSE *(ému)*. — Sur la tombe de ma première femme, Norine.

HONORINE. — Bon. Eh bien, à cause de ça, je me demande si elle n'a pas le caractère de ma sœur Zoé.

PANISSE *(inquiet)*. — Pas possible !

CLAUDINE. — Mais pas du tout !

HONORINE. — Zoé aussi, quand elle avait 15 ans, elle était sage, elle jouait toute seule avec ses poupées... elle n'aimait pas les garçons, et si un essayait de l'embrasser dans un coin, elle lui graffignait la figure comme une furie... Et puis, après, quand elle a connu l'Espagnol, adiou botte ! Ça lui a pris comme un coup de mistral, et elle est devenue ce que vous savez : elle était comme un parapluie fermé, qui ne peut pas tenir debout tout seul.

PANISSE *(solennel)*. — Les parapluies fermés tiennent très bien debout, Norine, quand ils ont un mur pour s'appuyer.

HONORINE. — C'est vous le mur ?

PANISSE. — Oui, c'est moi le mur.

CLAUDINE. — Vous êtes brave, Panisse.

PANISSE. — Pas tant que ça, pas tant que ça ! Mais je l'aime bien.

HONORINE *(touchée)*. — C'est vrai, Panisse ?

PANISSE. — Et puis, il faut un peu risquer dans la vie, quand on veut avoir quelque chose…

HONORINE. — Peut-être que vous prenez un grand risque…

CLAUDINE *(éclatant)*. — Enfin, ça, c'est son affaire, après tout ! Ne le décourage pas, cet homme !

HONORINE. — En tout cas, vous allez me promettre une chose.

PANISSE. — Laquelle ?

HONORINE. — Promettez-moi que si elle vous trompe, vous ne me la tuerez pas.

PANISSE. — Je suis un brave homme, vous venez de le dire, mais sur ce chapitre, je ne peux rien vous promettre à l'avance. Surtout qu'il paraît que le fondateur de ma famille, c'était un Turc. Et vous devez savoir qu'en Turquie il n'y a pas de cocu. Il n'y a que des veufs. Si elle me trompe, je ne sais pas ce que je ferai, je vous le dis franchement.

HONORINE. — Alors, pourquoi vous n'avez pas tué votre première femme ?

PANISSE. — Parce qu'elle ne m'a jamais trompé, et parce qu'elle me tenait ma comptabilité.

HONORINE. — Alors, c'est non, et c'est non, et c'est non !

CLAUDINE. — Non ! Non ! Non !

PANISSE. — Attendez ! Naturellement, je ne chercherai jamais à savoir si elle me trompe : cette sorte de surveillance serait indigne de moi. Et si on vient me donner n'importe quelle preuve, et même si on me la montrait dans les bras d'un galant, eh bien, j'ai telle-ment confiance en elle que je ne le croirai jamais.

CLAUDINE. — Bravo !

PANISSE. — Voilà l'exacte position de la question.

HONORINE. — Ça, c'est différent ! Eh bien, écoutez, j'irai vous porter ma réponse demain au soir, chez vous.

PANISSE. — Bien ! Puis-je avoir un petit espoir ?

CLAUDINE. — Oh ! un gros, Panisse, un gros espoir.

PANISSE. — Je me retire donc, ma chère Honorine : la démarche officielle est terminée. Sachez que chez moi, parmi les voiles et les cordages, j'attends. J'attends dignement.

Une orange crevée, traîtreusement lancée par la fenêtre, par le chauffeur, fait tomber le mirifique chapeau. Panisse se retourne brusquement, fou de rage.

PANISSE. — Ô booumian ! Ô mange punaises ! Et c'est le chauffeur d'Escartefigue, encore !

Honorine a ramassé le chapeau, et elle l'essuie avec son tablier.

HONORINE. — Le plus malheureux, c'est que l'orange était pourrie.

PANISSE. — L'orange était pourrie ! *(Avec plus de force.)* Ô braconnier, tu ne pouvais pas prendre une orange neuve pour un chapeau de trois cents francs !

LA VOIX DU CHAUFFEUR *(éperdu)*. — Monsieur Panisse, je vous avais pas reconnu !

PANISSE. —Viens ici ! Viens ici, sinon j'appelle le commissaire ! Viens ici ! *(Le chauffeur entre par la fenêtre.)* Tourne-toi, que je te donne le coup de pied que tu mérites !

LE CHAUFFEUR *(qui se tourne)*. — Pas trop fort, monsieur Panisse !

PANISSE *(terrible)*. —Tourne-toi !

LE CHAUFFEUR *(en se tournant à demi et pendant que Panisse prend son élan)*. — Je l'ai pas fait exprès... Je vous avais pris pour un Américain.

PANISSE *(il arrête ses préparatifs)*. — Tu m'avais pris pour un Américain ?

LE CHAUFFEUR. — Par derrière, monsieur Panisse... Si vous pouviez vous voir.

PANISSE *(ravi)*. — Dites, Norine, il me prenait pour un Américain !...

HONORINE. — Après tout, c'est possible !

Honorine lui rend son chapeau. Le chauffeur, qui se sent pardonné, tend son derrière avec une bonne volonté touchante.

PANISSE. — Repos ! Au fond, ce n'est pas tout à fait de ta faute, va ! Au revoir, Norine. Au revoir, Claudine. Mais à l'avenir chaque fois que tu verras un Américain, fais bien attention que ce ne soit pas moi !

Il sort digne et souriant.

Scène V

CLAUDINE, HONORINE, LE CHAUFFEUR

CLAUDINE. — Eh bien ! ça y est, tu vois que ça y est, j'en étais sûre. Mais la petite, elle, est-ce qu'elle voudra ?

HONORINE. — J'en sais rien, té ! Maintenant, quoi qu'il arrive, nous sommes parées. Si elle ne veut pas Panisse, qu'elle en trouve un autre. Si elle n'en veut pas d'autre, qu'elle prenne Panisse. Je ne sortirai pas de là. *(Au chauffeur qui est assis sur la fenêtre.)* Oh ! Frise-poulet ! tourne un peu la tête du côté du bar et dis-moi si tu ne vois pas venir Fanny ?

LE CHAUFFEUR. — Qu'est-ce que vous me donnez si je regarde ?

HONORINE. — Comment : qu'est-ce que je te donne ?

LE CHAUFFEUR. — Ça vaut bien cinq sous, allez !

CLAUDINE. — Quel toupet !

LE CHAUFFEUR. — Écoutez, madame Claudine, si j'avais pas le torticolis, c'est un travail que je vous ferais pour rien, je n'aurais qu'à tourner la tête, mais avec ce que j'ai, il faut que je me tourne tout entier, ça vaut cinq sous ! ou alors, un bout de pain.

HONORINE. — Tu n'as pas de quoi manger ?

LE CHAUFFEUR. — Je n'ai plus d'argent. Je l'ai tout perdu en jouant à sèbe.

HONORINE *(elle lui lance un gros morceau de pain)*. — Tiens, malfaisant ! Tu la vois Fanny ?

LE CHAUFFEUR. — Oui, je la vois... Ah ! non, té, c'est pas elle, c'est la charrette des balayures.

HONORINE *(la main levée)*. — Tout aro ti mandi un basseou !

LE CHAUFFEUR. — Allez, vaï, rigolez pas... Je vous ai dit ça pour rire... Si elle paraît, je vous le dirai. Dites, qu'est-ce que je vais manger avec ça ?

HONORINE. — Si des fois, tu voulais un poulet rôti ?

LE CHAUFFEUR. — Ah ! oui, té... Ça c'est gentil, Norine... Mais bien cuit, qué ? Autrement, je le veux pas.

HONORINE. — Tiens, voilà un bout de fromage !

CLAUDINE. — Et ne casse plus les chapeaux du monde !

LE CHAUFFEUR *(il essaie de mordre le fromage)*. — Merci, Norine... Ô coquin de sort qu'il est dur ! Il n'y manque que le manche pour faire un marteau... Té, voilà Fanny qui s'amène de ce côté. *(Il saute dans la rue.)* Merci qué, Norine ? *(Il part en dansant et en chantant :)*

> *Madame de Limagne*
> *Fai dansa lei chivaou frus :*
> *Li doune des castagnes*
> *Disoun que n'en voulon plus !*

CLAUDINE *(à la fenêtre)*. — La voilà qui vient ! Ne lui parle pas de Panisse tout de suite. Attends que nous soyons à table. Ça sera plus en famille.

Scène VI

HONORINE, CLAUDINE, FANNY

Entre Fanny. Elle est très pâle, elle marche comme une somnambule.

HONORINE. — Enfin, mademoiselle arrive ! Et où tu étais, petite coquine ? Tu vas te faire remplacer tous les jours, maintenant ?

Fanny ne répond pas. Elle traverse la pièce, elle va s'asseoir sur le fauteuil, et elle regarde fixement devant elle.

CLAUDINE *(elle va l'embrasser)*. — Bonjour, petite !

FANNY *(avec effort)*. — Bonjour, tante...

Un long silence.

HONORINE *(aigre)*. — Elle ne t'a pas fait beaucoup de bien, la promenade ! Tu ne peux plus nous parler, maintenant ?

CLAUDINE. — Mais oui, elle peut parler ! Mais nous ne lui laissons pas le temps de dire un mot ! *(À Fanny.)* Alors, tu es allée faire un petit tour ?

FANNY. — Oui.

CLAUDINE. — Et qu'est-ce que tu regardes ?

FANNY. — Rien.

HONORINE. — Ah ! écoute, vé ! aujourd'hui que tante Claudine vient nous voir, ne recommence pas à faire le mourre, s'il te plaît !

CLAUDINE. — Mais non, Norine, elle ne fait pas le mourre !

HONORINE. — Mais regarde-la ! Elle fait un mourre de six pieds de long !

CLAUDINE. — Allez, vaï, ne la gronde pas ! *(À voix basse.)* Tu ne vois pas que c'est la Passion ? *(À haute voix.)* Nous allons bavarder à table, toutes les trois, en famille... D'abord, moi, j'ai faim. Té, Fanny, aide-moi à mettre le couvert ! *(Elle a pris une nappe dans un tiroir, elle la déploie.)* Tu n'as pas faim, toi ? *(Fanny la regarde sans la voir. Puis, brusquement, elle se lève, elle va à sa mère, et elle parle.)*

FANNY. — Maman, je vais avoir un enfant.

HONORINE *(figée)*. — Qu'est-ce que tu dis ?

CLAUDINE. — Fanny ? Mais qu'est-ce que c'est que cette idée ?

FANNY. — Je vais avoir un enfant. Le docteur vient de me le dire.

HONORINE. — Ah ! mon Dieu ! Ah ! mon Dieu ! *(Elle tombe sur une chaise. Elle se relève brusquement.)* Ce n'est pas possible ! Ce n'est pas vrai !

CLAUDINE *(aux anges)*. — Un enfant !

HONORINE *(elle court à la porte et l'ouvre toute grande)*. —Va-t'en, fille malhonnête ! Va-t'en, fille perdue ! Si ton pauvre père était là, il te tuerait ! Moi, je t'ouvre la porte !

CLAUDINE. — Et où veux-tu qu'elle aille ?

HONORINE. — À la rue, les filles des rues ! Moi, tu n'es plus ma fille, je ne veux plus te voir !

FANNY. — Maman !

HONORINE. — Monte dans ta chambre, va faire tes paquets, et file !

CLAUDINE. — Norine, ne dis pas des folies... Tais-toi, Norine... Tais-toi !

HONORINE. — C'est encore pire que Zoé ! C'est la honte sur la famille ! Va-t'en tout de suite, ou je te jette dehors à coups de bâton, petite cagole !

CLAUDINE. — Norine ! *(Pendant que Claudine retient sa sœur, Fanny chancelle. Elle va tomber.)*

HONORINE *(elle s'élance pour la retenir)*. — Et la voilà qui s'évanouit, maintenant ! *(Elle la retient dans ses bras.)* Du vinaigre ! Vite, du vinaigre !

Claudine court prendre la bouteille de vinaigre.

CLAUDINE. — Tu n'as pas honte, dans la position qu'elle est ? Tu veux la tuer ?

HONORINE. — Fanny !

CLAUDINE. — Peuchère ! Elle est blanche comme une morte !

HONORINE *(affolée)*. — Fanny ! Ma petite Fanny ! Ma fille !

CLAUDINE. — Fanny !

HONORINE. — Ma fille ! Ma petite fille chérie ! Fanny ! Ne meurs pas ! Vite, ouvre les yeux, ne meurs pas ! Fanny, je te pardonne, mais ne meurs pas !

Fanny ouvre les yeux.

FANNY. — Maman ! Ce n'est rien, maman... Là, tu vois, c'est passé...

CLAUDINE *(elle lui met sous le nez le coin d'une serviette mouillé de vinaigre)*. — Respire, tiens, respire... La couleur lui revient...

HONORINE *(de nouveau déchaînée)*. — Ah ! c'est de honte que tu devrais rougir ! Tu devrais t'étouffer de honte !

CLAUDINE *(violente)*. — Ah ! toi, tais-toi ! Dès qu'elle tourne de l'œil, tu sanglotes, et dès qu'elle va mieux, tu recommences ! Laisse-la tranquille.

HONORINE. — Alors, toi, tu trouves tout naturel qu'une fille rentre chez elle avec un polichinelle sous le tablier ?

CLAUDINE. — D'abord ne crie pas, que tout le quartier nous écoute.

Elle va fermer la fenêtre.

HONORINE *(à Fanny)*. — Tu n'as pas honte ?

CLAUDINE. — Mais oui, elle a honte, tu le vois bien ! Évidemment, ce qui arrive, c'est un grand malheur. Mais enfin, après tout ce que tu m'as raconté, tu pouvais un peu t'y attendre ! Quand une fille a un amant, elle attrape un enfant plus facilement que le million ! Ça, ça prouve son innocence, au contraire ! Laisse-moi lui parler. Écoute, Fanny, ne t'effraie pas. Réponds bien doucement, sans te fatiguer. Tu en es sûre, de ce malheur ? *(De la tête, Fanny dit oui.)* Bon. Et cet enfant, de qui est-il ? De Marius ?

HONORINE *(avec fureur).* — Et de qui veux-tu qu'il soit ? Elle n'a quand même pas encore couché avec tout Marseille !

CLAUDINE. — Bon. Il est de Marius.

HONORINE. — Ah ! celui-là, si je le tenais ! Elle a tort, elle, naturellement. Mais c'est une enfant, elle ne savait pas, il l'a trompée, il a dû se jeter sur elle, comme une bête sauvage ! Oh ! mais j'irai me plaindre à la justice, moi ! Au bagne, à casser des pierres ! Au bagne, les forçats, les saligauds, les assassins, les satyres ! Bonne Mère, que les diables de la mer lui mangent son bateau sous les pieds ! Que les favouilles le dévorent, celui qui a ruiné la vie de ma pauvre petite innocente ! *(Elle prend Fanny dans ses bras, elle l'embrasse.)* Ma pauvre petite !

CLAUDINE. — Ah ! évidemment ça prouve bien que ce garçon n'a guère de délicatesse... Faire un enfant à une jeune fille, c'est un gros sans-gêne. Mais le mal est fait, et bien fait.

HONORINE. — Oui, on peut dire que c'est réussi.

CLAUDINE. — Mais maintenant, il faut trouver le remède, pas plus...

HONORINE *(sarcastique).* — Et oui, pas plus ! Dis-moi, ma petite, dis-moi, maintenant, depuis quand tu le sais ?

FANNY. — Depuis qu'il est parti, je me sentais malade... Je n'étais plus comme d'habitude... J'avais mal au cœur tous les matins...

HONORINE. — Ô Bonne Mère !

FANNY. — Et puis, je mangeais beaucoup.

HONORINE. — Mais à table tu ne prenais rien !

FANNY. — Je mangeais par caprice, n'importe quand, n'importe quoi. Du pain, du chocolat, des fruits, des coquillages, ça me prenait comme ça tout d'un coup... Et puis, j'avais l'air très maigre, et quand je me suis pesée, j'ai vu que je n'avais pas maigri. Au contraire.

CLAUDINE. — Moun Diou ! Ça y était !

FANNY. — Alors, j'ai eu peur, une peur horrible... J'y pensais le jour, j'y pensais la nuit... Je pleurais tant que j'en étais saoule... Marius ne m'écrivait pas... J'ai pensé à me jeter à la mer.

HONORINE. — Malheureuse ! Ne fais jamais ça ! Va, comme tu as dû souffrir de porter ton secret toute seule !

FANNY. — Et enfin, ce matin, je me suis décidée. Je suis allée voir un docteur. Le docteur Venelle.

HONORINE *(découragée)*. — Un bon docteur. Un savant, celui-là ! Et qu'est-ce qu'il t'a dit ?

FANNY. — Que ça serait pour le mois de mars.

HONORINE *(découragée)*. — Eh bien ! Un joli mois ! Le mois des fous ! Et après, qu'est-ce que tu as fait ? Je parie que tu es allée raconter la chose à César ?

FANNY. — Non. Après, je ne sais pas. Je suis partie dans les rues, j'ai marché... Je ne sais où je suis allée... À la fin, j'ai bu du rhum dans un café, et je suis venue ici, pour tout te dire.

HONORINE. — Eh bien, nous sommes propres ! Ne pleure pas, vaï. Ça ne sert à rien. Après tout, l'honneur, c'est pénible de le perdre. Mais quand il est perdu, il est perdu.

CLAUDINE. — Et puis, tant que personne ne le sait, il n'y a pas de déshonneur ! Si on criait sur la place publique les fautes de tout le monde, on ne pourrait plus fréquenter personne !

HONORINE. — Toi, maintenant, qu'est-ce que tu comptes faire ?

FANNY *(elle se jette dans ses bras)*. — Je ferai ce que tu voudras, pourvu que tu me gardes.

HONORINE. — Alors, c'est tout simple, et nous sommes sauvées. Épouse Panisse.

FANNY. — Tu crois qu'il me voudrait encore ?

CLAUDINE. — Il est venu te redemander il n'y a pas dix minutes. Avec la queue de morue, et les gants blancs !

HONORINE. — Et cette fois-ci, c'est oui, oui, oui !... Mariage dans quinze jours et je vais lui porter la réponse tout à l'heure !

CLAUDINE. — Qu'est-ce que tu en dis toi ?

FANNY (*hésitante*). — Moi, je pense que je gagne très bien ma vie ; je suis capable de travailler, de me débrouiller toute seule. Mon idée, si maman me le permettait, ce serait de ne pas me marier, et d'élever mon enfant par mon travail, en attendant que son père revienne, s'il revient.

CLAUDINE. — C'est beau, mais c'est difficile.

HONORINE. — Difficile ? Impossible, tu veux dire. Qu'elle fasse un enfant sans avoir un mari ? Ne perdons pas notre temps à dire des choses qui n'ont pas de sens !

FANNY. — Maman, et la fille du brigadier des douanes, Madeleine Cadot, est-ce qu'elle n'a pas une enfant sans père ? Elle l'élève très bien, et elle n'est pas malheureuse !

HONORINE. — Ce n'est pas la même chose. Le père est mort juste comme ils allaient se marier, tandis que le tien est parti à la nage à toute vitesse, de toutes ses forces, pour ne pas t'épouser. Et puis, tu ne vas pas comparer la famille Cadot avec la nôtre. Les Cabanis !

CLAUDINE. — Eh oui, c'est vrai ! Vous autres vous êtes des Cabanis ! Et puis, fais bien attention, Fanny : dans toutes les familles, il peut y avoir une fille-mère ou une garce. Ça se pardonne, parce que c'est naturel. Mais maintenant, chez nous, c'est impossible parce que notre sœur Zoé a déjà pris le tour !

HONORINE. — Si tu n'acceptes pas Panisse, nous sommes tous déshonorés, et moi je mourrai de chagrin, par ta faute !

CLAUDINE. — Si tu en as un autre en vue, qui te plaise et qui t'aime assez, dis-le ! Le petit Victor, par exemple ?

FANNY. — Oh ! non, pas Victor.

HONORINE. — Il n'y a point de santé dans cette famille... C'est vrai que la santé du père n'a pas une grande importance, puisque l'enfant est déjà tout fait ! Mais le fils de Balthazar, qui te fait les yeux blancs depuis le catéchisme ? Il est riche ! Il est beau garçon...

FANNY. — Non, non, je n'en veux pas un jeune. Si tu me forces à me marier, alors, je préfère Panisse.

HONORINE. — Et tu as raison.

FANNY. — Mais lui, est-ce qu'il me voudra ?

HONORINE. — Puisqu'on te dit qu'il te redemande !

FANNY. — Oui, mais il ne savait pas.

HONORINE. — Il sait très bien tout ce qui s'est passé avec Marius. J'ai pris la précaution de le lui rappeler tout à l'heure !

FANNY. — Il ne peut pas savoir que j'attends un enfant !

HONORINE. — Heureusement, qu'il ne peut pas le savoir ! Ça sera un enfant de sept mois, voilà tout !

FANNY (*stupéfaite*). — Tu veux que je l'épouse sans lui dire la vérité ?

CLAUDINE. — Mais toi, tu serais assez bête pour aller lui raconter la chose ?

FANNY. — Mais il le faut, voyons ! Il a le droit de le savoir !

HONORINE. — Elle est folle, ou alors, elle le fait exprès. Tu ne sais plus qu'inventer pour nous mettre dans l'ennui.

CLAUDINE. — Fanny, tu te rends bien compte que cet homme, c'est notre seul espoir. Si tu vas lui dire qu'il faut qu'il épouse deux personnes à la fois, il ne voudra plus.

HONORINE. — Si tu parles, c'est terminé, c'est fini.

CLAUDINE. — Et d'abord, pourquoi lui dire ? Tu n'es même pas absolument sûre que c'est vrai.

HONORINE. — Mais naturellement, qu'elle n'en est pas sûre !

FANNY. — Le docteur Venelle me l'a dit.

HONORINE. — Mais il est gâteux, le docteur Venelle ! Il a soixante ans !

CLAUDINE. — C'est peut-être nerveux, ce que tu as !

HONORINE. — Mais oui, c'est les nerfs ! Ou alors, c'est un air qui passe... Une espèce de grippe... Ne te fais pas une montagne d'une chose qui n'est peut-être pas vraie !

FANNY. — Alors, si ce n'est pas ça, je ne suis pas forcée de me marier.

HONORINE. — Mais il n'y a pas besoin d'être enceinte pour se marier ! Il y a de véritables jeunes filles qui se marient ! Prends Panisse, puisqu'il se présente, et ne lui dis rien.

FANNY. — Non, maman, ce serait malhonnête, ce serait un mensonge abominable !

HONORINE. — Mais tu n'auras pas besoin de mentir ! Il ne te demandera jamais rien ! Ah ! Si tu connaissais la vanité des hommes et surtout sous ce rapport ! Il trouvera tout naturel d'avoir un bel enfant après six ou sept mois de mariage !

CLAUDINE. — Oh ! ça, sûrement ! Et il ne sera pas le premier ! Et puis, Fanny, réfléchis un peu, Panisse, c'est un homme très bon, n'est-ce pas ?

FANNY. — Oui.

CLAUDINE. — Il faudrait que tu n'aies guère de cœur pour le priver d'une grande joie. La joie d'être père. Il le mérite bien, va.

FANNY. — Et moi, qu'est-ce que je penserais de lui pendant ce temps ? qu'est-ce que je penserais de moi ? Non, non. Je ne veux pas être malhonnête à ce point.

HONORINE. — Une femme n'est jamais malhonnête avec un homme. Si nous sommes dans cette misère, c'est à un homme que nous le devons. Eh bien, faisons payer la faute par un homme.

FANNY. — Ce n'est pas le même !

HONORINE. — Allons donc ! C'est toujours le même ! Ils sont tous pareils ! Et d'ailleurs, celui-là, s'il veut t'épouser, c'est parce que tu es jeune et jolie. Ne le prends pas pour un saint. Est-ce que ça ne vaut pas quelque chose, ça ?

FANNY *(violemment)*. — Non, non, j'ai commis une faute grave, je le sais. J'ai gâché ma vie. Tant pis pour moi. C'est moi que ça regarde. C'est à moi de me débrouiller. Alors, parce que Panisse est bon, parce qu'il m'aime, j'irais mettre un bâtard chez lui ? Et tu veux que je lui vole son nom pour l'enfant d'un autre ? Mais c'est ça qui serait un crime ! Si je faisais une chose pareille, je n'oserais plus regarder personne dans les yeux, je me croirais la dernière des dernières, je serais une vraie fille des rues ! Et c'est vous qui me proposez ça ?

HONORINE *(scandalisée)*. — C'est ça ! Donne-nous des leçons de morale à présent ! Tu n'as pas tant fait de chichis quand tu menais ton gigolo dans ta chambre de jeune fille, sous les yeux du portrait de ta grand-mère ! Et de mentir à ta mère, ça ne te faisait rien ! Va, tu es une ingrate, tu es une méchante fille, tu es...

CLAUDINE. — Tais-toi, Norine. Nous n'allons pas recommencer la comédie. Tout ça est horriblement tragique, mais on peut manger quand même. Fanny, assieds-toi là.

FANNY. — Je n'ai pas faim.

HONORINE. — Après ce que tu nous as dit tout à l'heure ?

FANNY. — Je mangerai plus tard. Il faut que j'aille remplacer Fortunette. Elle est à l'éventaire depuis ce matin. J'y vais.

Elle sort.

HONORINE. — Fanny !

Fanny ne répond pas.

Scène VII

HONORINE, CLAUDINE

HONORINE. — Et où elle va ?

CLAUDINE *(à table servant la soupe).* — Où elle t'a dit.

HONORINE. — Quand on n'a pas d'enfants, on est jaloux de ceux qui en ont et quand on en a, ils vous font devenir chèvre ! La Sainte Vierge, peuchère, elle n'en a eu qu'un et regarde un peu les ennuis qu'il lui a faits !

CLAUDINE. — Et encore, c'était un garçon !

HONORINE. — Elle est pas allée se noyer, au moins !

CLAUDINE. — Non. Si elle voulait le faire, son petit la retiendrait. *(Elle commence à manger.)* Assieds-toi, Norine ! *(Honorine s'assoit et prend une cuillère.)* Dis, Norine, les petits bâtards, ils sont moins jolis que les autres ?

HONORINE. — Non, au contraire, souvent ils sont plus forts, et plus intelligents, et même, ça s'appelle les enfants de l'amour.

CLAUDINE *(elle mange sa soupe).* — Et alors, de quoi tu te plains ?

RIDEAU

ACTE DEUXIÈME

LES VOILES

Le décor représente le magasin de Panisse, maître voilier. Le magasin est très long et très étroit.

Au plafond, les grosses poutres en bois, rondes, très apparentes.

Au fond, la porte, entre deux vitrines. Les vitrines sont cachées par des rideaux de toile à voile, à cause du soleil.

À droite, perpendiculairement à la rampe, un comptoir en bois. Il est très long, très large, et très vieux.

Au fond, au bout du comptoir, il y a la caisse, qui est beaucoup plus haute.

Derrière le comptoir, il y a des étagères, chargées de coupons de toile à voile, de toutes les nuances de blanc et de crème.

Au fond, à gauche, sur un socle, un modèle de goélette, toutes voiles dehors, et un scaphandre.

Contre le mur de gauche, une haute vitrine, qui contient de nombreux petits modèles de bateaux à voiles.

Dans les coins, des ancres de toutes les dimensions, des chaînes en fer et en cuivre – et dans un coin, pareil à une botte d'asperges, un fagot de vergues.

Au premier plan, à droite, un énorme gouvernail en bois, très ancien.

Scène I

PANISSE, LE CHAUFFEUR

Quand le rideau se lève, maître Panisse est assis sur le comptoir et il mange paisiblement, son assiette à la main.

Autour de lui, sur le comptoir, des assiettes sales, une miche, une bouteille de vin, un verre, une salière.

Un temps. Panisse mange. Sur la porte, le chauffeur, assis à terre, mange le pain et le fromage que lui a donnés Honorine.

À la machine à coudre, une ouvrière coud une voile.

PANISSE *(à bouche pleine)*. — Ô galavard, qu'est-ce que tu manges ?

LE CHAUFFEUR. — C'est un morceau de pain et un bout de fromage que Mme Honorine vient de me donner.

PANISSE. — Tu es bien poli aujourd'hui, que tu dis « Madame Honorine ».

LE CHAUFFEUR. — Oh ! mais dites, c'est qu'aujourd'hui, elle m'a donné à manger !

PANISSE. — Alors, si je ne te donne rien, tu ne m'appelleras jamais Monsieur Panisse ?

LE CHAUFFEUR. — Vous n'avez pas besoin de rien me donner. Vous, je vous dis toujours Monsieur Panisse, même quand vous n'êtes pas là.

PANISSE *(flatté)*. — Et pourquoi ?

LE CHAUFFEUR *(respectueux)*. — Parce que vous avez le gros ventre.

PANISSE. — Ô, dis Marrias, j'ai le gros ventre, moi ? *(Il descend du comptoir, rentre son ventre.)* Regarde un peu si j'ai le gros ventre, ô myope !

LE CHAUFFEUR. — Ô, allez, il est gros. Vous avez beau le rentrer, mais quand même il est gros. Allez, vaï, donnez-moi quelque chose à manger.

PANISSE. —Tiens, il reste de la salade de poivrons, si tu la veux, prends-la.

LE CHAUFFEUR *(au comble de la joie)*. — Ô coquin de sort ! des poivrons ! Merci, monsieur Panisse !

Entre M. Brun. Panisse va vers lui.

PANISSE *(en passant, il montre les assiettes éparses à la commise)*. —Té, petite, arrange un peu ça.

Scène II

PANISSE, M. BRUN

PANISSE. — Alors, monsieur Brun, vous l'avez bien vu, ce bateau ?

M. BRUN. — Eh oui ! Je viens de l'examiner à fond.

PANISSE. — Et alors ?

M. BRUN. — Pour le prix, il me paraît très bien.

PANISSE. — Je comprends, dites, qu'il est bien !... C'est un véritable lévrier des mers !

M. BRUN *(perplexe)*. — Le moteur me paraît bien petit.

PANISSE. — Mais c'est bien ce qu'on vous a dit : ce n'est pas un canot à moteur : c'est un bateau à voiles avec un moteur auxiliaire. Alors, vous l'avez acheté ?

M. BRUN. — Eh oui. J'ai donné 300 francs d'arrhes.

PANISSE. — Alors, je vous fais le jeu de voiles complet, comme convenu.

M. BRUN. — Naturellement.

PANISSE. —Voilà la maquette. *(Il va prendre un petit canot et le met sur le comptoir.)* Tout simple, un joli foc, et une voile latine. *(Il regarde le numéro de la maquette.)* N° 24 – et ici, j'ai les mesures du bateau. *(Il prend un coupon derrière lui, et en déplie un mètre.)* Et voilà la toile que je vous ai choisie. Touchez-moi ça, monsieur Brun, ça a du corps, c'est léger, c'est solide, et ça ne mouille pas dans l'eau. Et regardez-moi le grain.

Il pose sur la toile un petit appareil en cuivre à deux loupes. M. Brun applique son œil sur la première loupe.

M. BRUN. — Oui, ça me paraît bien, mais c'est un peu raide, vous ne trouvez pas ?

PANISSE. — Écoutez, monsieur Brun : c'est une voile, que vous voulez, ou bien un pantalon pour madame ? Si c'est pour un pantalon, ne prenez pas ça. Mais pour une voilure, je vous le conseille : une voile, ça supporte de l'épaisseur. Et puis, cette toile, ça va vous faire des voiles qui vont claquer dans le vent : chaque fois que vous changerez de bord, vous allez entendre s'envoler toute une compagnie de perdreaux. *(Il imite le bruit d'une compagnie de perdreaux « Frr… Frr… »)* C'est poétique.

M. BRUN. — Oui, c'est poétique. Mais qu'est-ce que ça va me coûter, pour une voilure complète ?

PANISSE. — Mille francs.

M. BRUN. — C'est poétique, mais c'est cher.

PANISSE. — Un tout petit, mais tout petit billet de mille francs. Le plus petit billet de mille francs possible.

M. BRUN. — Qu'est-ce que c'est, le plus petit billet de mille francs possible ?

PANISSE. — Je veux dire que, comparé à une voilure, c'est si petit un billet de mille francs, monsieur Brun ! Plié en quatre, c'est rien du tout ! Pensez que pour ce petit bout de papier, je vous fais tout ça ! Réellement, c'est un cadeau entre amis.

M. BRUN. — Un cadeau, pas précisément. Mais enfin, tout de même...

Il palpe la toile, il réfléchit. Entre César, dans son costume de ville.

Scène III
PANISSE, CÉSAR, M. BRUN

PANISSE *(un peu ennuyé)*. — Té, bonjour, César !

CÉSAR. — Bonjour, messieurs !

M. BRUN. — Bonjour, César !

CÉSAR. — Vous achetez des voiles, monsieur Brun ?

M. BRUN. — Je fais choix d'une voilure pour mon bateau.

CÉSAR. — Vous avez acheté un bateau ?

M. BRUN. — Je viens d'acheter *Le Pitalugue*, sur les conseils de maître Panisse.

CÉSAR *(stupéfait)*. — *Le Pitalugue* ? Le grand canot blanc ?

M. BRUN. — Oui. Vous le connaissez ?

CÉSAR. — Vous pensez si je le connais ! Mais tout le monde le connaît, ici. C'est l'ancien bateau du docteur Bourde. Depuis, il a eu au moins quinze propriétaires !

PANISSE *(il fait signe à César de se taire)*. — Allons, César, allons !

M. BRUN. — Ah ! C'est curieux.

CÉSAR *(goguenard)*. — Oui, c'est curieux. Mais le bateau lui-même est encore plus curieux.

M. BRUN. — Et pourquoi ?

CÉSAR *(à Panisse)*. — Comment, tu ne l'as pas averti ?

M. BRUN. — Mais de quoi ? *(César rit.)*

PANISSE *(gêné)*. — Écoutez, monsieur Brun. J'ai peut-être oublié de vous dire qu'il est un peu jaloux.

M. BRUN. — César est jaloux ?

PANISSE. — Non, le bateau est jaloux. Ça veut dire qu'il penche assez facilement sur le côté, vous comprenez ?

M. BRUN *(inquiet)*. — Et il penche... fortement ?

PANISSE *(confiant)*. — Non, monsieur Brun. Non.

CÉSAR. — C'est-à-dire que quand on monte dessus, il chavire, mais il ne fait pas le tour complet, non. Dès qu'il a la quille en l'air, il ne bouge plus. Il faut même une grue pour le retourner du bon côté !

M. BRUN. — Oh ! mais dites donc ! Et ça lui arrive souvent ?

PANISSE. — Mais non, monsieur Brun. Mais non !

CÉSAR. — C'est-à-dire que ce bateau est célèbre pour ça depuis ici jusqu'à la Madrague et qu'on l'appelle *Le Sous-Marin*.

M. BRUN. — Allons, César, vous plaisantez !

PANISSE. — Mais certainement, qu'il plaisante ! Il est certain que ce bateau a chaviré, quelquefois, parce qu'il n'était pas lesté comme il faut – et puis, il faut savoir s'en servir, parce que c'est un fait qu'il est jaloux.

M. BRUN *(perplexe)*. — C'est curieux, parce qu'il n'en a pas l'air.

CÉSAR. — Oh ! non, il n'en a pas l'air, mais c'est un petit cachottier.

M. BRUN *(à César)*. — Alors, vous prétendez que dès que je mettrai le pied dessus, ce bateau va chavirer ?

CÉSAR. — C'est probable, mais ce n'est pas sûr. Après tout, il a tellement chaviré, que peut-être maintenant il en est dégoûté. Il ne voudra plus, té.

M. BRUN. — Quelle blague ! Et pourquoi chavirerait-il systématiquement ?

CÉSAR *(sérieux)*. — Parce qu'il a une hélice trop grosse pour lui ; elle prend trop d'eau. Alors, si vous forcez la vitesse, au lieu que ça soit l'hélice qui tourne, c'est le bateau – et alors, il se dévire.

PANISSE *(furieux)*. — Mon cher César, tes plaisanteries sont ridicules. Ce bateau-là, M. Brun ne l'a pas fait faire sur commande ; et il ne l'a pas payé au prix d'un canot inchavirable. Il l'a payé 1 500 francs ; c'est une occasion !

M. BRUN *(à César)*. — Vous ne trouvez pas qu'à ce prix-là, même avec ses défauts, c'est une belle occasion ?

CÉSAR. — Oh ! oui ! C'est une belle occasion de se noyer.

M. BRUN *(direct)*. —Voyons, Panisse, vous connaissez fort bien ce bateau, et c'est vous qui me l'avez fait acheter. Franchement, est-ce que ce bateau chavire ?

PANISSE *(philosophique)*. — Mais mon cher monsieur Brun, les royaumes chavirent, les jolies femmes chavirent et nous finirons tous par chavirer au cimetière ! Tout chavire dans la nature et naturellement, surtout les bateaux.

CÉSAR. — Et surtout celui-là.

PANISSE. —Vous garantir que *Le Pitalugue* ne chavirera jamais, je ne le peux pas.

CÉSAR *(joyeux)*. — Oh ! que non !

PANISSE. — Ce sont les risques de la navigation. Si vous voulez aller sur la mer sans aucun risque de chavirer, alors, n'achetez pas un bateau : achetez une île !

CÉSAR. — C'est ça, achetez le château d'If et Panisse vous fera les voiles !... Monsieur Brun, capitaine du *Sous-Marin* ! Ah ! on vous a bien embarqué, monsieur Brun !

M. BRUN *(piqué)*. — Mon cher César, depuis un quart d'heure, vous essayez de me mettre en boîte. Eh bien, permettez-moi de vous dire que ça ne prend pas.

PANISSE. — Bravo !

M. BRUN *(qui se monte)*. — D'ailleurs, pour couper court à toutes ces galéjades, je vais l'essayer immédiatement, et m'en vais le sortir du port.

PANISSE *(inquiet)*. — Mais non, monsieur Brun, ce n'est pas la peine ! D'abord, vous ne pouvez pas, vous êtes tout seul !

M. BRUN. — J'irai avec le petit chauffeur. *(Au chauffeur.)* Dis donc, phénomène, veux-tu venir avec moi essayer *Le Pitalugue* ?

LE CHAUFFEUR. — Oui, mais après ce que M. César vient de dire, vous comprenez que ce sera cinq francs.

M. BRUN. — Soit. Ce sera cinq francs. Et vous, Panisse, vous nous accompagnez ?

PANISSE *(très gêné)*. — Je voudrais bien, mais je ne peux pas.

CÉSAR. — Pas si bête !

PANISSE. — Ce serait avec le plus grand plaisir, mais je ne peux pas quitter le magasin. Nous travaillons, ici. Tenez, monsieur Brun, emportez tout de même une bouée. Je sais bien que vous ne vous en servirez pas, mais ça ne peut pas vous faire du mal.

M. BRUN. — Au fait, oui.

Il prend la bouée.

PANISSE. — Et je donne immédiatement des ordres à l'atelier pour couper les voiles.

M. BRUN. — Non, non. Attendez donc le résultat de l'expérience.

CÉSAR. — Oui, attendons le résultat.

M. BRUN *(à César)*. — Je suis d'ailleurs bien tranquille, car je sais ce que c'est qu'un bateau, je suis un connaisseur de bateaux.

CÉSAR. —Vous en avez tout l'air.

M. BRUN. — J'ai vu ce bateau-là, je l'ai examiné, je l'ai jugé. D'après sa ligne, sa coupe, son gabarit, ce bateau-là ne peut pas chavirer, il ne chavirera pas. Et pourtant, je vais faire tout mon possible pour le faire chavirer.

CÉSAR. — Allez, monsieur Brun, ne forcez pas votre possible. Ça se fera tout seul. Vous savez nager ?

M. BRUN. — Mon cher César, je suis heureux de vous donner une preuve de la confiance que j'ai dans ce bateau. Je ne sais pas nager du tout.

CÉSAR. — Alors, adieu, monsieur Brun.

M. BRUN. — Comment, adieu ?

CÉSAR. — Nous nous reverrons au ciel.

M. Brun hausse les épaules.

M. BRUN *(au chauffeur).* — À nous deux !

Ils sortent.

Scène IV

PANISSE, CÉSAR

PANISSE *(furieux).* — Et voilà comme tu es ! Avec tes racontars et tes calomnies, tu me fais perdre une occasion de lui vendre une voilure complète !

CÉSAR. — Oh ! toi, pour vendre six mètres de toile, tu ferais noyer n'importe qui. Tu es un assassin, Panisse, un véritable assassin.

PANISSE. — En tout cas, grâce à toi, voilà mille francs que j'ai ratés.

CÉSAR. — Si le bateau ne chavire pas, tu les retrouveras.

PANISSE. — Oui, mais tu le sais aussi bien que moi qu'il va chavirer !... Tu avais bien besoin de venir maintenant, avec ta canne et ton joli chapeau !

CÉSAR. — J'ai ma canne et mon joli chapeau parce que je viens de faire des courses. Et je suis ici parce que j'ai à te parler très sérieusement.

PANISSE. — Eh bien, tu aurais pu me parler sans épouvanter la clientèle.

CÉSAR. — La clientèle est en train de se noyer par ta faute.

PANISSE. — Se noyer ! Allons donc ! Se noyer !... Et qu'est-ce que c'est que tu veux me dire ?

Le facteur passe devant le magasin. Il ouvre la porte et se penche.

LE FACTEUR *(il tend un paquet).* — Maître Panisse !

Panisse va vers lui, prend le courrier, le facteur voit César.

LE FACTEUR. —Tiens, vous êtes là, monsieur César ? J'ai une lettre pour vous. Ça vient de Macassar.

CÉSAR. — Donnez...

Il prend la lettre et la regarde avec émotion.

PANISSE. — C'est de Marius ?

César ne répond pas.

CÉSAR. — Écoute, ce que je voulais te dire, je reviendrai te le dire tout à l'heure. Je vais d'abord chez moi, lire la lettre de mon fils.

PANISSE. — Ce que tu voulais me dire, ça a un rapport avec ton fils ?

CÉSAR. — Oui.

PANISSE. — Bon. Mais tu ne peux pas lire cette lettre ici ?

CÉSAR. — Non. Non. J'aime mieux être seul.

PANISSE. — Mais si tu veux, tu n'as qu'à aller à la salle à manger.

CÉSAR. — Non. Non. Une lettre du petit, ça doit se lire à la maison.

PANISSE. — Bon.

CÉSAR. — Alors, à tout à l'heure.

PANISSE. — À tout à l'heure.

César sort. Panisse va derrière son comptoir mesurer ses coupons.

Scène V

PANISSE, ESCARTEFIGUE, LA COMMISE

Panisse est derrière son comptoir. Dehors, passe Escartefigue. Il se penche dans la porte entrouverte.

ESCARTEFIGUE. — Adieu, Panisse !

PANISSE. — Adieu, Félix, où tu vas ?

ESCARTEFIGUE. — Je vais vite m'installer à la terrasse chez César, pour jouir du coup d'œil.

PANISSE. — Qué coup d'œil ?

ESCARTEFIGUE. — M. Brun a acheté *Le Sous-Marin*... Il va l'essayer et il y a beaucoup d'espoir qu'il soit noyé.

PANISSE. — Fais attention qu'il a emmené ton chauffeur !

ESCARTEFIGUE. — Oh ! lui, il sait nager ! J'espère bien qu'il va tomber à l'eau, parce que je le verrais au moins une fois avec la figure propre, et ça me ferait plaisir de faire sa connaissance !

PANISSE. — Méfie-toi que peut-être tu ne le reconnaîtras plus !

ESCARTEFIGUE *(il regarde du côté du port)*. — Té, les voilà qui partent ! M. Brun a déjà mis la ceinture de sauvetage !

PANISSE. — Oh ! comme il a bien fait !

Le téléphone sonne. Panisse va au téléphone.

PANISSE. — Allô, oui, oui. Je vous l'envoie tout de suite. *(À la commise.)* Dis, petite, on demande le foc à l'atelier. Tu es prête ?

LA COMMISE. — Oui, maître Panisse.

PANISSE. — Porte-le tout de suite et dis-leur que pour les voiles de M. Brun, ce n'est pas la peine de commencer. J'ai l'impression que c'est foutu.

LA COMMISE. — Bien, maître Panisse.

Elle sort jusqu'à la porte de la rue.

PANISSE *(il crie).* — Et dis-leur qu'ils se dépêchent pour la grand-voile de l'Espagnol. Je l'ai promise pour demain matin.

Scène VI

PANISSE, FANNY, CÉSAR

Fanny paraît sur le seuil du magasin.

PANISSE. — Bonjour, ma belle !

FANNY. — Bonjour, maître Panisse !

Elle reste sur la porte, toute pâle.

PANISSE. — Mais entre donc, voyons !

FANNY. — Dites, Panisse, est-ce que je puis vous parler ?

PANISSE. — Mais naturellement que tu peux me parler !

FANNY. — J'ai quelque chose d'extrêmement grave à vous dire. Mais ne restons pas ici, nous serons sûrement dérangés…

PANISSE. — Attends. C'est bien facile. *(Il va fermer la porte et en retire le bec-de-cane. Puis il baisse les stores des vitrines et de la porte.)* Nous voilà en pleine tranquillité. Alors, tu as quelque chose de grave à me dire ? Va, je me doute bien de ce que c'est. Ta mère t'a dit que ce matin je t'ai redemandée ?

FANNY. — Oui, elle me l'a dit.

PANISSE. — Et tu viens me porter ta réponse ?

FANNY. — Oui...

PANISSE. — Et tu as l'air tout ennuyée, et tu n'oses pas dire un seul mot ; va, je sais bien pourquoi et je vais te faciliter la chose ; tu viens me dire non encore une fois. Eh bien, tant pis, il ne faut pas te faire du mauvais sang pour moi : si c'est non, c'est non, et puis, c'est non, té, voilà tout ! Tant pis, que faire ?

FANNY. —Vous vous trompez, Panisse. Je ne viens pas vous dire non.

PANISSE *(tremblant).* — Est-ce que tu viens me dire oui ?

FANNY. — Je viens vous dire que, si c'était encore possible, je dirais oui. Mais ce n'est plus possible.

PANISSE. — Et pourquoi ?

FANNY. — Parce qu'il y a une chose grave que vous ignorez et quand vous saurez cette chose, c'est vous qui ne voudrez plus.

PANISSE. — Moi, je ne voudrais plus ? Ça m'étonnerait. Dis un peu cette chose, pour voir ?

FANNY. — Il me faut beaucoup de courage pour vous dire la vérité ! Mais cette vérité, je vous la dois ! Même si vous devez ensuite me mépriser.

PANISSE. —Te mépriser ? Mais non, mais non. Et d'abord, cette chose-là, je la sais déjà. Et même plusieurs personnes la savent. Deux fois, on a vu Marius sortir de chez toi à la petite pointe du jour. Eh bien, quoi ? Et après ? Si quelqu'un venait me dire : « Maître Panisse, vous avez épousé une jeune fille que vous n'avez pas été le premier », je lui répondrais : « Eh bien, dites donc, et moi, est-ce que j'étais vierge ? » Non, n'est-ce pas ? Alors ?... Et ceux qui épousent des veuves, ou des divorcées ? Qu'est-ce que ça peut faire, ça, après tout ?... Pour moi, c'est tout le contraire, ça ne me fâche pas, et je vais t'expliquer pourquoi : quand un monsieur de mon âge épouse une fillette comme toi, ce n'est pas très joli, parce que ce n'est pas juste. Elle, elle va lui apporter la jeunesse et la beauté ; elle s'amène toute fraîche et toute neuve. Et lui, qu'est-ce qu'il offre en échange ? Un intérieur, une situation sociale, une affection et une moustache grise – je veux dire, grisonnante. Eh bien, ce n'est pas une affaire très honnête. Mais du moment que la jeune fille a eu, pour ainsi dire, un amant, eh bien, ça rétablit un peu l'équilibre et je peux me marier avec toi sans perdre ma propre estime. Je me garde toute ma sympathie... ma sympathie qui m'est personnelle et que j'y tiens énormément... Voilà ma façon de penser...

FANNY. — Vous êtes bon, Panisse, mais il y a autre chose : quelque chose de plus terrible, quelque chose qui ne peut pas s'effacer... *(Un temps.)*

PANISSE. — Bon, ça te gêne de parler. Mais moi, je vais parler pour toi. Parce que je comprends ce que tu veux dire : il y a, que tu penses toujours à lui et que par délicatesse, tu tiens à m'avertir et à me le répéter. Eh bien, répète-le-moi tant que tu voudras. Après tout, ce n'est pas de ta faute et ce n'est pas de la mienne. Je te réponds que d'ici deux ans, tu seras une femme différente, que s'il revient, nous l'inviterons à la maison et que tu seras étonnée de voir qu'il n'est pour toi qu'un étranger.

FANNY. — C'est vrai, je pense encore à lui ; mais il y a encore quelque chose de plus grave... une conséquence irréparable...

PANISSE. — Et quoi ?

FANNY. — Ne me forcez pas à le dire. Tâchez de comprendre...

PANISSE *(plein de bonne volonté)*. — Eh bien, tu vois, je tâche, j'essaye, je cherche...

FANNY *(elle se lève)*. — Non, vous ne cherchez pas, vous avez compris, je le vois. Vous prenez l'air de celui qui ne veut pas comprendre, parce que je vous fais horreur, comme à tout le monde. Je le savais... Et si je suis venue ici, ce soir, c'est à cause de ma mère...

PANISSE *(perplexe)*. — Qu'est-ce que je fais semblant de ne pas comprendre ?

FANNY. — Allez, vous avez raison, Panisse, ne me prenez pas ! Je suis une fille perdue, perdue... Et je n'ai même plus le droit de me tuer. *(Il s'approche d'elle – et sans le vouloir, il parle en provençal. Elle sanglote. Il est en proie à une grande émotion.)*

PANISSE *(à voix basse)*. — Es un pitchoun, Fanny ? Digo mi, Fanny, es un pitchoun ? *(Elle dit « oui » d'un signe de tête.)* Tu en es sûre ? C'est le docteur qui te l'a dit ? *(Même jeu.)* C'est donc pour ça que tu étais malade !

Fanny dit « oui » d'un signe de tête.

FANNY. — Ne me méprisez pas trop, Panisse. Vous m'avez demandée ce matin, je n'avais qu'à vous dire « oui », mais j'ai voulu vous avertir. Je serais bien heureuse maintenant, si je devenais votre femme. Mais j'ai un petit enfant qui me mange le ventre. Il veut naître, et il naîtra.

PANISSE. — Et tu accepterais quand même de m'épouser ?

FANNY. — J'accepterais d'être votre servante, je vous obéirais comme un chien. Et j'aurais tant de reconnaissance pour vous que je finirais peut-être par vous aimer !

PANISSE. — Mais ce petit, tu me le donnerais ? Il serait mien ? Il aurait mon nom ?

FANNY. — C'est la seule chose que je vous demande.

PANISSE *(en extase)*. — Ô Bonne Mère !

FANNY. —Vous me voulez quand même ? C'est vrai ?

PANISSE. — Écoute, Fanny. Tu n'as jamais remarqué mon enseigne ? Il y a : « Honoré Panisse », et en dessous « Maître voilier ». Est-ce que tu as remarqué que les lettres sont un peu trop serrées sur la gauche et qu'il reste au bout, comme un espace vide ?... Eh bien, regarde ça ! *(Il est allé derrière le comptoir et il ouvre un tiroir fermé à clef.)* Regarde. *(De ce tiroir, il sort de grandes lettres d'enseigne, jadis dorées.)* Ça, c'est « et ». Ça, c'est « leu ». *(Il place les lettres sur une planche.)* Ça, c'est « i », ça c'est « feu . Ça, c'est « seu ». *(Il les a placées dans leur ordre, et il lit.)* « Et fils. » Il y a trente ans qu'elles sont dans ce tiroir, et je n'ai jamais pu les sortir. *(Un grand temps. Panisse gesticule sans rien dire. Fanny se tait.)* Attends, Fanny. Un peu de précision. Est-ce que tu as dit ton secret à quelqu'un ?

FANNY. — Le docteur le sait.

PANISSE. — Bon. Mais lui ne pourra rien dire, puisqu'il est docteur. Et ensuite ?

FANNY. — Il y a ma mère et ma tante Claudine.

PANISSE. — Celles-là ne diront rien à personne, à cause de l'honneur de la famille. Il n'y a personne d'autre qui le sache ?

FANNY. — Non, personne.

PANISSE. — Bon. Et maintenant, quand est-ce qu'il va naître, MON petit ?

FANNY. — Au mois de février, ou au mois de mars.

PANISSE *(joyeux)*. — Mais ça tombe très bien. Ce sera donc un enfant de sept mois. Et alors, à quand la noce ?

FANNY. — Quand vous voudrez.

PANISSE. — Le plus tôt possible, à cause de l'enfant. Si on faisait ça dans la quinzaine ?

FANNY. — Vous dites bien la vérité, Panisse ? Avez-vous bien réfléchi avant de dire oui ? Vous allez sauver ce petit bâtard ?

PANISSE. — Fanny, puisque nous sommes d'accord, je vais te dire tout, et tu comprendras que je ne fais pas un sacrifice. Lorsque j'ai épousé ma pauvre Félicité, elle avait ton âge, et moi j'en avais guère plus. Nous avions acheté ce magasin en monnaie de papier, tu comprends ? En signant des traites à l'avance. Oh ! pas cher, bien sûr, à ce moment-là, le magasin ne valait pas grand-chose. Nous, nous avons eu d'abord une ouvrière, puis deux, puis cinq, puis dix, et comme ça jusqu'à trente. Et l'argent rentrait bien. Et alors, au bout de sept ans, un beau soir, j'ai dit à ma femme : « Ô Félicité, tu vois comme notre magasin est beau ?...
— Oui, il est beau.
— Le commerce va très bien.
— Oui, il va très bien.
— Eh bien, écoute, Félicité, l'argent et le magasin, nous ne l'emporterons pas sous la terre.
— Bien sûr, qu'elle me dit.
— Et si nous faisions un petit ? »

Alors, elle devient toute rouge, peuchère, et elle se cache un peu la figure, et elle me fait : « Honoré, il y a longtemps que j'y pense, mais je n'osais pas t'en parler... » Mais alors, baste ! Ma pauvre Fanny, impossible de faire un enfant. Je ne te dirai pas tous les docteurs qu'on a vus, toutes les sources minérales, tous les cierges, tous les pèlerinages, toutes les gymnastiques suédoises... et je gaze, naturellement, je gaze... Mais voilà la vérité : pendant longtemps nous avions eu peur d'avoir un petit ; et puis, quand nous l'avons voulu, nous ne l'avons pas eu : nous avions dégoûté le bon Dieu. *(Un temps.)* Alors, une véritable folie m'a pris : la folie des enfants. Depuis ce moment-là, chaque fois que j'ai vu, dans la rue, un grand couillon avec un panama qui pousse une petite voiture, tu ne peux pas t'imaginer comme j'ai été jaloux. J'aurais voulu être à sa place, avoir cet air bête et ces gestes ridicules... J'aurais voulu faire : « Ainsi font, font, font... » C'était une grande souffrance... Et Félicité, je la regardais de travers – et pour la moindre des choses, nous nous disputions. Surtout à table. Je lui disais : « C'est bien la peine d'avoir un estomac comme deux monuments, et de ne pas pouvoir faire un enfant. » Et alors, elle me répondait : « Si tu n'avais pas tant bu de Picons et de Rinçolettes, peut-être tu serais bon à quelque chose. » Et enfin, petit à petit, nous nous sommes habitués à ce désespoir. Mais le magasin ne nous intéressait plus du tout. Nous n'avons vendu que l'article courant. Je n'ai plus pris la peine de dessiner des voiles spéciales, selon la personnalité et le tempérament de chaque bateau, des voiles merveilleuses, des voiles signées de mon nom, comme des peintures de musée... Et alors, pendant que je jouais aux cartes, dans les cafés, comme un imbécile, les autres en ont profité. Certains MM. Renault, Dion-Bouton, Peugeot et tutti quanti se sont mis à faire des moteurs ; et voilà pourquoi notre beau vieux port est tout empuanti de pétrole : c'est parce que Félicité était stérile. Tout simplement. Et voilà pourquoi ce magasin ne travaille plus comme autrefois ; c'est parce que je n'avais personne à nourrir. Mais maintenant, Sainte-Bonne Mère, ça change tout... Une femme et un petit, à moi ?...

FANNY. — Ah ! vous êtes bon, je vous remercie. Mais pensez-y encore deux jours avant de me donner votre réponse.

PANISSE. — Et pourquoi ? Tu recules déjà ? *(Inquiet.)* Tu attends une lettre de Marius ?

FANNY. — Je n'attends plus rien de personne, sauf de vous. Mais je ne voudrais pas que vous engagiez votre parole sur un mouvement de pitié.

PANISSE. — Pitié ? Qué pitié ? Alors, tu n'as pas compris ce que je t'ai dit ? Fanny, je te jure que jamais un homme n'a fait une action aussi égoïste que moi en ce moment. JE ME FAIS PLAISIR, voilà la vérité. Ses enfants, bien entendu, il vaut mieux se les faire soi-même ; mais quand on attrape la cinquantaine, qu'on n'est pas bien sûr de réussir, et qu'on en trouve un tout fait, eh bien, on se le prend sans avertir les populations. Je ne te pose qu'une condition, Fanny : c'est que tu ne dises à personne, même pas à ta mère, que tu me l'as dit. Comme ça, je pourrais prendre l'air que cet enfant est à moi devant tout le monde. Tu ne le diras pas ?

FANNY. — Je ne dirai rien.

On frappe à la porte du magasin et on entend la voix de César.

CÉSAR. — Oou, Panisse ! C'est comme ça que tu m'attends ?

PANISSE. — Vouei, j'arrive.

FANNY *(effrayée)*. — César ! je ne veux pas le voir…

PANISSE. — Tiens, passe dans la salle à manger, qui sera bientôt la tienne… Va faire connaissance avec notre grande pendule, et le beau buffet de mon père… *(César frappe à la porte avec violence. Panisse s'interrompt pour lui crier « Vouei ! J'arrive ».)* Mais fais bien attention, moi, je ne sais rien… tu ne m'as rien dit. Je vais ouvrir à cette grosse brute, qu'il va me ruiner la devanture !

Fanny sort, Panisse va ouvrir.

Scène VII
PANISSE, CÉSAR

PANISSE. — Oou ! Ne casse pas les vitrines, sauvage !

CÉSAR. — Et pourquoi tu t'enfermes, comme ça ? C'est pour compter tes sous, vieux grigou ?

PANISSE. — Tout juste, vé – que si je les comptais devant toi, tu m'en volerais la moitié.

CÉSAR. — Ou peut-être, c'est pour pincer le croupion à ta commise, que, vieux chaspeur ?

PANISSE *(digne)*. — Ce serait encore de mon âge si c'était dans mon caractère. Alors, tu viens pour me parler sérieusement ?

CÉSAR. — Oui. Tu as cinq minutes ?

PANISSE. — Tout l'après-midi si tu veux.

CÉSAR *(solennel)*. — Et d'abord, une grave nouvelle, une nouvelle sinistre. M. Brun vient de se noyer.

PANISSE. — Comment, comment ? **Noyé**-mort, ou noyé mouillé ?

CÉSAR. — Mouillé, noyé et mort.

PANISSE *(très inquiet)*. — César, mais qu'est-ce que tu me dis ?

CÉSAR. — Je te dis que tu es un assassin.

PANISSE *(affolé)*. — Allons, ne plaisante pas avec ces choses-là...

CÉSAR. — Je ne plaisante pas. Vas-y voir, si tu en as le courage. Il est là-bas, étendu sur le quai... Par ta faute, pour mille francs !

PANISSE *(affolé)*. — Ce n'est pas possible. Ça serait terrible...

Il va s'élancer. César le retient.

CÉSAR. — Attends. Il a encore quelque chose qui bat... Mais on ne sait pas si c'est son cœur, ou si c'est sa montre !

PANISSE. — Grand couillon que tu es ! J'en ai les jambes qui tremblent !

Il s'assied, et essuie son front avec son mouchoir.

CÉSAR. — Je te disais ça pour rigoler. Il a chaviré, ça c'est vrai, et il a bu un bon coup, mais ses douaniers l'ont repêché... Reste assis, Honoré, ne t'inquiète pas, et parlons sérieusement. Dis donc, je sais que, il y a quelque temps, tu avais demandé la main de Fanny à Honorine.

PANISSE. — Oui.

CÉSAR. — La petite t'avait dit non, à cause de Marius. Elle croyait que mon fils allait l'épouser tout de suite. Si je dis quelque chose qui n'est pas vrai, arrête-moi.

PANISSE. — Bon, ça va, continue.

CÉSAR. — Là-dessus, mon fils est parti sur la mer. Il est parti pour longtemps.

PANISSE. — Oui. Et alors ?

CÉSAR. — Alors, j'entends dire par-ci, par-là, et je le vois aussi par moi-même, car je n'ai pas les yeux dans ma poche et je connais bien le vieux lascar que tu es – j'entends répéter, dis-je et je vois, que tu continues – discrètement – à faire la cour à la petite – et tu m'as tout l'air d'avoir l'intention de la demander encore une fois. Qu'y a-t-il de vrai là-dedans ?

PANISSE *(très calme).* — Pourquoi me demandes-tu ça ?

CÉSAR. — Parce que ça m'intéresse beaucoup. C'est vrai, ou ce n'est pas vrai ?

PANISSE. — César, quoique tu sois mon voisin et mon ami, je pourrais parfaitement te répondre que ça ne te regarde pas... et d'une !

CÉSAR. — Ça ne me regarde pas ?

PANISSE. — Pas du tout ! Oh ! mais pas du tout. Seulement, comme ce que je fais est parfaitement honnête et que je n'ai rien à cacher, je préfère te le dire tout de suite : Oui, j'ai redemandé la main de la petite. Et cette fois, on ne me l'a pas refusée et nous allons fixer ce soir officiellement la date des noces.

CÉSAR. — Tu en es déjà là ?

PANISSE. — J'en suis même encore plus loin que ça, puisque je suis en mesure de fixer la date tout de suite. La chose aura lieu dans seize jours exactement : pas vendredi, l'autre, si tu veux des précisions.

CÉSAR. — Eh bien, Panisse, ce mariage ne se fera pas.

PANISSE. — Il ne se fera pas ?

CÉSAR. — Non.

PANISSE (*effrayé*). — Pourquoi ? Ton fils revient ?

CÉSAR. — Malheureusement non. Mon fils ne reviendra que dans vingt-six mois, quand il aura fini l'océanographique. Mais ce mariage ne se fera pas, parce que je ne veux pas.

PANISSE. — Ah ! tiens ! Eh bien, tu es drôle, toi ! De quel droit tu ne veux pas ?

CÉSAR. — Du droit que Fanny, c'est la femme de Marius. Il ne l'a pas épousée devant M. le maire, mais ça, ce n'est qu'une formalité et nous la ferons quand il reviendra.

PANISSE. — Et si la petite ne veut pas attendre ?

CÉSAR. — Elle voudra, parce qu'elle l'aime.

PANISSE. — Elle voudra si bien, qu'elle vient de me dire « oui ».

CÉSAR. — Elle t'a dit « oui », à toi ?

PANISSE. — Parfaitement, à moi.

CÉSAR (*abasourdi*). — La petite elle-même t'a dit oui ?

PANISSE. — La petite elle-même m'a dit oui, parlant à ma personne.

CÉSAR (*abattu*). — Alors, ça, je n'y comprends plus rien. Rien, rien. Ou plutôt, oui, je comprends très bien : tu l'as achetée à sa mère. Tu es allé voir cette vieille garce d'Honorine, et tu lui as promis une rente pour elle – et elle te l'a vendue, sa fille – vendue comme une petite négresse d'Afrique. Dis la vérité – vieux négrier : c'est ça que tu as fait ?

PANISSE. — Voyons, César, est-ce que tu crois qu'on peut acheter une fille si cette fille ne veut pas ? Surtout Fanny, avec le caractère qu'elle a ! Voyons, rends-toi compte !

CÉSAR. — Je me rends compte que sa mère a dû lui monter le coup, lui dire qu'elle était déshonorée, et qu'il lui fallait un mari tout de suite, et elle te la jette dans les bras.

PANISSE. — Mais non, pas du tout, pas du tout. C'est du roman.

CÉSAR. — Voyons, Honoré. Tu sais que ce mariage serait un scandale, une énormité, une sinécure, une gabegie. Tu le sais bien que ce serait une gabegie.

PANISSE *(perplexe)*. — Qu'est-ce que c'est une gabegie, d'après toi ?

CÉSAR. — Ça veut dire quelque chose de criminel, de honteux, quelque chose qui ne va pas bien. Et d'ailleurs, je ne suis pas ici pour te donner des leçons de français, mais pour te rappeler à ton devoir. Si ces deux femmes sont folles, tu ne vas pas profiter de leur folie. Réponds-moi, Honoré. Est-ce que tu l'épouseras ?

PANISSE. — Tout juste.

CÉSAR. — Et pourquoi ?

PANISSE. — Parce que tel est mon bon plaisir.

CÉSAR. — Ô nom de Dieu !... *(Il se maîtrise.)* Écoute, Panisse, ne nous disputons pas. Soyons calmes, causons comme deux vieux amis. Je sens que nous sommes sur le point de crier comme deux marchands de brousses, et qu'à la fin, je t'étranglerai une fois de plus. Bien calmes, bien posément.

PANISSE. — Mais je veux bien, moi.

CÉSAR. — Eh bien, permets à ton vieil ami de te dire que ce que tu veux faire, ce n'est pas joli, joli.

PANISSE. — Qu'est-ce qui n'est pas joli, joli ?

CÉSAR. — Qu'un homme vieux soit le mari d'une fillette. Ce n'est pas propre.

PANISSE. — J'y ai pensé.

CÉSAR *(avec un immense dégoût)*. — C'est tout à fait déplaisant. C'est une chose qui déplaît.

PANISSE *(souriant)*. — Moi, ça ne me déplaît pas.

CÉSAR. — Tu vois ! Tu viens de montrer le fond de ton idée ! Tu épouses Fanny parce qu'elle est jeune et que ça te ferait plaisir de frotter sa jolie peau fraîche contre ton vieux cuir de sanglier.

PANISSE. — Mais non, mais non, ce n'est pas que pour ça.

CÉSAR. — Ce n'est pas que pour ça, mais c'est un peu pour ça, tu viens de le dire. Eh bien, tu me dégoûtes. Je suis dégoûté.

Il regarde Panisse avec un immense dégoût.

PANISSE *(souriant)*. — Eh bien, c'est ton droit. Sois dégoûté ! Que veux-tu que j'y fasse ?

CÉSAR. — Je veux que tu ne me dégoûtes pas. Je veux que, dans ces circonstances graves et familiales, tu te conduises comme un gentilhomme provençal et non pas comme le dernier des margoulins.

PANISSE. — Et si ça me plaît de me conduire comme le dernier des margoulins ?

CÉSAR. — Si tu refuses de suivre les conseils de ton vieil ami, alors, je serai dans l'obligation, le jour de la noce, de t'attendre devant l'église !

PANISSE. — À la sortie ?

CÉSAR. — Non. À la rentrée.

PANISSE. — Et qu'est-ce que tu me diras ?

CÉSAR. — La première parole que je te dirai, ce sera un coup de marteau sur le crâne ! Et ensuite, je te saisis, je te secoue, je te piétine, et je te disperse aux quatre coins des Bouches-du-Rhône.

PANISSE. — C'est entendu. Moi, si tu me donnes le moindre coup de marteau, même avec un marteau d'horloger, je te fous deux coups de revolver et pas un revolver miniature : un rabattan.

Il sort du comptoir un énorme revolver d'ordonnance.

CÉSAR *(ahuri)*. — Coquin de sort, il ne lui manque que deux roues pour faire un canon.

PANISSE *(qui se monte peu à peu)*. — Écoute, César, il y a quarante ans que je te connais, et depuis quarante ans, tu te dis « mon vieil ami ». Mon vieil ami ! C'est mon vieil emmerdeur qu'il faudrait dire !

CÉSAR *(stupéfait)*. — Quoi ?

PANISSE. — Depuis l'âge des chaussettes, tu m'empoisonnes, tu me tyrannises, tu me tortures, tu me supprimes ! À dix ans, tu m'empêchais de jouer aux jeux qui me plaisaient et tu me forçais de jouer aux tiens ! Pendant que je jouais aux billes avec d'autres et que je me régalais, toi, tu apparaissais tout d'un coup et tu criais : « Honoré, viens jouer à sèbe ! » Et j'y allais, comme un mouton... Et ça me dégoûtait, de jouer à sèbe. J'avais horreur de jouer à sèbe... J'en ai tant souffert de ces amusements forcés, que, même maintenant, quand je vois des enfants qui jouent à sèbe, je les disperse à coups de pied dans le cul.

CÉSAR *(ahuri)*. — Mais qu'est-ce que c'est que cette histoire de sèbe ? Est-ce que tu deviens fou ?

PANISSE *(lancé)*. — Dans la rue, tu me forçais à porter ton cartable. Quand tu attrapais deux cents lignes, en classe, tu venais jusque chez moi pour m'obliger à les faire à ta place – et toi, pendant ce temps, tu me mangeais mes berlingots. Tu m'en as tellement fait, de misères, qu'à un moment donné, je les écrivais sur un petit carnet et je me disais : « Peut-être qu'en grandissant, un jour, je serai plus fort que lui – et alors, quelle ratatouille je lui foutrai ! » Malheureusement, c'est toi qui as grandi le premier...

CÉSAR *(consterné)*. — Folie, folie de la persécution.

PANISSE. — Et plus tard... quand j'ai connu Marie Frisette, et que j'en étais amoureux fou, et que je lui plaisais beaucoup – toi, tu as tout fait pour nous séparer – tout. Parce que tu étais jaloux !

CÉSAR. — Moi, j'étais jaloux de Marie Frisette ? Mais malheureux, elle était horrible à voir, Marie Frisette ! Elle était maigre comme une bicyclette, et elle louchait !

PANISSE. — Elle n'était pas maigre, elle était mince et elle ne louchait pas, elle avait ce que l'on appelle une coquetterie dans l'œil.

CÉSAR *(il rit)*. — Et à part ça, elle était ravissante !

PANISSE. — Mais ce n'est pas d'elle que tu étais jaloux : c'était de moi !

CÉSAR. — Moi, j'étais jaloux de toi ? Mais qu'est-ce que tu insinues ?

PANISSE. — Oui, de moi. Parce que, quand j'étais avec elle, tu perdais ton esclave... Voilà pourquoi tu nous as fâchés... Et cette tyrannie abominable, elle a duré plus de trente ans !

CÉSAR. — Mais pourquoi m'as-tu supporté, puisque tu me détestais à ce point ?

PANISSE. — Parce que tu as une grande gueule. Oui, tu as une grande gueule et rien d'autre ! Et maintenant, tu t'imagines que ça va continuer ? Tu as la prétention d'empêcher mon mariage ? Mais nom de Dieu, avec deux balles de revolver, je te la fais éclater, la coucourde !

Il pose violemment le revolver sur le comptoir. Le coup part, la balle fait éclater la tête du scaphandre, qui s'effondre. Panisse est stupéfait. César reste calme.

CÉSAR. — Tu as déjà tué l'escaphandre...

PANISSE *(flageolant)*. — Que ça te serve de leçon, parce que moi, je te tuerai comme celui-là. *(Il va le ramasser.)*

CÉSAR. — Pauvre marteau, va... Va boire un coup, que ce revolver t'a fait tellement peur que tu ne tiens plus sur tes jambes !... Au fond j'ai bien tort de discuter avec un agité de cette espèce. Ce n'est pas à lui qu'il faut que je parle : lui, il ne comprend rien. C'est à la petite que je vais parler et je te donne ma parole que ce mariage ne se fera pas. *(Il va sortir.)*

PANISSE *(brusquement décidé)*. — Tu veux parler à la petite ? Eh bien, écoute, tu peux lui parler tout de suite.

Il va ouvrir la porte et il appelle Fanny.

CÉSAR. — Elle est ici ?

PANISSE. — Fanny, César veut te parler !

Fanny entre.

Scène VIII

CÉSAR, PANISSE, FANNY

CÉSAR. — Qu'est-ce que tu viens faire ici ?

PANISSE. — Elle va te le dire, mais ce n'est pas à toi de poser des questions. *(Il se tourne vers elle.)* Fanny, César a la prétention d'empêcher notre mariage par tous les moyens, et même à coups de marteau sur ma tête. Il pense avoir des droits sur toi et il affirme que tu lui appartiens parce que son fils t'a fait le grand honneur de t'abandonner. Dis-lui ta façon de penser.

CÉSAR. — Attends, Fanny, ne réponds pas encore. Il te présente mal la chose parce qu'il est de mauvaise foi. Moi, je dis simplement que tu es la fiancée de Marius. Il t'a quittée momentanément, mais toi, tu attends qu'il revienne, parce que tu sais qu'il reviendra. Voilà, c'est tout simple. N'est-ce pas que j'ai raison ?...

FANNY. — César, je ne peux pas l'attendre encore deux ans.

CÉSAR. — Tu ne peux pas ?... Oui, tu languis, je le sais... Mais tu es bien forcée de l'attendre, puisque tu l'aimes !

FANNY. — Oui, je l'aime. Panisse le sait ! Mais à cause de ma mère, à cause de ma famille, je ne peux plus attendre !

CÉSAR. — Ça y est ! Ils lui ont monté le coup ! J'en étais sûr !

FANNY. — Non, César, ma mère a raison. Vous, vous ne pouvez pas comprendre.

CÉSAR. — Je comprends qu'à cause du qu'en-dira-t-on, elle veut te mettre au lit de Panisse. Mais qu'est-ce que ça peut nous faire, les commérages de quatre vieilles déplumées qui tricotent sur les portes ? Et ta mère ? Elle devient chatouilleuse, tout d'un coup ! Est-ce qu'on ne disait pas, autrefois, qu'elle était la maîtresse de ton père, avant leur mariage ? Et après ? Est-ce que ça les a empêchés d'être heureux ? Allons, dis à Panisse qu'on t'a effrayée :

il est assez vieux pour comprendre la chose. Il te rend ton « oui », va. Et pour ta mère, moi, je vais lui expliquer.

FANNY. — Non, César, non. Il me faut un mari.

CÉSAR. — Et c'est toi qui dis ça ? Il te FAUT un mari ? Et tu accepteras le premier singe venu en chapeau melon pourvu qu'il t'épouse et qu'il ait de l'argent ?

FANNY. — César, je l'attendrais dix ans si je pouvais l'attendre. Mais maintenant, je ne peux plus. Si Panisse veut encore de moi, je suis prête à l'épouser.

CÉSAR. — Mais ce n'est pas possible, nom de Dieu ! C'est donc ça que tu mijotais tout le temps ! C'est donc pour ça que tu l'as fait partir... D'ailleurs tu le lui as dit franchement. Tu lui as dit que tu préférais l'argent de Panisse ! Il me l'a écrit. Je ne te l'ai pas dit, mais il me l'a écrit... Tu le lui as fait comprendre...

FANNY. — Je mentais, pour lui enlever un souci, parce que je voulais son bonheur... J'ai voulu l'aider... S'il m'avait aimée comme je l'aime, il aurait compris. C'était bien facile à deviner. Il aurait dû le voir, que je mentais...

CÉSAR. — Non, tu ne mentais pas. La preuve, c'est que pendant qu'il courait vers ce bateau de malheur, tu m'as retenu dans le bar. Tu savais que je l'aurais empêché d'embarquer... Alors, comme une hypocrite, tu m'as parlé de votre mariage pour me mettre la larme à l'œil... Et moi, comme un imbécile, j'étais tout ému, et je t'écoutais... la plus grande preuve que tu voulais vraiment épouser Panisse, c'est que tu le fais maintenant... Je constate que tu sautes sur les sous de ce vénérable satyre, et que tu viens le relancer jusqu'ici... Si tu avais la conscience tranquille, tu ne serais pas allée te cacher lorsque j'ai secoué la porte... Va, tu es bien la nièce de ta tante Zoé. Celle-là, elle s'y entendait pour faire danser les vieux pantins... Finalement, je suis bien content que mon fils soit parti. Il a eu raison, il a très bien fait ! Moi, je vais lui écrire, je vais lui expliquer la chose... Et je te garantis que s'il avait gardé le moindre regret, je te garantis qu'il n'en aura plus !

Il se dirige vers la porte. Fanny s'élance vers lui.

FANNY. — César, je vous en supplie...

PANISSE. — Laisse-le partir, cet imbécile...

FANNY. — Non, non, Panisse, dites-lui tout. Dites-lui tout...

CÉSAR *(il se retourne vers eux).* — Me dire quoi ?

PANISSE. — S'il n'a pas encore compris, c'est qu'il est aussi bête que méchant.

CÉSAR. — Compris quoi ?

FANNY. — Panisse, dites-lui, dites-lui...

CÉSAR. — Qu'est-ce qu'il y a ?

PANISSE. — Eh bien, il y a que la petite Fanny se trouve dans une position qui n'est guère intéressante pour une jeune fille.

CÉSAR. — Comment ? Comment ?

PANISSE. — Et qu'il faut bien qu'il se trouve un brave homme pour réparer le crime de ton galapiat de navigateur !

CÉSAR. — Un petit ? Tu portes un enfant de Marius ? *(Rugissant.)* Comment ! Elle va avoir un enfant, et tu veux me le prendre ?

PANISSE. — Comment, te le prendre ?

CÉSAR. — Mais il est mien ! C'est le petit de mon petit ! Et vous voulez me le voler ? *(Hurlant.)* Mais vous êtes fous, nom de Dieu ! Mon petit-fils ! Fanny est-ce que tu y penses ?

FANNY. — Je pense à ma mère et à ma famille.

CÉSAR. — Je me fous de ta mère et de ta famille. Ta famille, c'est Marius et ton petit, et moi. Quant à ce monsieur, qu'il se taise, il n'en est pas. Allons, viens à la maison.

FANNY. — Non, non, César. Écoutez-moi. Vous n'avez pas pensé à tout... Marius ne peut pas revenir avant deux ans et si j'ai un enfant sans avoir un mari, ma mère mourra de honte...

CÉSAR. — Mais non, on ne meurt pas comme ça...

PANISSE. — Tu connais Honorine... Tu sais comme elle a été malade lorsque sa sœur Zoé a mal tourné. Si sa fille est déshonorée, ça sera pire.

CÉSAR *(incrédule)*. — Déshonorée ! Ah ! vaï, déshonorée !

FANNY. — Mais oui, déshonorée... Je ne serai qu'une fille perdue et méprisée...

PANISSE. — Dans trois mois, quand elle passera sur le port, on ne se gênera pas pour dire : « Tiens, la petite Fanny a attrapé le ballon ! » Ou bien « Ça doit être un moustique qui l'a piquée... »

FANNY. — Et ma mère, à la poissonnerie, vous pensez ce que les autres vont lui dire !

CÉSAR. — Mais puisqu'on saura que c'est l'enfant de Marius !

FANNY. — Justement. Tout le monde sait bien que Marius est un honnête garçon et on pensera que, s'il m'a quittée après une chose pareille, c'est qu'il y a une vilaine raison.

CÉSAR. — Mais pourquoi ?

PANISSE. — On dira : « S'il l'a quittée, c'est qu'il a vu qu'il n'était pas arrivé le premier. » Ou alors « qu'il n'était pas sûr que l'enfant soit de lui »... et on dira aussi, comme toi tout à l'heure : « D'ailleurs, c'est l'habitude dans la famille. Il y a déjà eu sa tante Zoé qui n'a jamais eu le temps de remettre sa culotte »... Et voilà le calvaire que tu prétends imposer à ces deux femmes ?

CÉSAR. — Si elle ne devait jamais se marier, je ne dis pas non. Mais d'abord, moi, je suis là pour les protéger et les défendre. Et ensuite, elle aura un mari dans deux ans.

PANISSE. — Elle l'aura, ou elle ne l'aura pas. Admettons que ton fils revienne. Es-tu sûr qu'il voudra épouser la petite ?

CÉSAR. — Mais parfaitement, j'en suis sûr.

FANNY. — Depuis qu'il est parti, il a écrit deux fois. Pas à moi, à vous.

CÉSAR. — C'est naturel. Mais il parle toujours de toi dans ses lettres.

FANNY. — Oui, comme d'une étrangère.

PANISSE. — Et dans la lettre que tu as reçue tout à l'heure, est-ce qu'il en parle de la petite ? Non, il ne t'en parle pas.

CÉSAR. — Qu'est-ce que tu en sais ?

PANISSE. — S'il t'en parlait, tu l'aurais déjà dit. Est-ce qu'il te parle de son retour ? Non, il ne t'en parle pas. Allons, César, il s'agit de l'honneur et de la vie de Fanny. Sois de bonne foi. Dis la vérité.

CÉSAR (*hésitant*). — La vérité, c'est qu'elle a eu bien tort de le laisser partir. Il ne me parle plus beaucoup d'elle... quoique dans sa dernière lettre, à la fin, il m'a dit de lui donner le bonjour de sa part...

PANISSE. — Oh c'est bien gentil de sa part. (*Fanny s'est levée. Elle va pleurer sur le comptoir.*) Regarde, comme ça lui fait plaisir à la petite. Ça règle tout : il t'envoie le bonjour.

CÉSAR (*violent*). — Mais quand il saura qu'il a un fils, il épousera la mère tout de suite... Ou alors, je lui casse la gueule.

PANISSE. — Ça n'arrangerait rien. Et puis, là, nous parlons comme s'il revenait sûrement dans deux ans. Et déjà, nous ne sommes pas sûrs du mariage. Et s'il ne revient pas ?

CÉSAR. — Comment, s'il ne revient pas ? (*Terrible.*) Et tu oses penser à ça ?

PANISSE. — Et toi, tu oses ne pas y penser ? Est-ce que c'est toi, par hasard, qui fabriques les tempêtes, les typhons, les tornades et les cyclones ? Est-ce que c'est toi qui les lâches sur la mer quand ça te fait plaisir ? Et si son bateau sombrait ? Voyons, César, peux-tu nous jurer que tu es sûr que ton fils reviendra et qu'il épousera la petite ?

CÉSAR. — Honoré, il y a huit chances sur dix pour que ce mariage se fasse – mettons sept chances sur dix.

PANISSE. — Mettons six, ou même cinq.

FANNY. — Et il en reste beaucoup pour que la vie de cet enfant soit gâchée.

PANISSE. — Maintenant, personne ne le sait et n'importe qui peut épouser Fanny et donner son nom au petit sans être ridicule.

FANNY. — Mais quand il sera né ? Qu'est-ce que ça sera ?

PANISSE. — Un petit bastardon, rien de plus.

CÉSAR *(pensif)*. — C'est vrai, ça, c'est vrai...

FANNY. — Et plus tard, à l'école, ses petits amis lui diraient : « Moi, mon père est mécanicien ou boulanger. Et le tien, qu'est-ce qu'il fait ? » Et le pauvre petit deviendra tout rouge et il dira : « Moi ? J'en ai pas. »

CÉSAR *(pâle)*. — Oh ! bon Dieu !

FANNY. — J'ai pensé longtemps à toutes ces choses. Je pense à ma mère, je pense à l'enfant, à toute ma famille... Il vaut mieux que je devienne Mme Panisse, et tout le monde sera content, même Marius.

CÉSAR *(faiblement)*. — Mais non, mais non...

PANISSE *(vivement)*. — D'abord, si j'épouse la petite, cet enfant aura un père, et un nom. Il s'appellera Panisse.

CÉSAR. — Si par hasard il s'appelait Panisse, en tout cas, il s'appellerait Marius Panisse. César-Marius Panisse.

PANISSE. — Ça si tu veux, puisque tu serais le parrain. Comme ça, tu ne le perdrais pas, tu t'occuperais de lui tant que tu voudrais. De plus, il serait riche. Il y a une chose que personne ne sait, parce que j'en ai un peu honte. D'habitude, au café, quand on parle de la fortune des uns et des autres, moi, je dis toujours que j'ai six cent mille francs. Eh bien, c'est pas vrai, César, j'en ai plus du double.

CÉSAR. — Toi ? Tu es millionnaire ?

PANISSE. — Plus la valeur du magasin, ce qui fait un million et demi. Fanny elle-même ne le savait pas. Maintenant, je le dis, parce que c'est utile à la conversation.

CÉSAR. — Et tu laisserais tout ça au petit ?

PANISSE. — Naturellement, puisque c'est mon fils.

CÉSAR. — Évidemment que ce garçon aurait la vie plus belle, surtout si l'autre s'obstine à vouloir naviguer toute sa vie... *(Il hésite, puis il avoue.)* Il me l'a écrit... Il dit que c'est son étoile, et qu'il veut passer sa vie sur la mer...

PANISSE. — Tu vois bien...

CÉSAR. — Mais il faut que je réfléchisse.

Un temps.

CÉSAR. — Et moi si je lui laissais le bar, ajouté à toi, ça ne ferait pas loin de deux millions... Fanny, ce garçon, à vingt ans, il pourrait fumer des cigares comme le bras !

PANISSE. — Si ce n'est pas une fille.

CÉSAR *(scandalisé)*. — Une fille ? Qu'est-ce que tu vas chercher ? Ô Porte-malheur ! *(Il rit, puis il secoue la tête.)* Honoré, il y a une chose qui ne va pas dans cette affaire.

PANISSE. — Et quoi ?

CÉSAR. — L'enfant va naître beaucoup trop tôt, puisqu'il est déjà fait depuis au moins deux mois ! Et tout le monde comprendra.

PANISSE. — Je viens d'y penser : ce sera un enfant de sept mois, et voilà tout.

CÉSAR. — Qui va le croire ?

PANISSE. — Tout le monde, parce que j'ai mon plan. Écoute bien... Quand ce sera le moment, vers la fin, un soir, je l'emmène faire une petite promenade en voiture sur la Gineste, pour prendre l'air. Je m'arrête dans un endroit solitaire ; avec un marteau, je casse un phare, je cabosse une aile. C'est un accident d'automobile. La mignonne prend peur, et voilà ce que tu liras dans *Le Petit Provençal* :

« En descendant la côte de la Gineste, au lieu-dit La Fontasse, la voiture que conduisait maître Honoré Panisse, déportée dans le virage, a violemment heurté un pylône électrique. Les dégâts sont peu importants. Mais en arrivant chez elle, l'épouse du maître voilier a prématurément mis au monde un garçon parfaitement viable, et M. le docteur Venelle nous affirme que la mère et l'enfant se portent bien. Un blâme à l'imprudent conducteur, mais nos félicitations aux heureux parents. »

CÉSAR. — Ô Panisse ! Tu es une belle canaille ! Ça ne m'étonne pas que tu gagnes tant d'argent !

Entre Honorine, suivie de Claudine.

Scène IX

HONORINE, PANISSE, CLAUDINE, CÉSAR, FANNY

HONORINE. — Alors, il faudra que je passe ma vie à te chercher ?

PANISSE. — Elle n'est pas en danger, Norine, quand elle est ici ! Té, bonjour, Claudine, vous allez bien ?

CLAUDINE. — Mes jambes me portent plus, vé ! Il faut que je m'assoie !...

HONORINE. — Alors, vous faites la conversation avec César ?

CÉSAR. — Oui, nous parlions. Et d'une chose qui ne me plaît guère.   *I don't like it*

PANISSE *(rayonnant)*. — Norine, la petite m'a dit « oui ».
HONORINE *(à César)*. — Et c'est ça qui ne vous plaît pas ?   *Do you like it*

CÉSAR. — Eh oui, c'est ça... Parce que Marius...

HONORINE. — Eh bien celui-là, il ne manquerait plus que ça qu'il dise quelque chose ! Un navigateur, qui est peut-être en train de danser la bamboula sur la plage de Tahiti, et qui va rapporter à la maison une belle vérole des tropiques comme le neveu de Mathilde, qu'on a fini par mettre chez les fous.

CLAUDINE. — Il faut vous faire une raison, César. C'est lui qui l'a voulu...   *You have to accept it*

CÉSAR. — Je le sais bien... Je le sais bien... Mais moi, ça me fait peine de perdre une belle fille comme Fanny... Moi, j'avais l'habitude de la voir aux coquillages, et d'entendre claquer ses petits sabots... Elle n'y viendra plus, maintenant...

FANNY *(elle s'est rapprochée de lui, il pose son bras sur son épaule)*. — Mais si, je viendrai encore. Pas tous les jours, peut-être, mais je viendrai...

CÉSAR. — Tu ne pourras plus… La femme de maître Panisse, président du Syndicat, juge au tribunal de commerce. Tu auras les talons pointus, la fourrure, les gants et même le chapeau… Enfin… Je ne sais plus quoi dire. *(Il se tourne vers Panisse.)* Honoré, fais la bise à ta mère !

PANISSE. — Qu'est-ce que tu racontes ?

CÉSAR. — Voilà ta mère, et voilà ta tante !

PANISSE. — Alors, je les embrasse toutes les deux ! *(Il fait comme il dit.)*

CÉSAR. — Au fond, toute la famille est réunie. Il n'y a que moi qui n'en suis pas. Mais peut-être un jour, j'en serai.

HONORINE. — Dites, vous avez l'intention de m'épouser, peut-être ?

CÉSAR. — Ça, c'est encore possible : mais surtout, s'ils ont des enfants, c'est moi qui serai le parrain. Pas vrai, Panisse ?

PANISSE. — C'est juré, ça, César, mais attends au moins que le premier soit commencé.

HONORINE *(à César)*. — Vous croyez, vous, qu'ils auront des enfants ?

CÉSAR. — Mais certainement, qu'ils en auront !

CLAUDINE. — Pourquoi pas ? Ce Panisse est tellement coquin. Peut-être ils en auront une demi-douzaine !

HONORINE *(à Panisse)*. — Ça vous étonnerait, vous, d'avoir des enfants ?

PANISSE. — Une demi-douzaine, ça m'étonnerait. Ça m'inquié-terait même !… Mais un ? Ça ne m'étonnerait pas du tout !

CÉSAR. — Je vous dirai même qu'il y compte !…

RIDEAU

ACTE TROISIÈME

Une belle salle à manger provençale, celle de maître Panisse.
À gauche, au premier plan, un secrétaire fermé.
À la grande table, un vieux monsieur à cheveux blancs est assis.
Un registre et des feuilles de papier sont devant lui. Il les examine tour
à tour, et prend des notes. On frappe discrètement à la fenêtre. Le
vieux monsieur se lève et l'ouvre. M. Brun paraît.

Scène I

M. BRUN, RICHARD, HONORINE,
PANISSE, FANNY

M. BRUN. — Bonsoir Richard.

RICHARD. — Bonsoir monsieur Brun.

M. BRUN. — Est-ce que maître Panisse est là ?

RICHARD. — Non. Il est allé avec Madame au grand dîner du Yacht Club. Mais il va rentrer de bonne heure, parce qu'il part au train de 10 heures 30 pour Nice, pour le congrès des moteurs Baudoin et il faut qu'il signe la déclaration fiscale ce soir, dernier délai. *deadline*

M. BRUN. — Est-ce que vous pourriez lui faire discrètement une commission ?

RICHARD. — Bien sûr. Pourquoi discrètement ?

M. BRUN (*hésitant*). — Parce que c'est une chose un peu personnelle. D'ailleurs sans gravité... Dites-lui simplement : Marius est revenu.

RICHARD. — Celui du bar ?

M. BRUN. — Oui. Le chef de gare, qui me téléphonait pour une affaire de service, vient de me dire qu'il l'a vu en train de boire un verre au buffet avec un officier de marine... Au fond, c'est un fait sans importance. Mais il vaut peut-être mieux que maître Panisse en soit averti... Enfin, qu'il ne soit pas surpris quand il le reverra... s'il le revoit...

RICHARD *(inquiet)*. — Monsieur Brun, moi je suis comptable, et ça ce sont des affaires qui n'ont pas de comptabilité, et je ne veux pas m'en mêler ! Oh que non !

M. BRUN. — Dans le fond, je vous comprends… Et puis, finalement, il ne s'agit pas d'une catastrophe ; et il le saura bien assez tôt. Bonsoir Richard.

RICHARD. — C'est M. César qui va être content ! Vous allez le lui dire ?

M. BRUN. — Non ! Je vais boire un café avec lui, comme d'habitude – mais sans rien dire, pour lui laisser la surprise ! Bonsoir Richard…

RICHARD. — Bonsoir monsieur Brun.

Honorine entre par la droite.

HONORINE. — Qui c'était ?

RICHARD. — M. Brun qui a dit bonsoir en passant !

HONORINE. — Ça vous dérange si j'écoute un peu la radio ?

RICHARD. — Pas le moins du monde !

HONORINE. — Surtout que je la mets pas trop fort, parce que le petit dort.

Elle s'installe devant le poste. On entend ouvrir la porte d'entrée, puis Fanny entre, suivie de son mari. Elle est en manteau de fourrure et robe du soir. Panisse, en habit, la suit. Il va directement à la radio et tourne le bouton.

PANISSE *(à Richard)*. —Vous êtes encore là ?

RICHARD. — La déclaration. À partir de demain minuit, 10 % de majoration. Alors, si vous ne rentrez pas demain après-midi…

PANISSE *(tout en signant)*. — Je pense être là vers les six heures mais il se pourrait aussi que je ne rentre qu'après-demain matin… *(À Honorine.)* Comment est le petit ?

HONORINE. — Il était un peu chaud, mais il s'est bien endormi.

PANISSE. — Un peu chaud ? Et vous n'avez pas appelé le docteur ?

HONORINE. — Mon Dieu non ! Il l'a vu il n'y a pas trois jours.

PANISSE. — En trois jours, on peut tomber malade.

Il sort.

HONORINE. — Mon Dieu, que cet homme est pénible !

Fanny quitte ses gants.

RICHARD *(il range ses papiers).* — Madame, j'ai peur de manquer le dernier tramway… Je vous ai apporté une lettre recommandée reçue cet après-midi. *(Il lui tend une lettre ouverte.)* C'est le capitaine de *L'Hippocampe.* Il dit que le foc que nous avons fait est beaucoup trop petit.

FANNY. — Nous l'avons fait sur les mesures qu'il nous a données.

RICHARD. — Ils disent que nous n'avons pas compris les mesures anglaises.

FANNY. — Mon mari les connaît et s'il y a eu une erreur, c'est eux qui se sont trompés. Je vais leur répondre immédiatement. Et la traite Lambert ?

RICHARD. — Elle est payée.

Il lui tend l'avis de la banque.

FANNY. — Bien. À demain, Richard.

RICHARD. — Bonsoir madame.

Il sort. Fanny va s'asseoir à sa place, et lit le courrier qu'elle classe. Entre Panisse en costume de voyage. Raglan, foulard, casquette.

Scène II

PANISSE, HONORINE, LE CHAUFFEUR, MARIUS, FANNY

PANISSE. — Norine, vous devriez rester auprès du petit. Il dort, mais il a les joues bien rouges, et on parle beaucoup de la coqueluche !

HONORINE. — Quand il est pâle, vous en avez la colique, quand il a de belles joues rouges, vous croyez qu'il va mourir ! De quelle couleur vous voulez qu'il soit ?

PANISSE. — Rose.

HONORINE. — Eh bien, il est rose.

PANISSE. — Prenez-lui tout de même la température.

HONORINE. — Non. Rien qu'en touchant son front, moi je sais s'il a la fièvre. Et puis, à force de lui mettre ce thermomètre dans le derrière, on finira par lui donner de mauvaises habitudes.

Elle sort. Panisse hausse les épaules et s'approche de Fanny.

PANISSE. — Surveille-le. Et à la moindre des choses, appelle Félicien. Il n'a que trois pas à faire. Bon. Alors, je pense être là demain soir, ou au plus tard après-demain vers midi... D'ici là...

On frappe à la porte, et un chauffeur en casquette entre.

LE CHAUFFEUR. — Monsieur, il est dix heures cinq.

PANISSE. — Bon. J'arrive. Alors, ma chérie, à demain. Dans tous les cas, je te téléphonerai.

Il baise le front de sa femme et sort. Fanny va ouvrir le secrétaire, ôte la housse d'une machine à écrire, y engage deux feuilles de papier, un carbone, relit la lettre recommandée, et commence à taper la réponse.

Un volet de la fenêtre du fond s'ouvre lentement. L'ombre d'un homme frappe discrètement à la vitre. Fanny se lève et s'approche. La fenêtre s'ouvre. Fanny fait un pas en arrière. C'est un marin, c'est Marius.

MARIUS. — N'aie pas peur, Fanny. C'est moi, c'est Marius.

FANNY. — Tu es de retour ?

MARIUS. — De passage, ne t'inquiète pas. Je veux simplement te dire bonjour, en passant, ou plutôt bonsoir... Si ça ne te dérange pas. *(Il franchit la fenêtre d'un saut. Fanny recule. Marius la regarde, puis il paraît hésitant.)* Je me demande s'il ne faut pas t'appeler Madame, et te dire vous.

FANNY. — Ce serait ridicule.

MARIUS. — Tu as tellement changé !

FANNY. — J'ai vieilli.

MARIUS. — À ton âge, vieillir ça s'appelle embellir. Ton mari n'est pas là ?

FANNY. — Il dort. Nous sommes allés dîner en ville ce soir... Et il faut qu'il se lève de bonne heure demain matin... Tu boiras bien un verre de quelque chose ?

MARIUS. — Volontiers. Mais j'aurais aimé de trinquer avec lui, pour qu'il ne se fasse pas des idées... Et puis le revoir, lui parler...

Elle a pris un plateau dans un bahut. chest

FANNY. — Tu pourras le voir demain certainement.

MARIUS. — Ce n'est pas possible. Je repars pour Paris à 5 heures. Il faut que je sois à la gare avant 4 heures. Je vais à Paris, en mission.

FANNY. — Ton bateau est revenu ?

MARIUS. — Non. Il est encore à Tahiti. Figure-toi que nous avons traversé un cyclone – pendant des heures tout a valsé – et plusieurs appareils océanographiques en ont pris un grand coup. Alors, ces appareils on ne peut pas les réparer n'importe où. Il faut les ramener à ceux qui les ont faits... Parce que c'est de la précision. C'est scientifique... Ça marche à l'électricité... Un pastis terrible... Alors, on les a <u>transbordés</u> sur un contre-torpilleur qui rentrait à Toulon, avec une mission de trois hommes et le second pour les convoyer... Et moi, j'ai fait partie de la mission, parce que j'ai demandé... Je me languissais.

FANNY. — Tu te languissais de revoir ton père ?

MARIUS. — Oui, mon père, Marseille, Escartefigue, toi... tout le monde, quoi...

FANNY. — Et qu'est-ce qu'il t'a dit ?

MARIUS. — Qui ?

FANNY. — Ton père.

MARIUS. — Je ne l'ai pas encore vu... Je me suis arrêté ici en passant, quand j'ai vu ta fenêtre éclairée... Mais maintenant, je vais aller dîner avec lui. Après, nous retournerons à Tahiti, avec les appareils...

FANNY. — Tu as vu les Îles Sous-le-Vent ?

MARIUS. — Naturellement. C'est très joli. C'est des montagnes qui sortent de la mer... Avec des arbres magnifiques... Il y a des gros crabes qui montent jusqu'en haut des cocotiers, pour faire tomber les noix de coco... Et puis, il ne fait jamais froid... Tout le monde est presque nu... Il y a beaucoup de belles filles, et des beaux hommes qui jouent de la guitare. Ils mangent des poissons et des fruits, <u>des beaux fruits</u> qui ont le goût de térébenthine. Et puis, des îles comme ça, il y en a beaucoup. Enfin, dans six mois, le bateau rentre, et mon engagement est fini.

FANNY. — Et alors, que feras-tu ?

MARIUS. — Je ne sais pas encore... Je verrai.

FANNY. — Tu n'as plus cette folie de naviguer ?

MARIUS. — On ne peut pas dire que je ne l'ai plus. Mais les folies, tu sais, c'est toujours pareil, dès qu'on a ce qu'on voulait, on se demande un peu pourquoi on l'a voulu !

FANNY. — Alors tu n'es pas heureux sur la mer ?

MARIUS. — On est toujours heureux quand on est là où on a voulu aller. Et si on disait qu'on est malheureux, ça voudrait dire qu'on a été bien bête… Non, je ne suis pas malheureux, bien sûr… Mais je me suis rendu compte que si j'étais resté ici, je ne serais pas malheureux non plus. Et toi, tu es heureuse ?

FANNY. — J'ai un bon mari.

MARIUS. — Et une belle maison.

FANNY. — Oui, une belle maison.

MARIUS. — Ta mère va bien ?

FANNY. — Oui. Très bien. Honoré n'a pas voulu qu'elle reste à la poissonnerie et pour les coquillages, il a mis une commise. Alors, maman habite avec nous.

MARIUS. — Comme ça, tu es encore plus tranquille, pour faire marcher la maison… *(Un silence. Marius se lève.)* Alors voilà. Je vais dîner avec mon père, et je reprendrai le train pour Paris cette nuit…

On frappe à la porte qui s'ouvre. Paraît le chauffeur, derrière un beau bouquet de roses. Il ôte sa casquette.

LE CHAUFFEUR. — Monsieur vous envoie ces fleurs – c'étaient les dernières de la petite bouquetière de la gare. Il m'a chargé de vous dire qu'il faisait le voyage avec M. Tavernier, le pharmacien, et qu'il rentrera demain par le train qui arrive à 16 heures 30.

FANNY *(elle prend les fleurs)*. — Merci.

LE CHAUFFEUR. — Madame a besoin de la voiture demain matin ?

FANNY. — Oui, vers dix heures. Quelques courses en ville.

LE CHAUFFEUR. — Bonsoir madame.

FANNY. — Bonsoir Lucien.

Le chauffeur salue Marius d'un signe de tête, et sort.

Scène III

MARIUS, FANNY, CÉSAR, PANISSE,
LE DOCTEUR

MARIUS. — Pourquoi me l'as-tu pas dit ?

FANNY. — Parce qu'en l'absence de mon mari, il n'était pas honnête de te recevoir dans sa maison.

MARIUS. — Pourtant, tu m'as reçu quand même.

FANNY. — Parce que tu ne le savais pas.

MARIUS. — Et tu ne me l'as pas dit parce que tu as eu peur que je te parle du temps passé et que je te fasse une scène de désespoir…

FANNY. — Oh ! non ! Tu étais bien trop content de partir…

MARIUS. — Tu m'avais dit que tu voulais épouser Panisse.

FANNY. — Et tu l'avais cru ?

MARIUS. — Peut-être parce que ça m'arrangeait de le croire… Ça c'est vrai. Mais je l'ai cru.

FANNY. — Si ça t'arrangeait de le croire, c'est que tu n'étais pas désespéré de me quitter… Je ne vois pas pourquoi tu serais au désespoir maintenant…

MARIUS. — Ce qui se passe dans notre tête, on ne le comprend pas toujours… Je veux dire pas tout de suite… Avec Piquoiseau qui me racontait ces histoires et ces sirènes de bateau qui m'appelaient dix fois par jour, et même qui me réveillaient la nuit… je m'étais fait des imaginations… Et pour te dire la vérité, pendant les premiers mois, j'étais content…

FANNY. — Je sais. Ton père m'a lu tes premières lettres. Tu lui disais de me donner bien le bonjour. Ça m'a fait plaisir.

MARIUS. — Je ne savais plus que dire… Je n'osais même pas penser à toi… J'avais mauvaise conscience… Et puis, c'est justement aux Îles que ça m'a pris. Le soir, l'équipage allait sur les plages… Il y avait des chanteurs, des guitares, et de belles filles… À partir du troisième jour, je suis resté à bord… J'entendais les musiques, et je pensais à toi… Je te voyais derrière tes coquillages… Je te voyais courir le long du quai, j'entendais claquer tes petits sabots…

FANNY. — Marius, c'est trop tard maintenant. Ne me dis plus rien…

MARIUS. — Je te voyais partout, partout. Et puis, un jour, juste au large des Carolines, comme nous relevions des récifs de corail, il m'est arrivé une chose terrible, je n'ai pas pu penser à toi : j'avais oublié ta figure. Je te cherchais, je ne te trouvais plus. Je me prenais la tête dans les mains, je fermais les yeux de toutes mes forces ; je voyais du noir, je t'avais perdue. Alors, je suis devenu comme fou – et j'ai vite écrit à mon père pour qu'il m'envoie une carte postale, celle où on voit la terrasse du bar ; je lui avais dit que c'était pour avoir un souvenir du bar – mais la vérité, c'était pour toi, parce que tu es debout derrière ton éventaire… Et cette photographie, tu ne peux pas t'imaginer comme je l'ai attendue… Je comptais les jours, et même les heures…

Enfin, en touchant Papeete, j'ai trouvé le courrier de France. Dans la lettre de mon père, il y avait la carte postale, et une autre photographie : c'était celle de ta noce, devant la mairie. Alors, je les ai déchirées en tout petits morceaux, et je les ai jetées dans le vent des îles, et j'ai compris que j'avais gâché ma vie.

FANNY. — Va, tu en trouveras une autre… Il y en a beaucoup de plus belles que moi.

MARIUS. — Oh non ! La plus belle, c'est toujours toi, et ce sera toujours toi… Dis-moi la vérité : tu es vraiment heureuse ?

FANNY. — Je te l'ai dit : j'ai un bon mari.

MARIUS. — Tu l'aimes d'amour ?

FANNY. — Je l'aime bien.

MARIUS. — Je peux te dire la même chose de mon père. Je l'aime bien.

FANNY. — Ça suffit pour vivre ensemble.

MARIUS. — Tu veux que je te dise ce que je m'imagine ?

FANNY. — Non, je ne veux pas le savoir.

MARIUS. — Je m'imagine que tu ne m'as pas oublié. Je m'imagine que si je reviens dans six mois…

FANNY. — C'est trop tard, Marius… Trop tard…

MARIUS *(il s'anime tout à coup)*. — Fanny, maintenant je sais que j'ai été un imbécile et que cet amour ne me passera jamais. Non, jamais je ne pourrai aimer une autre femme, et sans toi, ma vie est finie. Je ne te dirai pas que je vais aller me noyer, non… Mais quand je te vois dans cette maison, j'ai une douleur qui me serre les côtes et il me semble que mon cœur va s'arrêter… Alors, tu as tout oublié ?

FANNY. — Tu sais bien que non…

MARIUS. — Alors ?

FANNY. — Il n'y a plus rien à faire. Trop tard.

MARIUS. — Écoute : il y a des gens qui divorcent. Ça existe, le divorce. Ce n'est pas déshonorant… Monsieur Caderousse, l'adjoint au maire, il a divorcé sa femme, et ils sont restés bons amis…

FANNY. — Je sais, mais ils n'avaient pas d'enfant.

MARIUS. — Et alors ?

FANNY. — J'en ai un.

MARIUS *(surpris)*. — Toi ? Tu as un enfant ?

FANNY. — Oui.

MARIUS. — Quel âge a-t-il ?

FANNY *(gênée).* — Oh ! c'est encore un bébé. Ton père ne te l'a pas écrit ?

MARIUS. — Non. Et je me demande pourquoi.

FANNY. — Il a pensé que ça ne t'intéressait pas…

MARIUS. — Ou peut-être il n'a pas voulu me donner du regret.

FANNY. — Peut-être.

La fenêtre s'ouvre, et César paraît. Il n'est pas content.

CÉSAR. — Voilà une bonne surprise !… Au bout de dix-huit mois, au lieu de courir chez ton père, tu restes à faire la conversation, à dix heures du soir chez maître Panisse, qui ne t'a pas invité, parce qu'il est parti… Et si M. Brun ne t'avait pas vu au buffet, je ne saurais pas encore que tu es arrivé !

MARIUS. — Ne commence pas à crier tout de suite !

CÉSAR. — Je ne crie pas, je m'explique ! *(Il entre par la fenêtre et va vers Marius.)* Fais-toi voir. *(Il le prend aux épaules, l'embrasse, puis le regarde.)* Tu as forci. Ça te va bien. Tu ne trouves pas, Fanny, qu'il a forci ?

FANNY. — Il a bien l'air d'un marin, maintenant.

CÉSAR *(brusquement).* — Et pourquoi tu ne t'es pas annoncé ?

MARIUS. — Parce que nous sommes partis brusquement, par un contre-torpilleur qui va deux fois plus vite que le courrier.

CÉSAR. — Et pourquoi tu n'as pas télégraphié ?

MARIUS. — Parce que je n'étais pas sûr que je pourrais venir de Toulon pour te voir. Et puis, je voulais te faire la surprise. Et toi, pourquoi tu ne m'as pas écrit que Fanny avait un enfant ?

CÉSAR *(il fait quelques gestes évasifs).* — Parce que… quand une fille se marie, c'est une chose toute naturelle !… Tu as une longue permission ?

MARIUS. — Oh non. Je prends le train qui passe en gare à cinq heures.

CÉSAR. — Bon. Eh bien, on va aller dîner maintenant. Tu as vu et tu as compris. Allez zou, dis bonsoir à Mme Panisse, et viens t'expliquer avec ton père. *(Marius hésite. Il regarde tour à tour le décor, Fanny, puis César. On entend tourner une clef dans la serrure de la porte d'entrée, puis la voix de Panisse.)*

PANISSE *(off)*. — Figure-toi dans le couloir du wagon, juste comme le train allait partir... *(Il entre, voit Marius et César. Il s'arrête, surpris.)* Qu'est-ce qu'il se passe ? Le petit ?

FANNY. — Non, nous avons une visite, voilà tout.

PANISSE. — Bonsoir Marius. Tu es de retour ?

CÉSAR. — Il est de passage. Il vient d'arriver, et il repart tout à l'heure pour Paris.

FANNY. — Finalement, tu as manqué ton train ?

PANISSE. — Non. Figure-toi que dans le couloir du wagon, je tombe sur Tavernier, notre pharmacien, qui me dit que le petit garçon de la femme de ménage a une coqueluche terrible ! Et naturellement elle ne t'a rien dit ?

FANNY. — Non.

PANISSE. — Mais c'est une criminelle ! C'est elle qui balaie sa chambre, qui s'occupe du berceau, et qui emporte son linge chez elle pour le laver !... Je l'ai même vue une fois lui donner le biberon...

FANNY. — Pas ces temps-ci. C'est quand maman a eu la grippe.

PANISSE. — C'est quand même scandaleux qu'avec une mère et une grand-mère, on le laisse entre les mains d'une femme coquelucheuse... Enfin, en passant, j'ai réveillé le docteur, et il arrive. Quelle misère !

MARIUS. — Oh, vous savez, la coqueluche, ce n'est pas si terrible !

CÉSAR. — Malheureux ! Ça s'attrape rien qu'en regardant ! C'est une espèce de microbe voltigeant, cent millions de fois plus petit qu'un moustique ! Même si un docteur te le fait voir, et qu'il te dit : « Il est là », eh bien, tu as beau regarder, tu ne le vois pas. Et c'est un monstre qui a des crochets terribles... Et dès qu'il voit un petit enfant, cette saloperie lui saute dessus, et il essaye de lui manger le gosier, et il lui fait des misères à n'en plus finir !

Entre le docteur. Petite barbe grisonnante, les cheveux hérissés, en pyjama et babouches. Il n'est pas content.

LE DOCTEUR. —Tiens ! Bonsoir Marius.

MARIUS. — Bonsoir docteur.

LE DOCTEUR *(à Fanny)*. — Est-ce qu'il a toussé ?

FANNY. — Non. Pas du tout.

LE DOCTEUR. —Température ?

FANNY. — À 6 heures, 37,2.

LE DOCTEUR *(à Panisse)*. — Alors ? Tu me tires de mon lit, juste dans mon premier sommeil, après une journée écrasante, pour que je vienne constater qu'il n'a rien du tout !

PANISSE. — C'est bien ce que j'espère.

LE DOCTEUR. — Mon pauvre Honoré, tu es un pénible au point d'en devenir fada. *(À Marius.)* Cet enfant a une santé magnifique. Il a tout juste un an, puisque c'est demain son anniversaire et il pèse 1,600 kg de plus que le poids normal. Il fait des prémolaires avec six mois d'avance, sans un dixième de fièvre, et il crie presque aussi fort que son parrain. Qu'est-ce que tu veux de plus ?

PANISSE. — Je veux que tu ailles l'examiner tout de suite. Allons-y.

Panisse et Fanny vont suivre le docteur, qui les arrête d'un geste.

LE DOCTEUR. — Non, pas toi. Tu me pompes l'air ! Viens Fanny !

Ils sortent.

Scène IV

MARIUS, CÉSAR, PANISSE

MARIUS *(à son père)*. — C'est toi le parrain ?

CÉSAR. — C'est tout naturel... Le fils de mon vieil ami...

MARIUS. — Et il a un an, le fils de ton vieil ami ?

PANISSE. — Il va avoir un an.

MARIUS. — Un an demain : c'est le docteur qui l'a dit. C'est curieux que cet enfant soit en avance sur tous les autres.

PANISSE. — Pourquoi dis-tu ça ?

MARIUS. — Parce que je sais compter, maître Panisse. Vous vous êtes marié le 16 août... On pourrait dire qu'il a été fait deux mois avant la noce... Fanny, je n'aurais pas cru ça de toi ! Je ne me suis douté de rien !

CÉSAR. — Allons, ne plaisante pas.

PANISSE. — Oh ! laisse-le dire, César. Tu sais que j'ai de quoi lui répondre. Tu as raison, Marius : c'est un prématuré, et je vais te le prouver tout de suite.

Il va au bureau, et prend un petit registre.

MARIUS. — Ça m'étonnerait.

PANISSE *(il ouvre le registre à la première page)*. — Eh bien, sois étonné. *(Il tend le registre ouvert à Marius.)* C'est le livre de santé du petit. C'est moi qui le tiens. Et la première page, c'est un article du *Petit Marseillais*. Lis-le.

Marius le lit en silence.

PANISSE. — Et ça, c'est une preuve indiscutable. C'est officiel.

MARIUS. — Ce qu'il y a dans les journaux, des fois c'est vrai, des fois ce n'est pas vrai. Et puis, c'est possible que vous ayez eu un accident d'automobile qui ait avancé la naissance de deux ou trois jours... Et puis, ce journal, je me demande si vous ne l'avez pas gardé pour moi...

CÉSAR. — Écoute, Marius, il est onze heures, j'ai laissé la daube sur le feu, et tu n'as pas très bonne mine. Allons dîner, et si tu veux faire des suppositions tardives, tu me les feras à moi. Tu es ici chez maître Panisse et chez sa femme. Allez, viens.

MARIUS. — D'accord. Mais avant de partir, je veux demander une seule chose. Maître Panisse jurez-moi, sur la vie de l'enfant, que c'est votre fils. Jurez sur sa vie, et je m'en vais tranquille.

PANISSE. — Moi, je ne jure pas, je ne jure jamais et surtout pas sur la vie de mon enfant.

MARIUS. — Parce que vous avez peur de lui porter malheur. Et toi, mon père, tu ne le sais pas de qui il est, cet enfant ? Donne ta parole d'homme. Dis ce que tu sais.

CÉSAR. — Je sais que nous sommes chez maître Panisse, et chez sa femme, je sais qu'il est né pendant leur mariage, et qu'il porte leur nom.

MARIUS. — Moi, maintenant, je comprends tout. C'est à cause de l'enfant qu'elle s'est mariée si vite, à cause de sa mère, et de l'honneur de la famille... Et toi, tu étais au courant – et c'est pour ça que tu ne m'as pas annoncé la naissance. C'est pour ça que tu es le parrain. Et moi, qu'est-ce que je suis là-dedans ?

PANISSE. — Si ce que tu dis est vrai, toi tu es celui qui est parti comme un vagabond, en abandonnant la fille qui t'avait fait confiance. Et si un honnête homme l'a sauvée du déshonneur et des commérages, tu ne peux que lui dire merci.

MARIUS. — Eh bien, merci maître Panisse. Je vous le dis sincèrement, mais maintenant, il faut trouver une solution pour me rendre ma femme et mon fils.

CÉSAR. — Allons, tu déparles.

PANISSE. — La solution, il y en a une ; je peux aller à la pêche, un matin, de bonne heure, le bateau chavire, et je me noie. Ce serait un noble sacrifice. Mais si je disparais, je ne verrai plus ma femme, ni le petit. Je ne pourrai plus travailler pour assurer leur avenir. Alors, je refuse de me noyer.

CÉSAR. — Personne ne te le demande.

PANISSE. — L'ambiance me le suggère. Eh bien, je refuse définitivement.

MARIUS. —Vous êtes un brave homme, Panisse, et moi, je **suis** un imbécile, je le reconnais. J'ai fait une folie. À vingt ans, en quelques minutes, j'ai tout perdu... Personne ne savait que cet enfant allait naître... Vous trouvez juste que pour une bêtise la vie de plusieurs personnes soit gâchée ?

PANISSE. — Quelles personnes ?

MARIUS. — Fanny, moi, mon père et mon fils.

PANISSE. — Et moi, qu'est-ce que je deviens, là-dedans ?

MARIUS. —Vous, vous avez été heureux pendant deux ans, et vous avez été heureux en faisant une bonne action. Ce que vous avez fait, je vous en remercie. Mais maintenant il faut prendre votre courage et me rendre ce qui m'appartient.

CÉSAR. — Oh ! Tu vas vite, Marius !

PANISSE. — Beaucoup trop vite – et peut-être dans une fausse direction. Écoute, Marius. Tu vois que je ne me fâche pas, et que je te parle posément. Ce retour, il y a presque deux ans que je l'attends. Et chaque soir, avant de m'endormir, je me disais ; et si c'est demain qu'il revient ? Et s'il essaie de réclamer sa femme, qu'est-ce que je vais lui répondre ? Et puis je pensais : « Il est trop content d'être sur la mer. S'il revient, il repartira... » Et puis ce soir, me voilà dans une situation qui n'est pas très bonne, et je vais te dire pourquoi.

La porte de la chambre s'ouvre. Paraît le docteur, suivi de Fanny.

Scène V

PANISSE, LE DOCTEUR, FANNY, CÉSAR

PANISSE. — La coqueluche ?

LE DOCTEUR. — Aucun signe particulier.

FANNY. — Par précaution, j'ai changé son linge, ses draps et nous avons mis le berceau dans la petite chambre.

LE DOCTEUR. — Aucun signe de coqueluche, mais il a un peu de fièvre : 38.

PANISSE *(inquiet)*. — 38 ?

FANNY. — 38 et deux dixièmes.

PANISSE *(affolé)*. — Mais c'est très grave, puisque de la fièvre il n'en a jamais eu !

FANNY. — Si, il en a eu, mais on ne te l'a pas dit, parce que ça n'en valait pas la peine.

PANISSE. — Voilà comment elles sont ! *(Au docteur.)* Et d'où ça vient, cette fièvre ?

LE DOCTEUR. — Ça vient un peu de ses dents, et surtout parce qu'il n'a pas le ventre libre. Est-ce qu'on lui donne régulièrement les petites pilules laxatives ?

PANISSE. — C'est-à-dire que... *(Il hésite.)*

LE DOCTEUR *(sévère)*. — C'est-à-dire quoi ?

FANNY. — C'est-à-dire qu'Honoré ne veut plus qu'on les lui donne...

LE DOCTEUR. — Et pourquoi ?

PANISSE *(désolé)*. — Parce qu'il n'aime pas ça. Ça lui fait faire des grimaces, et puis il pleure !...

LE DOCTEUR. — Continue comme ça, et puis c'est toi qui pleureras. Rappelle-toi que le trône de la santé des bébés, c'est le pot. Un enfant qui n'a pas le ventre libre est beaucoup plus exposé aux contagions.

PANISSE. — Alors il faut lui donner une pilule tout de suite... *(Il court vers la chambre. Le docteur l'arrête.)*

LE DOCTEUR. — Non. Demain matin. Maintenant, laisse-le dormir tranquille.

PANISSE. — Alors toi, tu me garantis absolument...

LE DOCTEUR. — Je ne peux pas te garantir absolument qu'il n'aura pas la coqueluche, comme je ne peux pas te garantir absolument que César n'est pas en train de couver une belle typhoïde...

CÉSAR. — Ça ne risque rien : je l'ai déjà eue.

LE DOCTEUR. — Et puis, s'il a la coqueluche, nous la soignerons. En tout cas, dès qu'il aura le ventre libre, il n'y aura plus aucun danger. Et maintenant, je vais dormir. Bonsoir à tous.

Il sort.

Scène VI

PANISSE, FANNY, CÉSAR, MARIUS

PANISSE. — Je ne me fais pas trop de mauvais sang, parce que je sais qu'il exagère... Mais tout de même...

FANNY. — Ne t'inquiète pas, Honoré. Demain matin, tout ira bien.

PANISSE. — Si Dieu veut : Fanny, il y a une très grave question qui se pose. Je ne sais pas ce que Marius t'a dit avant que j'arrive. Mais à moi, il m'a dit qu'il avait l'intention de réclamer sa femme et son fils. Attends : laisse-moi parler. Pendant ces dix-huit mois de bonheur, je me suis fait souvent des reproches, surtout quand je te voyais, au début, inquiète, pensive, et même triste ; et je me disais : « Honoré, tu te flattes d'avoir fait une bonne action, mais dans le fond, on pourrait dire que tu as profité de la folie, peut-être passagère, d'un garçon de vingt ans, et de la détresse d'une fille bien jeune épouvantée par sa famille. Tu as fait le grand et le généreux : résultat, tu as la plus jolie femme et le plus bel enfant de tout Marseille. »

CÉSAR. — Ça c'est vrai.

PANISSE. — Quand une bonne action vous rapporte le gros lot, elle n'est peut-être pas si bonne que ça. Et de plus, avant-hier, j'ai eu cinquante-quatre ans. De temps en temps, il faut que je prenne une canne pour ma sciatique... Est-ce que j'ai le droit d'imposer ma vieillesse qui commence à une femme de vingt ans ? Voilà ce que je me dis. *(À Marius.)* Toi, tes réclamations, je m'en fous totalement. Mais elle ? C'est à elle de décider. Fanny, si tu désires une séparation, je prendrai tous les torts sur moi.

FANNY. — Tu parles sérieusement, Honoré ?

PANISSE. — Oui, je t'aime assez pour ça.

FANNY. — Écoute...

PANISSE. — Non. Ne réponds pas tout de suite. Ce que j'ai dit est dit. *(Brusquement.)* Il a toussé ! *(Il court ouvrir la porte de la chambre. Il demande.)* Il a toussé ?

VOIX D'HONORINE. — C'est moi qui viens d'éternuer.

PANISSE *(sévère)*. — À vos souhaits ! Mais surtout tâchez de ne pas tousser près du berceau ! *(Il se tourne vers Fanny.)* Vas-y, et empêche-la de postillonner sur le petit. Les microbes des vieillards, ça vit péniblement en rongeant un vieux cuir, tu penses qu'ils sautent volontiers sur de la chair fraîche ! *(Fanny est sortie.)* Alors, vous avez entendu ma proposition.

CÉSAR. — Elle est honnête.

MARIUS. — Naturellement, vous nous laissez l'enfant ?

PANISSE *(indigné)*. — Ah non ! Ça c'est impossible !... D'ailleurs, ce n'est pas l'enfant qu'il réclame ! Ce n'est même pas sa femme ! Ce qu'il veut, et je le comprends, c'est son premier amour, c'est la petite fille qu'il embrassait sur les quais, en jouant aux cachettes derrière les sacs de café… Et puis tu es jeune… Si tu veux des enfants, tu en auras d'autres. Mais le mien, n'essaie pas de me le prendre ! C'est le seul, c'est mon unique, c'est mon premier et mon dernier !

MARIUS. — Ah vous êtes malin, maître Panisse ! Vous dites : la mère peut partir, mais je garde l'enfant, parce que vous savez que, sans lui, la mère ne partira pas !

PANISSE. — Non, non, ce n'est pas une malice ! C'est pour lui-même que je veux le garder… Et d'ailleurs, légalement, c'est impossible. Il porte mon nom, et la loi ne permettra jamais de le changer ! Et puis, tu n'as pas encore remarqué mon enseigne sur le magasin : « Panisse et Fils », en lettres d'or. Et c'est aussi sur le portail de l'atelier, et même sur toutes mes factures ! Et puis, tu devrais un peu penser à son avenir ! Cet enfant a sa vie toute prête ! Il héritera du magasin, de l'atelier, de la maison, de la villa de Cassis, et d'une clientèle qui vaut des millions. Oui, monsieur. Et maintenant, je fais les hors-bord, et même des Diesel. Ça m'a fait mal au cœur de trahir la voile, mais c'est pour lui que je l'ai fait. Et en plus, il est déjà sur le testament de mon frère, qui a soixante mille pieds de vigne, et sur celui des cousines de Vaison, qui lui laisseront onze fermes et le petit château de Chantepierre ! Et c'est tout ça que tu voudrais lui voler ? Non, non, tu ne te rends pas compte. Il n'est pas qu'à nous, cet enfant : il est planté en haut d'une famille comme une croix sur un clocher. Puisque tu es sûr d'être son père, tu devrais faire passer ton intérêt après le sien. La voix du sang devrait te le dire ! Et comme elle ne te dit rien, c'est qu'il y a un doute.

MARIUS. — Un doute ? Un doute sur quoi ?

Panisse sourit.

CÉSAR. — Qu'est-ce que tu veux dire ?

PANISSE. — Je veux dire que j'ai depuis longtemps une idée que je n'ai jamais osé dire à personne. Oui, c'est la vérité que Fanny a cru qu'elle allait avoir un enfant de toi. C'est la vérité qu'elle m'a dit oui, à cause de ça. Mais c'est aussi la vérité que nous avons eu un accident d'automobile. Je l'ai fait exprès, je le reconnais. J'ai ralenti tant que j'ai pu, pour aller attraper ce pylône. Mais comme un imbécile, je l'avais gardée près de moi : j'avais peur que quelqu'un nous voie. Du coup, elle a frappé du front contre le pare-brise. *(À Fanny.)* Est-ce que je mens ?

FANNY. — Non. Ça c'est vrai.

PANISSE. — Et c'est à cause de ce choc que l'enfant est né le lendemain. Par conséquent, il est parfaitement possible que Fanny se soit trompée, et que cet enfant soit mien.

CÉSAR. — Mon pauvre Honoré, je crois que tu dérailles...

PANISSE. — Pas du tout. J'en ai parlé à Félicien depuis longtemps. Il m'a dit : « Ce n'est pas très probable, mais ce n'est pas impossible... » Et puis, moi je ne parle pas à la légère. J'ai une espèce de preuve, et même j'en ai plusieurs. D'abord, pour cet enfant, je me fais un mauvais sang dont vous n'avez pas une idée, parce que je le cache à tout le monde... Quand on l'a sevré, et qu'il ne voulait pas manger la bouillie, c'est moi qui ai maigri de sept kilos. Chaque nuit, une inquiétude me réveille, il me semble qu'il ne respire plus, et je me lève d'un bond pour voir s'il est toujours vivant. Un jour, j'achète un livre de puériculture. Ah ! mes amis, quand j'ai lu toutes ces maladies, j'ai compris que la vie d'un bébé, c'est une petite bougie allumée dans un courant d'air. Je ne savais plus ce que je faisais. Le capitaine espagnol vient me commander un foc : je lui fais un tapecul et je lui facture une misaine. Est-ce que vous trouveriez naturel que je devienne à moitié fada pour un enfant qui serait un bastardon de Monsieur ? Voyons, c'est la nature qui parle, c'est la voix du sang !

CÉSAR. — Ne t'imagine pas que tu es à moitié fada, parce que tu l'es complètement.

PANISSE. — Et tu ne sais pas tout, César. Tu ne sais pas le principal, et même Fanny ne le sait pas. Eh bien, cet enfant, des fois, le soir, au moment qu'il va s'endormir si je lui touche à peine le menton du bout du doigt, il me fait un petit sourire, un sourire gentil, gracieux... Un sourire que j'ai déjà vu, et c'est le sourire de ma mère !... Oui, parfaitement. Ça te fait rire, bien entendu : mais moi je sais ce que je vois, et que je vois de plus en plus souvent !

CÉSAR. — Toi, tu sais ce que tu vois et nous, nous savons ce qui s'est passé.

PANISSE. — Oui, nous le savons tous, mais nous ne l'interprétons pas de la même façon... Et c'est pour ça qu'il y a un doute. Ça je le reconnais. Il y a un doute, mais pour moi, ce doute s'affaiblit tous les jours. Surtout, depuis le jour qu'il a parlé. Et vous ne devineriez jamais le premier mot qu'il a dit. Il m'a regardé, il a ri, et *(la voix de Panisse s'assourdit, tremblante d'émotion)* il a dit : « Papa... » *(Il essuie une larme, puis s'écrie tout à coup.)* Et moi, son papa, comme un véritable idiot, je ne lui ai pas donné ses pilules depuis trois jours... Et c'est peut-être par ma faute qu'il va avoir la coqueluche... Par sensiblerie, j'ai mis sa vie en danger...

La porte s'ouvre tout à coup et Honorine triomphale annonce : « Il est sur le pot ! »

PANISSE. — Merci mon Dieu ! Merci ! *(Il court, en riant nerveusement, vers le pot. César et Marius se regardent, perplexes, ils attendent devant la porte de la chambre qui s'est refermée. Puis César sourit.)*

CÉSAR. — Écoute, Marius, cette discussion, ça ne peut mener à rien pour le moment.

MARIUS. — Mais enfin, tu sais bien que l'enfant est mon fils...

CÉSAR. — Bien sûr, que je le sais. Il te ressemble comme deux gouttes d'eau. Mais quand même, lui, c'est un peu son père... Cet enfant, quand il est né, il pesait quatre kilos... Ceux-là, c'est sa mère qui les a faits. Maintenant, il arrive à sept... Ces trois kilos de plus, c'est trois kilos d'amour. Moi, j'en ai donné ma petite part... Sa mère en a donné beaucoup, naturellement ; mais celui qui a donné le plus, c'est Honoré. Et toi, qu'est-ce que tu lui as donné ?

MARIUS. — La vie.

CÉSAR. — Les chiens aussi donnent la vie : pourtant, ce ne sont pas des pères... Et puis, cet enfant, tu ne le voulais pas. La vie, ne dis pas que tu la lui as donnée : il te l'a prise. Et Panisse a raison : ce n'est pas lui que tu veux : c'est sa mère. Ce n'est peut-être pas indispensable qu'elle divorce... Laisse tomber la marine, si tu reviens, et si tu l'aimes encore...

MARIUS. — Je l'aimerai toute ma vie...

CÉSAR. — Je crains bien qu'elle aussi… Alors, on verra. On verra ce qu'on verra, et qu'Honoré ne verra pas, parce qu'il ne voudra pas le voir. Allez, zou. Viens. Occupe-toi un peu de moi.

MARIUS. — On part comme ça, sans rien dire ?

CÉSAR. — Qu'est-ce qu'on pourrait dire de plus ? Et puis, ils en ont pour un quart d'heure : ils sont en plein dans la cérémonie du pot. Et après, il y aura une expertise, et un coup de téléphone au docteur. Moi, j'ai beaucoup de choses à te dire, tout en mangeant la daube que Félicie a faite ce matin. Réchauffée, c'est un délice. Surtout qu'elle y a mis une bonne poignée d'olives noires. Viens, mon fils.

Il pose son bras sur les épaules de Marius, et ils sortent sur la pointe des pieds.

RIDEAU

MARIUS 1931

Réalisateur	Alexander KORDA
Producteurs	PARAMOUNT et Marcel PAGNOL
Directeur de production	Robert T. KANE
Scénario et dialogues	Marcel PAGNOL

César	RAIMU
Marius	Pierre FRESNAY
Panisse	Fernand CHARPIN
Fanny	Orane DEMAZIS
Honorine	Alida ROUFFE
Monsieur Brun	Robert VATTIER
Escartefigue	Paul DULLAC
Piquoiseau	Alexandre MIHALESCO
Chauffeur du ferry-boat	MAUPI
Le second de *La Malaisie*	Édouard DELMONT
Le marchand de tapis	GIOVANNI
Le Goëlec	Lucien GALLAMAND
La cliente	Valentine RIBE

Gustave HUBERDEAU

MARIUS 2013

Réalisateur	Daniel AUTEUIL
Producteurs	Alain SARDE et Jérôme SEYDOUX
Producteur associé	Julien MADON
D'après l'œuvre de	Marcel PAGNOL
Adaptation	Daniel AUTEUIL

César	Daniel AUTEUIL
Marius	Raphaël PERSONNAZ
Panisse	Jean-Pierre DARROUSSIN
Fanny	Victoire BELEZY
Honorine	Marie-Anne CHAZEL
Monsieur Brun	Nicolas VAUDE
Escartefigue	Daniel RUSSO
Piquoiseau	RUFUS
Frisepoulet	Jean-Louis BARCELONA
Madame Escartefigue	Martine DIOTALEVI
Le commis	Roger SOUZA
Le premier marin du *Coromandel*	Laurent FERNANDEZ
Le second de *La Malaisie*	Charlie NELSON
Le deuxième marin du *Coromandel*	Michel FERRACCI
Monsieur Amourdedieu	Frédéric GÉRARD
Le jeune garçon	Ryad LOVERA

Produit par Alain Sarde et Jérôme Seydoux
Une coproduction AS FILMS - ZACK FILMS - PATHÉ
avec la participation de CANAL + et CINE+
En association avec LA BANQUE POSTALE IMAGE 6, PALATINE ÉTOILE 10,
INDEFILMS, COFIMAGE 24,
avec le soutien de LA RÉGION PROVENCE ALPES CÔTE D'AZUR.
En partenariat avec le CENTRE NATIONAL DU CINÉMA ET DE L'IMAGE ANIMÉE

FANNY 1932

Réalisateur	Marc ALLÉGRET
Assistants	Yves ALLÉGRET,
	Pierre PRÉVERT, Éli LOTAR
Producteurs	Films Marcel Pagnol
	et Ets Braunberger-Richebé
Directeur de production	Roger RICHEBÉ
Administrateurs	Roland TUAL
	et Dominique DROUIN
Scénario et dialogues	Marcel Pagnol

César	RAIMU
Marius	Pierre FRESNAY
Panisse	Fernand CHARPIN
Fanny	Orane DEMAZIS
Honorine	Alida ROUFFE
Monsieur Brun	Robert VATTIER
Escartefigue	Auguste MOURIÈS
Claudine	Milly MATHIS
Elzéar	Louis BOULLE
Le docteur	Édouard DELMONT
Chauffeur du ferry-boat	MAUPI
Amélie	Annie TOINON
Fortunette	Odette ROGER
Un voyageur	Pierre PRÉVERT

GIOVANNI
André GIDE, Pierre PRÉVERT

FANNY 2013

Réalisateur	Daniel AUTEUIL
Producteurs	Alain SARDE et Jérôme SEYDOUX
Producteur associé	Julien MADON
D'après l'œuvre	de Marcel PAGNOL
Adaptation	Daniel AUTEUIL

César	Daniel AUTEUIL
Fanny	Victoire BELEZY
Panisse	Jean-Pierre DARROUSSIN
Marius	Raphaël PERSONNAZ
Honorine	Marie-Anne CHAZEL
Monsieur Brun	Nicolas VAUDE
Escartefigue	Daniel RUSSO
Claudine	Ariane ASCARIDE
Frisepoulet	Jean-Louis BARCELONA
Elzéar	Georges NERI
Madame Escartefigue	Martine DIOTALEVI
Le commis	Roger SOUZA
Le docteur	Bernard LARMANDE
Anaïs	Michèle GRANIER
Rosaline	Aline CHOISI
Madame Roumieux	Vivette CHOISI
Le facteur	Julien CAFARO
Le chauffeur du car	Bonnafet TARBOURIECH

Produit par Alain Sarde et Jérôme Seydoux
Une coproduction AS FILMS - ZACK FILMS - PATHÉ
avec la participation de CANAL + et CINE+
En association avec LA BANQUE POSTALE IMAGE 6, PALATINE ÉTOILE 10,
INDEFILMS, COFIMAGE 24,
avec le soutien de LA RÉGION PROVENCE ALPES CÔTE D'AZUR.
En partenariat avec le CENTRE NATIONAL DU CINÉMA ET DE L'IMAGE ANIMÉE

MARIUS 1931

LISTE TECHNIQUE

Images	Ted PAHLE
Décors	Alfred JUNGE
Assistant décors	Zoltan KORDA
Musique	Francis GROMON
Enregistrement sonore	WESTERN ELECTRIC
Montage	Roger SPIRI-MERCANTON
Studios	Joinville
Extérieurs	Marseille (Vieux-Port)

FANNY 1932

LISTE TECHNIQUE

Images	Nicolas TOPORKOFF, André DANTAN, Georges BENOÎT Julien COUTELEN, Roger HUBERT
Photographe de plateau	Roger FORSTER
Script-girl	«Bouchon» Gourdji (Françoise GIROUD)
Décors	Gabriel SCOGNAMILLO
Son	William BELL
Musique	Vincent SCOTTO arrangements Georges SELLERS
Enregistrement	WESTERN ELECTRIC
Montage	Jean MAMY
Studios	Billancourt
Extérieurs	Marseille (Vieux-Port)
Tournage	juin-juillet 1932

MARIUS et FANNY 2013

LISTE TECHNIQUE

Distribution artistique	Elodie DEMEY
	et Coralie AMEDEO, ARDA
1er assistant réalisateur	Alain OLIVIERI, AFAR
Scripte	Josiane MORAND
Directeur de production	Gérard GAULTIER
Directrice de post-production	Amélie DIBON
Régisseur général	François MENNY
Directeur de la photographie	Jean-François ROBIN, AFC
Cadreur	BERTO, AFCF
1er assistant opérateur	Olivier FORTIN
Photographe de plateau	Luc ROUX
Chef opérateur du son	Henri MORELLE
Chef décorateur	Christian MARTI
Créateur de costumes	Pierre-Yves GAYRAUD
Chef costumière	Karine CHARPENTIER
Chef maquilleur	Joël LAVAU
Chef coiffeur	Laurent BOZZI
Chef machiniste	Gérard BUFFARD
Chef électricien	Olivier RODRIGUEZ
Chef monteuse	Joëlle HACHE
Bruiteur	Pascal CHAUVIN
Monteur son	Jean GOUDIER
Mixage	Thomas GAUDER
Musique originale	Alexandre DESPLAT

Tournage du 14 mai au 3 août 2012
Studios de Bry-sur-Marne, Marseille et région PACA

Cet ouvrage a été imprimé en France par

BUSSIÈRE

à Saint-Amand-Montrond (Cher)
en juin 2013

N° d'édition : 741 – N° d'impression : 2003602
Dépôt légal : juillet 2013